仙侠情缘
03

八卦小仙娶进来

杨片片 作品

贵州出版集团
贵州人民出版社

图书在版编目（CIP）数据

八卦小仙娶进来/ 杨片片著. -- 贵阳:贵州人民出版社,2016.8（2020.3重印）
 ISBN 978-7-221-13448-6

Ⅰ.①八… Ⅱ.①杨… Ⅲ.①长篇小说－中国－当代 Ⅳ.①I247.5

中国版本图书馆CIP数据核字(2016)第201534号

八卦小仙娶进来

杨片片 著

出 版 人　苏　桦
出版统筹　陈继光
选题策划　胡晨艳
责任编辑　程林骁
流程编辑　黄蕙心
特约编辑　陈　思
装帧设计　昆　词　COCO
封面绘制　酥　糖
出版发行　贵州人民出版社（贵阳市观山湖区会展东路SOHO办公区A座
　　　　　邮编：550081）
印　　刷　三河市华东印刷有限公司
开　　本　880×1230毫米1/32
字　　数　230千字
印　　张　8
版　　次　2016年10月第1版
印　　次　2016年10月第1次印刷
　　　　　2020年3月第2次印刷
书　　号　ISBN 978-7-221-13448-6
定　　价　42.00元

目录

001
楔子
离蜀山出"大事"了

005 第一章
① 卖报了卖报了!
② 朋友,这是我的地盘
③ 我们真是太穷了!
④ 三十六计,抱为上计
⑤ 恋爱是持久战
⑥ 老腊肉
⑦ 你、你是王爷!

022 第二章
① 禁欲系男神
② 整个人都"狗带"了
③ 为民除害
④ 小美人合作伙伴
⑤ 玉带青衫欲销魂
⑥ 胸不能平
⑦ 天帝召见

038 第三章
① 我才高八斗
② 除了风流还下流
③ 这个家伙是个祸害
④ 明明是个安静的美少女
⑤ 上神亲自来找人
⑥ 九荒山
⑦ 竟然会看呆了!

053 第四章
① 新气象
② 还没活够五百年
③ 你自己看不出来吗
④ 有了男人的女人
⑤ 他已经离开妖界了
⑥ 青蛙王子
⑦ 你还是一只小蝌蚪呢

068 第五章
① 华哥哥
② 那幅美人图
③ 那一脚踹得太销魂
④ 还想再活五百年
⑤ 难道是跑跑更健康
⑥ 娘子
⑦ 文华他会不会担心？

081 第六章
① 先说喜欢的那个就输了
② 没有我你会活不下去吗
③ 笑得像朵花一样
④ 为什么要救自己
⑤ 哥哥
⑥ 原来是土豪啊！

091 第七章
① 文华，多年不见
② 和你没有半分相似
③ 去看星星
④ 小妹妹，我欣赏你
⑤ 美女与野兽
⑥ 小女人离家出走了

105 第八章
① 天界好闺蜜
② 胡薇来了
③ 琉璃羽
④ 二十四府
⑤ 变傻了
⑥ 你道行还不够

目录

119 第九章
❶ 别忘了她是谁的人
❷ 我知道我很美
❸ 你应该多吃点鱼刺
❹ 分分钟搞定
❺ 被妖怪抓走了
❻ 有本事抢男人，有本事你开门啊

135 第十章
❶ 我来找那个人蛙
❷ 银皎皎是银宵？
❸ 你会原谅我吗
❹ 给我一个机会
❺ 文华的分身？
❻ 上神很快就来接我了

150 第十一章
❶ 只要你们开心就好
❷ 你懂不懂怜香惜玉啊
❸ 和阿叶是同一个人
❹ 凤殊回忆之阿叶
❺ 芭斗回忆篇：上古（一）
❻ 芭斗回忆篇：上古（二）
❼ 芭斗回忆篇：上古（三）

168 第十二章
❶ 醒来
❷ 一撒谎肚皮就抽搐
❸ 上元会
❹ 失去了很重要的记忆
❺ 文华 vs 凤殊
❻ 天罚之雷
❼ 凤大哥，我要找回记忆

目录

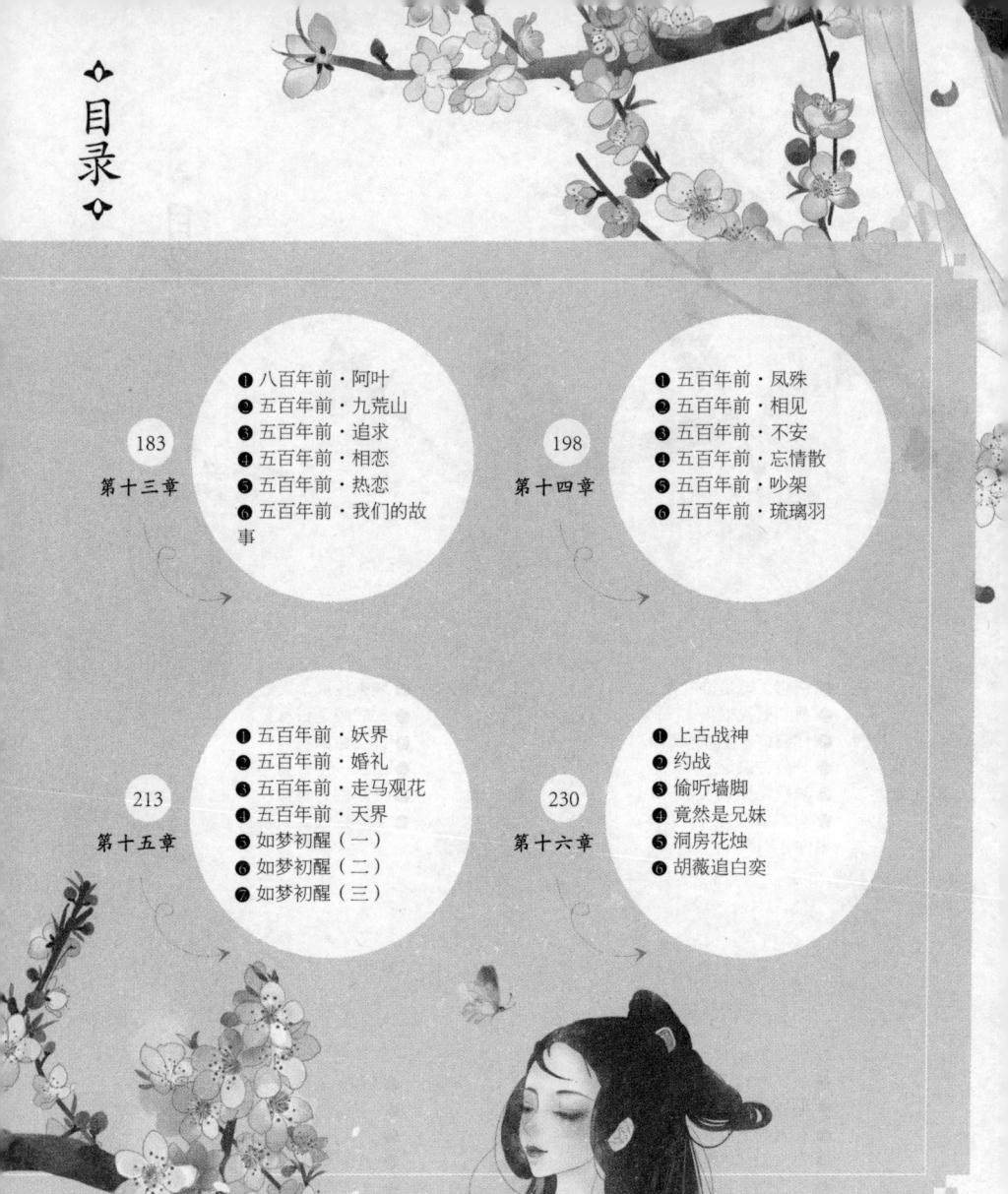

183 第十三章
- ❶ 八百年前·阿叶
- ❷ 五百年前·九荒山
- ❸ 五百年前·追求
- ❹ 五百年前·相恋
- ❺ 五百年前·热恋
- ❻ 五百年前·我们的故事

198 第十四章
- ❶ 五百年前·凤殊
- ❷ 五百年前·相见
- ❸ 五百年前·不安
- ❹ 五百年前·忘情散
- ❺ 五百年前·吵架
- ❻ 五百年前·琉璃羽

213 第十五章
- ❶ 五百年前·妖界
- ❷ 五百年前·婚礼
- ❸ 五百年前·走马观花
- ❹ 五百年前·天界
- ❺ 如梦初醒（一）
- ❻ 如梦初醒（二）
- ❼ 如梦初醒（三）

230 第十六章
- ❶ 上古战神
- ❷ 约战
- ❸ 偷听墙脚
- ❹ 竟然是兄妹
- ❺ 洞房花烛
- ❻ 胡薇追白奕

楔子

离蜀山出"大事"了！

离蜀山上一次被围观，还是由琉璃羽相伴入世的妖界二皇子凤殊降生的那一天。如今仔细算算，已经过去了十万八千年的光景了。

离蜀山脚下的常住妖民们经常偷偷跑去人间拈花惹草，这一次却齐齐聚在山脚下膜拜离蜀山，算得上是能够载入史册的又一件大事了。

离蜀山上到底发生了什么事？

许多小个子的妖怪被挡住了视线，只能从层层缝隙之中感受到华丽的光芒从他们身旁穿过，且还在往更远的地方蔓延。

"是七彩华光，难道是天上那老头子又生儿子了？"

"去你的，你听过公的能孵蛋吗？再说这光可是从咱们离蜀山的山头传来的，跟天上有什么关系！"

"那到底是怎么回事？又有凡人上来炸碉堡了？"

"呸呸呸，你们这群瓜蛋子，有没有常识啊，那凡间的火药炸出来的花是黑色的！"

……

竟然又出现七彩华光了!

想当年上次出现七彩华光还是二皇子降生,伴随他入世的琉璃羽缓缓降落在离蜀山顶,那一夜七彩华光险些将常年暗无天日的妖界改头换面。幸好二皇子睁眼后,琉璃羽便自动暗淡下来,化成一朵巨大羽毛,一直长留于离蜀山。

这一次又出现七彩华光,难道是上天要助妖界逆袭了?!

它们这些平日里被嫌弃长得丑、脏兮兮、怪吓人的妖,是不是也有机会白衣飘飘,玉带纶巾,谈笑间逛花楼了?

如果让那天帝老儿来暗无天日的妖界居住,不知道他保养得水润的皮肤会不会一夜之间干巴巴?

……

小妖们在脑子里各种千奇百怪地联想着,拦也拦不住。

不同于它们一派轻松和乐,彼时离蜀山东峰处屹立着的富丽辉煌的二皇子府里却是一整天都处于人仰马翻的状态。

大家都不知道的是,离蜀山大放异彩的华光——其实是从二皇子府的客院中某一间普通的房子里传出的,只不过被二皇子强行拦截,从而造成了由琉璃羽绽放华光的假象。

房子里邪魅俊逸的红衣男人,一头黑发披在身后,周身散发着浓郁的戾气。他手中端着的药碗早已经裂开了千万条缝隙。

男人手腕轻翻,药碗和药尽数化成了粉末,还未落在地上就已消散在空气中。

"到底发生了什么事?"

红衣男人极力克制的愤怒让身后伺候着的一堆人都哆哆嗦嗦不敢吱声。

床上安静地躺着一个年轻女子,她的眉心处不断地散发着五颜六色的华光,整个人都被浓郁的乳白色光晕所笼罩。

床尾处,一个浑身绿油油的小妖,第一个站出来回答男人的问题。

"阿叶早上醒来就说头晕,用过早膳后,我送她回来休息,结果她刚刚躺下就被这团光笼罩了起来。"

红衣美男试图再次将女子从光晕中抱出来，但是和之前的几次尝试一样，他的手刚刚碰到乳白色的光晕，整个人就遭到了极为强烈的攻击。

"阿叶，醒醒！"猩红的血像是不要钱一样，从绝色美男的嘴角一直流出。周围跟着的几个壮汉纷纷蹙眉。

"二皇子，您在战场上受的伤还没好，现在——"

"二皇子，叫大夫来给您看看吧！"

绝色男子不耐烦地挥挥手："你们都出去。"

"二皇子！"

"二皇子，阿叶姑娘她只是一个普通的小妖，为了妖界的长久发展，您不要一时想差了啊！"

一直守在女子床边的绿油小妖听到这话，顿时瞪大了眼睛："阿叶普通怎么了，再普通她也是阿叶，这个世界上只有一个阿叶！"

绿油小妖刚说完，绝美男子身后的那些闲杂人等便被他周身散发的一股强力甩出了门外。

"咚咚——"

摔落在地的声音，让绿油小妖咧开了嘴角。

然而还不等绿油小妖和绝美男子说话，外面却传来了诡异的天雷声。

三界之中，妖界和天界势不两立，用来渡劫和惩罚的天雷从来不会降临妖界，那些一心向善的妖想要飞升成仙也都会选择在人间迎接雷劫。

如今，轰鸣的雷声，不仅没有让绝美男子高兴起来，反而脸上尽是不可置信，还有浓郁得化不开的沉痛和疯狂。

"不！你不能把她带走！"

"阿叶，阿叶！"

绝美男子握在身侧的拳头咯吱作响，脸上狰狞的愤怒让绿油小妖忍不住往床后面缩了缩。

绿油小妖瞪大了眼睛，看着绝美男子竟试图和天雷对抗！

眼看着他的脸色越来越苍白，身体中的法力马上就要被天雷吸收至枯竭。

绿油小妖一脸死定了的纠结模样，大吼着朝绝美男子和天雷的交汇处扑去，

但却忽然被反弹到了床上。这一次，天雷随着绿油小妖，绕过绝美男子的阻挠，直接劈向了床上的女子。

"不！"

来不及阻拦的绝美男子，声色剧烈，悲呛而绝望，像一只困兽在做最后的嘶吼。

女子身上的华光慢慢消失后，整个人渐渐变得透明，连带着刚刚被反弹到她身上的绿油小妖，一人一妖最后竟然一起在大床上消失不见了。

"阿叶！"

绝美男子声音沙哑，双眸之中如沁了血，这般模样，就连几万年前走火入魔的那位妖王也不曾有过。

门外传来不合时宜的敲门声，带着焦急和惊恐："二皇子，你快去看看吧，刚刚天雷把、把琉璃羽劈坏了，整个妖界现在都乱了！"

"砰砰砰！"

敲门声被一道红光打断，等到门口敲门的小妖反应过来后，看到的便是敞开的房门，空无一人的房间。小妖讷讷了半天，突然惊呼起来："天哪，刚刚那道光，难道是二皇子！"

"二皇子又练了什么强大的法术不成？"

……

妖界十八万五千六百八十一年，二皇子府大放华光，琉璃羽遭天雷劈毁，妖界一时间再次陷入皇储争夺的混战之中。

第一章

1. 卖报了卖报了！

时间过得是最潇洒的，没有快慢之分，却最让人捉摸不透。

距离妖界那场诡异的华光现世，已有五百年之久。

那场华光并未给妖界带来好运，反而一直被认为是天妒奇才，可以和天帝争锋、身怀琉璃羽降世的妖界二皇子——在那华光现世之后，身负重伤。

自此，妖界气脉大伤，着实沉寂了下来。

反观天界，有上古唯一留存的上神文华庇护，又有睿智英明的天帝等一众实力强大的手下，越发昌盛和乐。

在强大的综合国力的支撑下，天界众仙的生活也多姿多彩，五彩缤纷。

比如，近百年迅速崛起的"新媒体"行业！

天界某亭台楼阁旁的一处小走廊中。

一只肥嘟嘟的青蛙可怜兮兮地趴在云朵上，它的身上摆放着许多奇奇怪怪的画册。身边一个梳着羊角头的小仙子，一身橘色的飞仙裙，她正挥舞着手臂，招呼着从前面经过的各路仙家看过来。

"各位仙界的爷爷叔叔、哥哥姐姐，快来看啦，'文华上神和虎威大将军真情告白之第八百六十二幕画册'隆重上市了，有钱的捧个钱场，没钱的凑个热闹，都来看看啊！"芭斗伸开双臂，犹如奏章模样的画册一下子摊开，上面一幕又一幕的连环画，还配着解说，十分精彩。

道德星君家的二少爷晃悠过来，一边嗑着瓜子，一边看着画册上的故事，时不时哈哈大笑两声。

"小芭斗，你这讲故事的技术越来越精进了，还是老样子，给本公子来一百册，我好去发给我那些三山五岳的朋友看看。"

芭斗一看到这位爷，眼睛瞪得比铜钱还大，这可是她的财神爷啊。每次芭斗推出的画册，这位公子买得最多，芭斗已经把他从小到大，连蹲茅坑最长时间和最短时间都打探出来了。

这位公子是道德星君家的儿子，名号火木君，从小娇生惯养，天赋惊人，但是性格懒散，经常在三山四海游玩，认识了许多洞府的朋友。每次他都会从芭斗这里买上十分之七的画册，然后送给深山老林里的那些哥们。

"火木君，您最近又去哪儿逍遥自在啦？上次的告白番外篇之第八百六十一幕，您没有赶上，要不要一块打包带着啊？"

"哈哈，我最近去花火山偷了那泼猴的桃子，和他打了几架，那叫一个痛快啊……对了，你刚刚说什么，还出了番外篇？要的，要的，都给我包好了！"

芭斗飞快地将两大摞书册装进了精装版仙家礼品袋中，转眼间刚刚还犹如小山般的书册，这会儿在巴掌大的礼品袋里安静地躺着。芭斗一手接过火木君递过来的桃枝元宝，一手将袋子递过去。

"火木君，下次再来捧场啊！"

"一定来，一定来，小芭斗，我先走啦！"

转眼间，火木君化作一道烟云，再次飞出了南天门，消失不见了。

2. 朋友，这是我的地盘

芭斗看着火木君炉火纯青的驾云术，羡慕得瞪大了眼睛。她正想着一会儿卖完了手上的画册,再去梨园后面那个山头练一练,就听到有人火急火燎地喊着自己的名字。

"芭斗,芭斗,大事不好了!"

图书司的小仙童气喘吁吁地冲过来。

芭斗一边吆喝着叫卖自己的画册,一边问道:"你跑什么啊?有人踩你尾巴啦?"

小仙童是得道成仙的一只小壁虎,平日里最宝贵自己的尾巴,时常流泪叹息,说自己在人间的时候,丢了不知道多少条尾巴,才平安地活到现在。

"你才被踩尾巴呢!芭斗,大事不好了……你的时间估算有误,虎威大将军今天又去告白了,现在都开始好久了,你还不快去!"

芭斗一听,顿时着急起来,她能不能在天界愉快地发展自己的文化事业,全靠这几百年来虎威大将军和文华上神的告白大戏支撑。

剩下的那些八卦,什么天帝陛下又被王母娘娘赶出寝室啦,七公主和董永生了一对混血龙凤胎,太上老君练出了不老美颜仙丹,如来佛又坐化入世了云云的消息,都缺少了那么一些偶像的光环,不及文华上神这种高冷男神和虎威将军这种女强仙的恋爱史来得有趣。

芭斗听到小仙童的话,顿时摆摆手,念了个口诀,将面前的一堆画册,全都飞到了小仙童的怀里:"你先把东西带回去,我这就赶过去,希望还能赶上点好料!"

一把拎起昏昏欲睡的小蛙,芭斗飞快掠过,带走了大片的云彩,完全就是风一样的美女子啊!

芭斗赶去的时候,发现自己平日蹲守的墙头,今天不知道被哪个不长眼睛的给占了。

她伸手戳戳坐在墙头的白衣男子:"朋友,这里是我的地盘!"

白衣男子看得正爽,不耐烦地挥挥手:"哪儿凉快哪儿待着去,别说话!"

芭斗愤愤不平,一鼓作气,直接将白衣男子扒了下来:"阴曹地府凉快,你怎么不去待着呀!谁不知道文华上神在这府邸布下了结界,只有这个角落不被结界控制,能够听到声音,看到景象!"

她恨恨地朝白衣男子大喊两句，然后飞快地抢回了墙头，拿出本子，一边看一边唰唰地记录着。

白奕皱着眉，看了看这个将自己拽下来的小仙子，只见她头顶的羊角髻松松垮垮的，一身飞仙裙被她穿得像裤子，肩膀上还蹲着一只肥肥的不能化人的小青蛙。

要是他再猜不出来这个小仙子是谁，那他这个天界风流无良二王爷也就白当了。

白奕摸摸鼻子，好脾气地坏笑了两声，飞身坐到了芭斗旁边。他漫不经心地在结界上点了两下，一处宽敞明亮犹如全息投影大屏幕般的现场画面直播出现在眼前。

芭斗探着头，在巴掌大的结界洞口中，观察着两人的告白戏码，可是洞口太小，每次她都只能看到两人大致的动作，声音传得断断续续，时不时能够听得清的只有虎威大将军的怒吼和哀号声。

突然，芭斗耳朵动了动，她好像听到了什么！

"文华，你告诉我，到底还有哪里是你不喜欢的，我再去改啊！"

"……"

"文华，上次你说嫌我胸太小，我专门去大韩山隆了胸，你看，我还是选的最大号的呢！"

……

这、这么清楚的声音是从哪儿传来的？

芭斗发誓，她守着这个小洞口三百年了，还从来没有听得这么清楚过。她狐疑地慢慢将头从洞口弹出来，偏了一下，再偏了一下，然后她就看到刚刚被自己扔下去的白衣男子不知什么时候又坐了上来，而且他……他的面前，竟然有全息大屏幕的现场直播！

芭斗忍不住探过头去，看得目不转睛，手里面更是唰唰写得飞快。

她保证，这是她有史以来，第一次思路这么清晰，写得这么顺利，甚至都能达到日更五册书的速度了！

芭斗越写越兴奋，进入码字状态，她身边的跟班小蛙依旧岿然不动睡得天昏地暗。

直到！

一阵浓郁的属于成熟男人的魅人气息由远及近，扑鼻而来。

小蛙敏捷地睁开了眼睛，在看清楚芭斗身旁的人的面容后，小蛙果断而迅速地朝还在疯狂码字的人道："芭斗，今天就先到这儿吧。"

芭斗头都没有回，敷衍地回道："不行，不行，还没到高潮呢，不能走。你再睡一会儿哈，乖！"

小蛙默默翻了翻白眼，一脸警惕地看着此刻似笑非笑盯着芭斗的男人。

缭绕的云雾遮挡住了男人脚下穿的龙纹暗里的鞋子，但是视线往上伸展，那标志性的32度角的笑，还有三界独一无二的香气，小蛙就是用脚指头也能想到这个人是谁！

小蛙余光瞄了眼撅着屁股、看得兴致勃勃的芭斗。

再对上面前男人玩味的笑，它突然感觉头很大！

"白、白……"小蛙决定要做识时务的那个人，努力用自己的三寸不烂之舌，为芭斗窃取"情"报再拖延几句话的时间……

"我说为什么这几百年，文华这种大冰块的八卦竟然会越来越火，原来是你们在搞鬼啊！"

小蛙不着痕迹地挪动了一下自己胖嘟嘟的身子，想要掩护芭斗。

同时，它对着白奕笑得非常谄媚："奕王殿下，您也知道，现在我们这些草根小仙挣钱不容易，我们俩又都要力气没力气，要美色没美色，所以只能铤而走险，打听点小道消息以娱众位仙总，还请奕王殿下您行个方便啊！"

3. 我们真是太穷了！

白奕今天拿的是一把据说产自华山的葫芦扇，扇子上还散发着淡淡的香气。他好脾气、好性子、好有兴趣地看着小青蛙还有它身后那个专注码字的小丫头，笑得更加欢快了。

只不过，说出的话，却略带杀气！

"天界的工商法规难道你们忘记了吗？第三百六十八条是什么？！"

小蛙在白奕的权威胁迫下，老老实实地回道："不许利用各位上神及其自带IP效应赚钱……可是，奕王殿下，我们真的是太穷了，迫不得已啊！"

白奕看着努力想要挤出眼泪的小青蛙，暗暗憋住心中的笑意，仍旧端着一副极具威严的面孔："胡说，成仙之后不用吃不用喝，不生病不发烧的，你们要钱干什么啊？"

小蛙："买'爱疯十'啊！自从几年前西方那边来了一位叫乔布布的手艺人，现在，放眼天界要是有谁没有一件乔布布做的东西，都没办法出来混了啊！"

白奕听到小青蛙的话，下意识地摸了摸袖子里刚刚收到的货，据说是今年新款……

咳咳，不对，现在不是应该追究这俩货的责任吗！白奕咳嗽了两声，极力维持他在天界一贯保持的大众男神和白奕王爷这三重镀金闪闪发光的身份。

在确认自己美貌、权势与情商并存的前提下，白奕继续说道："就算是这样，你们也应该向天庭反应，申请地方保护啊！怎么能利用上神的私事满足自己的私欲呢！"

重点是，明明我的八卦比文华更有料好不好，为什么不见你们来偷听我的墙脚？白奕心底顿感受挫。

小蛙摸不准白奕想要怎么惩罚他们俩，只能继续伏低做小："奕王，您说得对，我们这就走，以后再也不做这种事了！"

小蛙用尽肚皮里所有的力气，堪堪将看戏痴迷的芭斗拉回了现实世界。

芭斗的头上蹭了不少墙上的青苔，她有些不开心地挣脱开小青蛙的手："小蛙，你又想干什么？都说了还没到高潮嘛，我跟你说啊，那个虎威大将军一看就是个小白，根本没追过男人，所以才会一直受挫，不过越是这样看起来才越有意思不是吗？你没事自己先去一边玩去啊，我得全程跟踪呢！"

小蛙的内心极度崩溃。

从理性角度来说，它恨不得一巴掌拍飞这个神经大条的蠢女人。

但从感性角度来说，它身为芭斗的蛙，誓要为小主遮挡一切风雨。这样自我找虐的也是"没 sei"了。

白奕对于被芭斗一而再再而三忽视的这件事，很不开心！

他忤怒地哼了一声，手中的扇子朝着芭斗指过去。

小蛙的身体下意识地做出了保护的动作，它就像是一个泄了气的皮球，渐渐变小了，然后弹到了白奕的扇子上。

"奕王，您息怒，息怒，这丫头脑子不好使，您大人大量别跟她一般见识。"

白奕见到自己原本青翠飒爽的扇子被一团绿油油的青蛙碰触，立马手一抖，将扇子扔到了地上："脏不脏啊！脏不脏啊！"

小蛙对于白奕的突然暴走，表示完全 get 不到点啊。

反倒是旁边的芭斗，好像终于发现了旁边的战况一样。

她暂时停下了继续听墙脚的计划，有些奇怪地打量着白奕。

就在现场的气氛越来越古怪的时候，芭斗突然拊掌大笑起来："我知道了！我终于知道洁癖应该怎么写了！

"嗯，下一次要把这个点加到文华身上，这样一定会有更多人爱他的！

"人间那些写作教程不都说了吗，男主越有病，读者越喜欢呢！"

……

小青蛙恨不得蹦到她头上敲醒她，白痴，那是奕王啊！以后还想不想在天界混了啊！这位爷可是比天帝还难缠啊！

白奕反倒被芭斗无厘头的白痴模样给眼前亮了一把。原本准备戏耍两人的计划转瞬即变。

天界的美人千千万万，还没见过这么白痴又清纯的小姑娘呢。

白奕突然乐呵了起来，32 度角的微笑重新挂回嘴边，他一派潇洒倜傥地朝芭斗靠近，试图以自己浓郁成熟的男人魅力将这个小丫头收入掌中。

芭斗看着朝自己靠近的漂亮男人，下意识地往后退了两步，第一时间想到的就是要保护自己的墙脚。

要知道，偌大的文华府，只有这处墙脚有一个不大不小的洞，正好可以让她偷窥到院子里发生的事情。据她所知，几百年来，迷恋文华八卦消息的人越

来越多，甚至还有很多竞争者，时不时跟踪自己，想要获取情报来源。

对于这个从未见过的陌生美男，芭斗提高了警惕心。

她双臂交叉在胸前，一副大义凛然的样子："你不用白费心机了！美男计也没用，我是绝对不会把这唯一的墙脚商机告诉你们的！"

小青蛙：一排乌鸦从头顶飞过……

白奕愣了一下，等反应过来后，笑得更愉悦了。

"小美人，我问你，你想不想看高清带字幕3D立体版现场直播啊？"

芭斗眨了眨眼，心里大惊。

高清带字幕3D立体版现场直播，天哪，那不是只有皇家记者团才有的技术吗？不等她的大脑运转，身体就已经先一步点头了。

她紧紧地盯着白奕："你还能够操纵这种技术？"

"那你不是别的八卦队的？"

"那、那你……你难道是猴子派来助我的？"

芭斗越莫名其妙，白奕越对她有兴趣。

他温和地笑着，非常体贴地不等芭斗要求，挥手在半空中淡淡一掠，高清带字幕3D立体版现场直播瞬间出现。

芭斗兴奋地冲过来，抱着白奕的胳膊高兴得不要不要的。

"天哪，你这么帅，还这么厉害，一定是猴子派来的。那个，我决定了，一会儿看完了这场，你哪儿都不许去，跟我回家！"

芭斗这句话说完，白奕脸上的笑意更深了。

小青蛙站在旁边，看看这个，又看看那个，感觉自己的头更疼了。

4. 三十六计，抱为上计

不管小蛙怎么阻拦，芭斗和白奕的临时八卦二人组就这样诞生了。

一个提供技术，一个负责观看和记录。

一个腹黑奸笑准备将这朵纯洁又疑似中二病的小花吃拆入腹；一个完全不明觉厉沉浸在自己伟大的文化事业和金钱的幻想中呵呵傻乐。

高清大屏幕上：

文华挣脱开胡薇的纠缠，神色温和却透露着明显的淡漠疏离，他转身便走毫无留恋，胡薇在原地急得抓耳挠腮。

看到这一幕，芭斗也跟着着急了起来，那样子比她自己追不到男人还纠结。

"这个时候就应该扑过去抱住啊，不管怎么样，三十六计，抱为上计！"

小蛙蹲在地上画圈圈，时不时忧心忡忡地看上芭斗和白奕一眼。它已经好几次试图告诉芭斗，身边这尊大神的身份。可是对于自己的眼神暗示，芭斗没一次看懂过！

如今，再加上奕王时不时透过来的玩味警告。

小蛙更加忧愁了……

大屏幕上：

虎威大将军突然拿出她的一双鎏金大锤，朝着文华上神追去："文华，我不放弃，今日我要和你再战，你说过的，只要我能打败你，你就答应我！"

文华顿了顿身子，轻飘飘挥了挥衣袖，还不等虎威大将军挥舞着鎏金大锤上前，她整个人已经被扇飞了。

芭斗忍不住挡住双眼，为虎威大将军的惨状默哀："笨死了，男人都喜欢弱不禁风、蒲柳之姿，需要人好好保护的小女人，你怎么能找他约战呢？"

虎威大将军，你确定这辈子你还能嫁得出去吗？你不是应该衣衫半裸、盈盈欲滴、美人心计走起嘛，怎么能拿着鎏金大锤去约战呢！真是大伤风雅呀！

"小美人，你好像对风月情事很在行啊？"

白奕笑得好不邪恶，他俯首跟在芭斗身后，鼻息间能够闻到芭斗身上淡淡的青葱的味道，这是只有纯洁的少女才有的轻盈香气。

小蛙："她胡说的，她啥都不懂的！"

可惜芭斗完全不能体会小蛙的苦心，反而骄傲地吹嘘了起来："嘻嘻，这就叫天生丽质难自弃，有些事是天生就会的，比如说追文华上神这种冷冰冰的

菜，就要脱得了衣服，撒得了娇，卖得了萌，最好是再壁咚壁咚才好，心动不如行动呀！"

白奕被芭斗的一番追求文华的理论逗得仰天大笑。

小蛙抚着胸口，一遍遍叹息，笨蛋啊！白痴啊！

芭斗忽地伸手捂住了白奕的嘴，一脸严肃地指了指大屏幕："又开始了！别出声，快看！"

大屏幕上：
虎威大将军从怀里掏出一本破旧泛黄的书册。

芭斗瞪大了眼睛愣是没看出来那是什么，忍不住问出了声："咦，那是什么？看样子好像很古老了耶！"

小青蛙看到文华手中的东西，整个蛙都不好了，它担忧地瞥了芭斗一眼。

白奕给芭斗解释的声音柔得都能挤出水来："那是花仙手册，是文华的封笔之作。"

"花仙手册？可是这和虎威大将军有什么关系呢？"

"花仙手册不仅记录了百花仙子在人间的各种奇闻杂谈，还有一章神秘的空章节，据说那一章跟文华自己的情劫有关。胡薇那个暴力女一直觉得自己就是当年文华情劫时遇到的那个人，因为当年正好她入世过，而且还刚刚好回天界后，不记得了那段记忆。"

这么重要的绯闻，芭斗连忙记录在册："嘿嘿，这么说，他们俩竟然还有前世今生，唉，真是好事多磨，不过……虎威大将军和文华上神之间，总感觉不是那么协调啊。"

小青蛙看着还一副天真的芭斗，默默地叹息，看来还是躲不掉啊！

5. 恋爱是持久战

恋爱是一场持久战。

光看每一次胡薇各种纠缠文华，各种进度缓慢就知道了。

当大屏幕上出现新的猛料的时候，芭斗已经和白奕混到了勾肩搭背的关系。当然，这是芭斗自以为的，而白奕只是一直含笑不语，任由芭斗无意识吃自己豆腐。

在白奕的情场宝典中，被摸也是占便宜！

而对于意识到已经无法拯救芭斗在被白奕坑的路上越走越远的小青蛙，索性破罐子破摔，再次露出白白的肚皮呼呼大睡去了。

睡觉，是治疗失恋的解药。

小青蛙在看到那本花仙手册后，就知道自己又一次要失恋了……

大屏幕上：
胡薇从后面紧紧抱住文华。

芭斗看到这一幕，随手放进嘴里一块绿豆糕，不知道是不是看到这史诗级的一幕太震惊了，她惊讶地发现，自己的嘴巴竟然把甜甜的绿豆糕吃出了苦味。

不过她并没有放在心上，反而按照剧情的合理走向，振臂欢呼起来："快看，他们抱在一起了！"

白奕嘴里也有半块绿豆糕，不知道是不是被芭斗传染，上一刻还美滋滋被吃豆腐的奕王，这会儿脸上就像踩了狗屎一样纠结。

不过，这些大屏幕都不知道。

大屏幕上：
胡薇像只巨大的八爪鱼一样，还缠在文华身上。

胡薇："文华，我看过花仙手册之后，总觉得那花妖一章的空白十分熟悉，每次翻到那里，都会心跳加速，有时候还会涌上浓浓的痛意。"

文华静静地站在原地，没有转身，但是也没有推开胡薇，任由她靠在自己的背后。

胡薇一手将花仙手册递过去，一手紧紧抱着文华："有人说这花妖一章是你前世的情劫，我记得当时我也下凡历劫，如今我每每看到花妖这一章，总是心痛不已……文华，你还要否认吗，当年我们就曾真心相爱，现在没有了任何阻力，为什么你一直要逃避呢？"

015

文华缓缓抬手接过花仙手册，目光若有似无地扫了一眼只有一行标题的空白页，然后手腕微微翻动，本就已经泛黄破烂的花仙手册突然像是太上老君炼丹炉里的炉灰一般，竟然都变成粉末，消散在了空气中。

所有人都看不到的地方，文华的脸上闪过一抹纠结，最后慢慢化为坚定。

"你不是她。"

平淡没有情绪的声音，却无异于一记重击。

胡薇听到后，像是受到了巨大的打击，原本紧紧搂抱着文华的手，颤抖着慢慢松开，又在最后一瞬抓住了文华的衣袖："你、你是不是还在生气？是不是我当年做了什么伤害你的事？"

"你一定是在和我闹脾气对不对？"

"文华，你说，只要是我哪里做得不够好，我都可以改的啊！"

……

6. 老腊肉

白奕吃惊地看着好像被女主附身的胡薇，将一句又一句深情的话说出来。

"她、她真的是胡薇吗？这个暴力女，怎么会讲这种话？"

芭斗奇怪地瞥了白奕一眼，一副智者模样般拍了拍白奕的肩："爱情的力量是伟大的，它能让一个人变笨，也能让一个人变得非常聪明！"

白奕还是忍不住辩驳："可是，这不科学啊！"

芭斗耸耸肩，没有再和白奕辩驳，继续扭过头去看。不知道为什么，在听到文华说那句话的时候，原本苦涩的嘴里突然又有了甜味。

真是奇怪。

为了挥散心中奇怪的情绪，芭斗试图寻找新的话题。

比如："啊，我想起来了，那本花仙手册不会刚好是最后一本吧！"

而同样也想挥散心中诡异情绪的白奕，再一次和芭斗不谋而合。

听到芭斗的问话后，白奕叹息地道："不错，那正是最后一本！"

"唉，没有了这本花仙手册，以后天界这些'单身汪'又少了一件意淫神器啊。"

芭斗不以为然，反而心中有点小激动："哈哈，那本手册没水准，也就骗骗三岁小孩，现在被他自己毁了也好，这样我以后收拾书册的时候，再也不用因为看到它而伤神了！"

"呵呵，我就觉得你这个小美人与众不同，果然是这样。估计整个天界也就只有你高兴花仙手册被毁吧。"

芭斗一被夸就各种飘飘然："那是，我是谁啊！我是芭斗，才高八斗！就那破手册，我早就看不下去了好吗。那些花仙的衣服款式、爱情宣言、缠绵经历简直是枯燥无味，而且已经是好几百年前的潮流了，现在人间都流行咬唇妆、壁咚款、夏威夷风情、姐弟恋、小鲜肉……再看看那花仙手册上的记录，帅大叔？霸道总裁？灰姑娘？这些真真都是过时了！我们天界身为三界之首，应该引领时尚风潮才行，应该华丽丽的御姐时代走起啊！"

白奕丈二和尚摸不着头脑："御姐是什么鬼？新出来的武士吗？"

芭斗一脸你OUT了的嫌弃表情看着白奕："看在今天你让我免费看这么精彩的现场直播的情分上，让我好好给你普及一番！"

"如今在人间，有这样一群奇女子，据说上得了厅堂，下得了厨房，杀得了土匪，做得了大王，故此被封为御姐是也！"

"那小鲜肉呢？"

"所谓小鲜肉，就是那些穿得了裙装，青春俊朗，帅气闪亮，颜值高，海拔高，身材好，萌霸一方，让女子汗颜，让男人心慌的新时代小男生！"

……

白奕努力接受这些新潮文化后，明骚的本质又暴露了出来。

他笑呵呵地朝芭斗眨了眨眼，以32度角完美的微笑问道："那你看我是什么类型？"

芭斗仔细打量了白奕一番，最后叹息一声："唉，你虽然长得蛮帅的，可是却掩盖不了你是大龄剩男的事实。你的鱼尾纹透露出你曾经夜生活的糜烂，虽然散发着诱人的成熟男人魅力……但是对于人间那些小姑娘来说，应该属于烟熏的老腊肉！"

白奕感觉自己此时的心情比吞了苍蝇还复杂："你、你说什么？"

芭斗摊摊手，很无辜地看着他："是你要我说的，做人要诚实，我总不能撒谎骗你吧！"

你还不如撒谎骗我呢！白奕欲哭无泪，原本对芭斗那点高昂的兴致终于全都消失殆尽，他一边忧愁地接受自己感觉不能再爱了的残酷事实，一边哀怨地瞪着芭斗。

真是长江后浪推前浪，他被拍在沙滩上啊！

想当年他还是整个天界的帅大叔，霸道总裁的蓝本，没想到如今竟然被一个名不见经传的小仙子嫌弃了！白奕表示现在唯有泪千行！

幸亏大屏幕又转播来消息，结束了刚刚略带杀气的话题。

文华将自己的衣袖轻轻从胡薇手中扯了过来，他的双眼像是笼罩了一层薄雾，看不清虚实。

说话的声音也平淡得近乎没有任何情绪。

"你不是那个花妖。

"那个花妖，早就死了。"

死了……

芭斗倒吸了一口气，不知为何，听到这句话，后背一阵发凉，感觉到浓浓的杀气。

胡薇呆呆地坐在地上，咯咯地大笑起来，看起来有点不对劲。

这个暴力女不会因为被拒绝就脑抽了吧！平时和本王干架的时候也没见她这么弱过啊！这个想法在白奕的脑海中一闪而过，随后他又像是突然想到了什么一般。

"不对啊！上神的情劫，历来都是要么终成眷属要么就是同归于尽，那个花妖怎么可能死了呢？

"要是花妖真的死了，文华怎么可能还会安然无恙地回到天界？

"再说，他当时不是中途打断了情劫吗？"

……

7. 你、你是王爷!

文华府后院外面的墙角下,一个活泼可爱的美少女和一个飘逸潇洒的美男子,正互相拉拉扯扯,"战况"看起来激烈不已。

芭斗:"你就告诉人家嘛!"

白奕:"你求我啊!"

芭斗:"我求你了,求你了,求你了……"

白奕:"你怎么能这么没骨气呢!"

芭斗:"为了给仙界的兄弟姐妹传播第一手的娱乐消息,别说是骨气,就是最后一口气我也能奉献出去的!"

……

白奕万分后悔,自己怎么就一不小心把心中的疑惑给说了出来呢。

看着眼前这个女人,兴致勃勃、双眼放光,就跟嫦娥家的玉兔看到胡萝卜一样……白奕深深懊恼。

芭斗并不知道白奕一个转瞬都想了些什么。

反倒是她自己,越想越开心。

要知道,现在这些神仙每天闲得无聊,对那些前世今生的桥段最喜欢,要是能知道文华上神在凡间的事情,那她下次一定会赚大发的。

不过想到这儿,芭斗终于意识到一个她一直忽略掉的大问题。

那就是,面前这个家伙到底是什么人?

他又能放大屏幕,还知道文华的八卦,看起来成熟稳重优雅又有钱……慢着!慢着!

这个家伙是个有钱人,而我刚刚才意识到?!

芭斗呕了一口血,怒其不争地拍打自己的脑门,笨蛋!

旁边半眯着眼,一个动作就能看穿芭斗小心思的小青蛙哼哼了两声,准备坐等看芭斗知道白奕身份后的表情。

"那个还没有自我介绍过呢,我叫芭斗,是图书司的小仙。你呢?"

白奕见芭斗像是不再纠缠上一个问题了,暗暗松了一口气,随即挂着度角的笑很是高傲地微扬着下巴回道:"听好了,我就是天界潇潇洒洒风流倜傥受万千仙子追捧的盖世王爷——白奕!"

芭斗下意识点点头,白奕,嗯,名字听着还不错,白……慢着!

"你是白奕?"

"哪个白奕?"

"白白……白奕王爷?"

这一次,芭斗真的腿软了。

小青蛙哑巴哑巴嘴,和自己预想的分毫不差,它缩了缩肚皮,哼哼了一声,在意识到白奕不会把芭斗怎么样后,继续昏昏欲睡。

白奕眉角挑了挑,真的不容易啊,这个小美人神经果然不是一般的粗,不过幸好还有点智商,真不知道是怎么成仙的,唉,一定又是哪个神仙给走的后门,腐败啊!

芭斗不知道白奕心中想的这些乱七八糟的,自意识到他的身份,又见他挑眉不语,芭斗觉得事情大条了。这一次,她终于敏捷地想到,自己散播八卦也涉嫌违法!

一边是重量级的八卦,一边是面临违法成为被告。

芭斗很纠结。

"奕、奕王殿下,请容我解释!"

"我们这些草根起家的小虾米,来到天上一钱银子都没有,穷得都得勒紧裤腰带过日子了。我知道散播上神的娱乐消息违法,可是我这也是牺牲小我娱乐大我啊,您身为高贵的王爷,想必不会和我们这些草根小仙计较吧?"

白奕被芭斗的求饶逗得轻笑出声。

"哦——"他故意拖长了声音,给芭斗施加压力。

芭斗一脸豁出去的样子:"奕王,我听说您最近正苦于无法接近蟠桃园新来的那个绿弗仙子,我刚巧知道一些绿弗的喜好,不如咱们强强联合怎么样?以后我为您提供天上各个貌美如花仙子的消息,您高抬贵手,放我们这些穷苦小仙一条生路吧。"

"听起来有点意思。"

"嘿嘿，那是必须的，奕王，您就放心吧，只要是我芭斗搞来的八卦，没有不准的！"

"是吗？我怎么觉得文华的就不怎么准呢？你都偷窥了几百年了，写了几百年，你有预料到胡薇不是女主吗？"

芭斗顿时就语塞。

而她，芭斗，别的没有，时间最多了！

她毫不犹豫地赖上白奕。

"奕王，那个关于文华上神和花妖的事情，你看……"

白奕晃晃悠悠地逗弄着她："你这么好奇文华的八卦，是不是喜欢他啊？"

白奕的话音还没落，芭斗的小脑袋就像是拨浪鼓一样摇了起来。

"奕王，就算您是高贵的王爷，也不能这么恶毒地诅咒我！像文华上神这种面瘫高冷的僵尸男才不是我的菜呢！"

芭斗的惊人之语娱乐了白奕，他哈哈大笑："没想到文华竟然也有吃瘪的一天。嗯，不错，就冲着你有这样的觉悟，本王罩你了！"

"真的吗？太好了，就知道奕王你这么英明的王爷，绝对有眼光的！"芭斗低着头，努力克制住想要振臂欢呼的大动作。

"那、奕王，现在你是不是可以把那些事告诉我了？"

白奕伸手指了指大屏幕，一脸"他们又开始了，你确定要现在听吗"的表情。

芭斗一脸纠结挣扎，最后还是将目光放回大屏幕上：

"文华，你是骗我的对不对？

"你、你为什么不喜欢我！"

场外的芭斗再次忍不住插嘴评论。

"哎呀，这个时候，你就应该紧追着告诉他，那个花妖死了还有你啊，你会呵护他、爱护他，不管等多久，都愿意用你的爱火融化他心里的寒冰啊！"

第二章

1. 禁欲系男神

　　白奕脸上挂着邪魅的笑，如星子般好看的眉眼在文华和芭斗身上流转。背在身后的一只手悄悄动了两下，原本高清的结界画面蓦地消失不见了。
　　"怎么回——"
　　芭斗的疑惑还没问完，整个人就已经被一股强大的力量拖到了半空。
　　"啊——谁？"
　　"奕王，您要做什么？"一直佯装睡大觉的小青蛙也突然冲过来大叫道。
　　白奕："我见你对男女之事很在行，不如你过去现场教学一番，说不定会有令人意想不到的效果呢。"
　　芭斗连连告饶："奕王，您说笑了，我哪有在行了，我、我明明还是个黄花大闺女呢！
　　"您快点放我下来啊！
　　"奕王，咱们可是一起偷听过墙脚的好战友啊！
　　"我们不、不是应该互相帮助同仇敌忾吗？
　　"别开玩笑了好不好，快放我下来啊！"

"芭斗！"小青蛙站在地上焦急地叫着。

不管这一人一蛙叫得多凶惨，白奕都一副悠然自得的模样。

芭斗像一只被惊到的奓毛小兔子，她一个没忍住，狂吼起来："王爷！咱们不是说好了合作的吗？您现在这样耍我，我生气起来后果是很严重的！没有我帮您追那个谁，您就得打光棍了！"

芭斗的话一出，小青蛙更加头疼了。它怒其不争地瞪了芭斗一眼："拜托你不会说话就不要说好不好！"

白奕呵呵冷笑两声："光棍？好，说得真好！我突然想到，上个月你的八卦周刊上好像说我是种马？"

白奕一提到种马，芭斗瞬间想了起来。

上个月因为胡薇将军下界出任务，所以和文华上神的八卦短缺，无奈之下她只能拣了传说中天界最风流的白奕王爷的风流韵事扒一扒，谁能料到她刚刚扒完，竟然这么快就能见到这个神龙见首不见尾的人物啊！

芭斗好一阵懊恼，不过她还是很机灵地、能屈能伸地服了软："王爷，我错了，我不应该说您是种马，您明明是高贵得无人能攀的禁欲系男神啊！"

白奕："其实本王无意把你怎么样，就是突然觉得，也许你去教教胡薇，会有意想不到的惊喜。"

白奕背在身后的手掐了个决，朝着文华的身后虚晃了两下，就看到芭斗在空中扑腾着冲了过去。

2. 整个人都"狗带"了

"阿嚏……"

扑鼻而来的青草味让芭斗连连打起了喷嚏。

趴在地上的芭斗，一边阿嚏阿嚏停不下来，一边伸手在自己的腰间摸索了半天，却没有找到应该在的那块手帕。

就在她准备用袖子囫囵擦一擦的时候，一块干净的白色手帕落在她的眼前。然后，是一双纤尘不染的鞋子，就站在离她的脸不到五公分的距离处。甚

至,还有淡淡的墨香飘散过来。

"呜呜……"胡薇断断续续的嘤嘤声停了下来。

芭斗鼓起勇气支撑着双臂准备起身的时候,抬起头的她,正好看到了站在面前的文华,还有他身后一脸好奇的胡薇。

"你谁啊?"胡薇一双大眼睛因为刚刚哭过而有些红肿,声音也有点沙哑。

"啊、我……那个、这——"芭斗感觉整个人都要"狗带"了,她支支吾吾断断续续了半天,大脑中原本千万条的段子,竟然在飞速地流失,最后成为一片空白。

"起来。"

就在芭斗焦急如焚,浑身忍不住冒冷汗的时候,一双骨节分明、修长如白玉般的手竟然出现在她的面前。

芭斗呆住了,小小的嘴巴张成了O形。

那那……那是文华的手吗?

我真的没有看错吗?

不,这一定是在做梦!

芭斗惊慌失措的同时,文华身后的胡薇,墙脚后面的白奕和小青蛙,也都脸色各异。

小青蛙脸上失恋的郁色更深。

白奕脸上的32度角的招牌式笑容,若有似无,好似又无限深意。

而胡薇,先是一震,然后脸上一阵青一阵白,最后气鼓鼓、浑身酸气地瞪着芭斗。

像是觉得这样的惊吓还不够,文华竟然俯下身,伸手将芭斗半搂半抱了起来。

他的手,微凉,放在芭斗只穿了一件薄裙的胳膊上,凉意透过布料游走在她的皮肤之间。

芭斗感觉脑中闪过一记狂风骤雨般的闪电,然后猛地挣脱开文华的手。

"不、不用了。"

文华的手在半空中落了空，他略微顿了一下，然后又收回，依旧紧紧攥着袖边。

"没事吧？"淡雅出尘的声音。

伴随着文华的问话，胡薇紧跟着在后面恶狠狠地瞪了芭斗一眼。

芭斗心中连连哀叫，天哪，我不想这么早就死啊！脑海中飞过醉鸡、西湖鱼、莲花酒、大鸭梨……

她做了许久的心理准备，才有勇气开口说话："我、我是——"

但是她的话还没说完就被另一道声音打断。

"暴力女，又被拒绝的感觉怎么样啊？"

"白奕？你、你这个风流鬼，敢偷看本仙表白，看我今天不废了你！"

然后是白奕幸灾乐祸的笑声。

芭斗爬起来就看到自己正挡住了文华上神的去路。而后面，白奕正站在胡薇面前，嘻嘻哈哈地调侃着她。

更戏剧化的是，原本还一脸深情，对着自己大发醋意的胡薇，在看到白奕后，竟然瞬间变成一只被激怒的猛兽一般，跟之前的画风连一毛钱的关系都看不出来了。

胡薇手握鎏金大锤，开始满院子追着白奕打。

3. 为民除害

一切好像是做梦一样。

芭斗先是整个人摔进文华府……然后，胡薇竟然和白奕在文华府大打出手。

而文华上神，他、他真帅啊！

近看比远看更要帅上好几倍。

他不仅给自己帕子，还要抱自己起来！

受宠若惊的芭斗看着眼前莫名其妙的大战，灵活的大脑有点转不过弯来，怎么告白大戏突然变成战场，而且气温好像也下降了啊！

想不明白的事就不要想。

秉承着这个优良原则,芭斗小心翼翼地朝文华道谢:"谢、谢谢上神。"

芭斗想要装作无辜的样子,静静地从众人面前消失。

很显然,这个想法太天真。

"你是哪里的仙子?为什么会在这儿?"文华接连的质问让芭斗心塞塞的。

该怎么办?要实话实说吗?要是这样的话,文华会不会知道自己就是八卦他的那个?

还是随便编造一个?

"保护上神!"

"是哪个胆大包天的家伙擅闯文华府,看我弄不死你!"

芭斗没有来得及回答文华的问题。

前院已经浩浩荡荡冲过来一群天兵天将,其中为首的是一个瘦瘦高高,有着八字胡,穿着师爷袍的一脸精明相的男人。

他冲到文华跟前,双手大张,一副要保护文华的模样,同时嘴里面还不忘指挥着那些天兵天将把芭斗押起来。

"把她押起来!"

芭斗下意识地挣扎起来:"哎,你们要做什么?"

"不、不是我,都是他——"芭斗指着被胡薇追着跑的白奕,"是他莫名其妙把我扔进来的!"

白奕堪堪躲过胡薇的一记重锤,喘着气呵呵笑着三两句就将芭斗出卖了:"她偷听你们上神的墙脚,我这是为民除害!"

芭斗瞬间满头黑线。

八字胡的男人却嘿嘿笑了起来,阴恻恻的,看起来不怀好意。

而就在挣扎之间,芭斗怀里刚刚记录文华和胡薇告白的画册竟然好巧不巧地掉了出来,正好滚到了八字胡怪子李的脚边。

怪子李弯腰捡起画册,翻了两页一看。

不看不知道,看过画册的怪子李,脸上的颜色变化万千,一阵青一阵白,就连脸上的两撮小胡子,也因为气愤而来回颤抖着。

很快,他"啪"的一声合上了画册,义正词严地拱手朝文华说道:"上神,上神，小的终于找到那个这几百年来毁您名声，恶意散播您和胡薇将军桃花绯闻的坏蛋了！"

文华脚步顿了一下，挑眉接过怪子李递过来的画册，草草翻了两页，瞬间，画册就在文华上神的手中灰飞烟灭。

"不要啊，那是我的——"原本还在想要不要发挥自己的独家本领——"装死"以遁走的芭斗在瞄到自己的笔记被文华上神秒毁，顿感到手的元宝不翼而飞，一时心里绞痛大脑空白再也冷静不起来地大叫起来。

文华转过身，冷冷地瞥了芭斗一眼："把她带过来！"

怪子李得了文华上神的命令，坏笑着冲过去，拎起一脸委屈、还沉浸在笔记被毁的悲惨事实中的芭斗，脚下生风地朝刑堂走去。

"嘿嘿，你是哪里的小仙子啊，胆子倒是不小，敢随便散播我们家上神的绯闻，看我不好好收拾你！你说是夹手指呢，还是夹脚趾啊？哦，对了，还有九重业火油锅，不过就你这点修为，估计不够，那可是那破猴子等级的才能承受得了的，唔，我得好好想想！"

听着怪子李说的一件件刑具，芭斗忍不住泪流满面："救命啊，有神仙滥用私刑啦，说好的天界公正廉明，反对暴力呢……我要去铜轨告你……唔……"

芭斗瞪大了眼睛，呜呜地想要逃脱，却被怪子李堵住了嘴，施了个智障术。芭斗顿时变得痴痴傻傻，一路笑嘻嘻地跟着怪子李主动去了刑法堂。

4. 小美人合作伙伴

虽然看起来呆呆傻傻，但是芭斗大脑的意识却很清晰。

她一脸沉痛地看着前面走着的怪子李，不公平啊，为什么一个天界打工的，都比她这个正大光明飞升的仙子还要厉害。

文华本人并没有直接到刑堂。

反倒是刚刚还在后面叫嚣打闹着你追我砍的两个人——白奕和胡薇，这会

儿竟然各守一方坐在刑堂的两侧，为本就古怪的气氛加了不少料。

白奕先声夺人："怪子李，我知道你听文华的话，但是这个小美人是本王的合作伙伴，你可不能虐待她。"

听到"合作伙伴"这四个字，芭斗只觉得这根本就是假冒伪劣产品！

刚刚要不是这个"合作伙伴"抽风将她扔进来，会有这些事吗？

芭斗忍不住怀疑白奕的智商和人格。

最后，她目光了然地看着白奕，这货一定是双重人格，哦，不，是多重人格！

胡薇看不惯白奕嚣张的样子，哼了一声："本将军在这儿，你敢动我们家文华要的人试试！"

白奕抽了抽嘴角："本王不跟暴力女一般见识。"

胡薇霍地站起来："风流鬼，你说什么！"

怪子李一个头两个大地看着又要掐起来的两个人："奕王、胡薇将军，你们别吵了，我家主子喜欢安静，一会儿他来了要是看到你们这样，会有什么后果，你们忘了吗？"

不知道到底是什么后果。

但是芭斗却惊奇地发现，怪子李的话一说完，白奕和胡薇纷纷打了个冷战，然后各自乖乖地又坐了回去。

两人没有动手，嘴巴却一直你来我往说个不停。

……

"风流鬼！"

"风流怎么了，风流才能红袖添香呢。不像某些人，抱着一棵树几百年，连手都没牵过！"

"要你管！"

"唉，本来念在这么多年你娱乐了我的情分上，我今天冒着出卖合作伙伴的风险，找了一位很厉害的老师来教你，现在看来某些人是不需要了。"

"什么老师？我有什么需要你教的？"

"当然是追文华喽。"

"追——你是说她？"

胡薇反应过来，一脸不相信地看着芭斗。

"当然了，我这位合作伙伴可是情场高手，所有追男人、追女人的秘方，她都知道。不过既然你用不上，那我还是先带她走吧，反正文华也不至于为了这点小事把我怎么样。"

胡薇的目光在白奕和芭斗之间流转，有些别扭地哼唧道："等一等！这、这回，姑且信你一次！但是，你若敢戏耍我，我、我到时候一定不会放过你那些相好的！"

白奕耸耸肩，一副随你便的模样。

胡薇从茶桌后面走出来，绕着芭斗转了一圈，随手拈了个诀，注入到芭斗的体内。

芭斗只感觉灵台一阵清明，整个人好像又活过来了一般，啧啧，上神的力量就是不一样啊！

"风骚男说你追男人很厉害，真的假的？"

"还、还好，颇有研究，不说别的，帮你追文华上神，还是有一点心得的！"

"真的吗？那我该怎么做？"

白奕嫌弃地转过身，求交往的女人智商低无下限啊！

"文华上神是属于那种外表冰冷、内心狂野的闷骚型男，对付这样罕见的品种，你就应该该抱大腿时抱大腿，该露肉时就露肉，该壁咚时就壁咚！

"我觉得你还可以弄点什么春情散啊、桃花露啊这些催情剂以备不时之需。胡薇将军，这几百年来，我可是一直很看好你的，就让这把告白的火，烧得更猛烈些吧！哈哈……"

5. 玉带青衫欲销魂

芭斗刚刚激动起来，手握双拳，一边说一边为胡薇加油呐喊。

然而，胡薇和白奕两人却双双默契地僵硬了身子，并且一点一点地往后退，然后撒丫子飞身离开了刑堂，只留下芭斗一个还在意犹未尽地神神道道。

"我这儿还有和闷骚男在床上的三十六式，也可以送给你哦。"

芭斗低头从怀里掏出一本小册子，想要递给胡薇。

一瞬间的工夫，偌大的刑堂只剩下芭斗。

刚刚还很有存在感的白奕和胡薇像是在空气中蒸发了一样。

就在她莫名其妙的时候，一个人影缓步出现在门口。

销魂的玉带青衫，养眼的修长身姿。更有风将来人身上清淡冰凉的气息吹进刑堂之中，让人如痴如醉。

但是芭斗却无心欣赏美色，只想再次装死晕倒过去。因为用脚指头想也知道来人是谁啊！

一直写文华八卦的芭斗，面对文华极为心虚，三寸不烂之舌也都发挥不了作用了。

"没有人告诉你装死没前途吗，现在睁开眼睛老实回答我的问题。"

对于文华的命令，芭斗从头到脚，从骨子里都在恭敬地顺从着，低眉敛目做乖巧状。

唉，这深深的奴性根啊！

"名字。"

"芭斗。"

"职位。"

"图书司的小仙，专门看管——"

"年龄。"

"四百九十九。"

……

芭斗老老实实地回答文华的问话，哪怕对于他问的那些诸如喜欢什么、讨厌什么、什么时候睡觉、什么时候吃饭等各种问题感到很奇怪，她还是非常"奴"地都交代了。

然后，刑堂内出现了片刻的静默。

芭斗觉得，恐怕见天帝也没有她现在这样紧张了。

文华的目光有些懒散，漫不经心地来回在芭斗身上移动。

"你说花仙手册过时了?"

芭斗大惊失色,连连摇头。

"怎么可能,我怎么会说自己最最喜欢最最追捧的花仙手册过时了呢!这样是大逆不道该遭天谴的!在我心目中,花仙手册可是天界第一书,惊世之作,百看不厌呀……"

文华静静地听着芭斗大肆吹捧花仙手册,挥了挥袖子,将一杯茶水隔空送到了芭斗嘴边。

直到清凉甘甜的茶水入口,芭斗才意识到自己又话多了,连忙闭嘴。

"我和胡薇的事都是你传出去的?"

芭斗一听,刚要摇头否认,可是文华手中突然出现的原本应该灰飞烟灭的笔记本郝然落在了她的脚下。

芭斗苦哈哈地看了看笔记本,视死如归地说道:"上神息怒啊,我也是看上神几百年不写东西了,怕天界的精神文明建设跟不上,所以才一时手痒,写了点画册,给大家茶余饭后观赏啊!我发誓,我是被胡薇将军和上神您们之间可歌可泣的告白故事打动了,觉得有必要告诉整个天界的少神少仙,让他们多多学习啊!"

文华面无表情地说道:"你刚刚告诉胡薇,只要肯露肉,加以催情剂辅之,就能追上本君?"

芭斗:"上神,您一定要相信我,胡薇将军还有奕王位高权重,法力高深,他们逼小仙我说,我上有忠实预定画册的衣食父母群,下有贪生怕死的小蛙要照顾,不能不说啊。所以我只能拿看过的那些人间话本子依样画葫芦……我真的不是在说上神您啊,我知道上神您风光霁月,天人之姿,风度翩翩,口味怎么会和那些凡间的凡夫俗子一样的,您一定是与众不同的!"

文华扯了扯嘴角,脸上一闪而过一抹不属于他整个人清冷的性子的玩味表情:"你说得挺对,我的口味确实特别,比如你这样'平平'如野的我更喜欢些。"

文华上神这是在调戏自己?!

芭斗表示自己受到了惊吓!

而且还受到了鄙视!

031

她双手抱胸，想要狂喊变态，谁想到文华却比她表现得更像被意淫的。因为文华丢下一记语言炮弹后，就消失不见踪影了。

6. 胸不能平

芭斗是被怪子李拎着丢出文华府的。

正巧几个闲逛的仙家从旁边经过，看到被扔出来的芭斗，竟然都表现得一脸了然。

"啧啧，肯定又是一个想爬上文华上神床的。"

"看着是清秀可人，但是这身材嘛……太小了。"

"怎么会呢，我倒是觉得精致可爱的才更有意思呢。"

……

被一群胡子花白，"清心寡欲"的神仙公然调侃评判，芭斗觉得自己完美演绎了躺枪的深刻精神内涵。

芭斗挣扎着从地上爬起来，第一件事就是低头目测自己的胸部！

就连怪子李阴阳怪气的叫嚣也视若无睹——"你这小仙子，长得不咋的，没想到竟然入了我们上神的眼了。上神吩咐了，既然你觉得上神的花仙手册不好，这一次重修花仙手册的事就交给你了，从明天开始，来文华府报到！"

她完全不能接受自己是平胸这件事，一遍又一遍地看自己的胸，脸颊越涨越红。

正所谓叔可忍婶不可忍，头可断，血可流，唯有胸部不能平！

芭斗在文华上神的歧视下，将怪子李的话忘得一干二净，急匆匆去搜集大韩山的整容丰胸资料去了！

木瓜汤？听说有个叫什么杨贵妃的用了说效果挺好的，可是据说也有副作用，就是全身一起胖！那可不行，天界不比人间，现在正流行以瘦为美，不能顾此失彼啊。

芭斗仰天抠鼻，突然灵机一动，胸部按摩！既环保又没有副作用，可是据说这按摩术在人间是不传之秘……

无数个秘方被否定后,芭斗启动了暴躁模式,整个人疯疯癫癫地往图书司走去。

路上,十几个环肥燕瘦、个个波涛汹涌的仙子嬉笑着,驾着五颜六色的祥云从一旁飘过。芭斗余光瞥见一颗又一颗大胸,兴奋得随手拉住一个:"各位姐姐,你们的胸为什么这么大啊?"

小青蛙无法形容自己此时此刻的心情。

它辛辛苦苦在门外蹲守,终于发现芭斗被扔了出来,然后这货竟然一路白痴且疯癫地忘记了回去找自己也就算了,自己好不容易追上来,结果就听到这货在调戏良家妇仙!

"变态!"

"你有病吧,你男的女的啊!"

"哎,还用问,一准又是一整容失败的人妖,快,走走走,真无聊!"

几个仙子脸上一脸嫌弃,然后迅速催动着脚下的祥云飞走了。

芭斗眨了眨眼,心中不禁突然操心起天界女仙子们的心理问题了。她只不过是想要求教一下丰胸秘籍,这么健康又正常的女人间的小话题,竟然被她们杜撰出这么多版本,真是太污了!

芭斗翻个白眼,小青蛙都能知道她心里面想的什么,它将芭斗的表情全都看在眼里,一脸鄙视地说道:"你才是终极邪恶花痴女好不好!"

芭斗一见到小青蛙,将刚刚在文华府的那些后怕、担忧的情绪一股脑倒了出来:"嘤嘤,小蛙,我还以为再也见不到你了呢!

"你都不知道,文华上神太可怕了。

"他就坐在那里,什么话都不说,我都觉得自己的心脏要跳出来了!

"你说他不就是一文化人吗,怎么就这么有气势呢?"

……

"还有你知道吗,文华上神竟然说他喜欢的人跟我一样,是盆地,没有胸!你说他这是什么意思?这是不是人身攻击?

"所以我决定了,我要丰胸,我要寻访秘籍!"

芭斗滔滔不绝地说着,完全没有发现小蛙一张脸黑得足以媲美锅底。

小青蛙凉凉地截断芭斗的后续,抱臂观上地看着芭斗:"给你两秒钟的时间,再不恢复正常,我想我们以后再也不能愉快地做朋友了!"

芭斗瑟缩了一下,对小青蛙每次的暴怒还是有些畏怯的。

可她一有心里话又忍不住说出来:"我想到了!我为什么要这么在乎他说的话,他又不是我男人,胸大不大这点事,不是应该和亲亲夫君关起门讨论的吗?"

小青蛙:一群草泥马从头顶掠过……

7. 天帝召见

芭斗的无下限意淫,让小蛙几度暴走。

为了以示惩戒,它三天没有和她说话。

百无聊赖的芭斗拿了一本书,蹲在图书司的墙角下,一边晒太阳一边暗暗琢磨怎么让小蛙消气。可是奈何图书司虽然冷清人少,但是光线却特别足,每次都会让人昏昏欲睡,感慨人生大好时光,不睡觉多浪费啊!

所以,芭斗再一次无节操地睡了过去。

直到日落西斜,一抹玉色的身影站定在芭斗旁边,饶有兴趣地低头打量着她。

"哟,都流口水了。"

白奕手上换了一把玉骨扇,挂着窸窸窣窣的扇坠,叮叮当当作响。

芭斗一睁眼,看到半靠在祥云之上的白奕,下意识地抬腿就想跑。

自从被出卖后,芭斗已经将白奕列为不靠谱名单第一名,她发誓,再也不相信这货说的话,哪怕他是个王爷!

可是白奕却像是早就知道她的动作一样,唰的一下挡在她逃跑的路上。

"哎呀，小美人，你一见我就迫不及待地逃跑让我很是伤心啊！"

芭斗："……"

沉默是金。

此时此刻，芭斗欲以沉默应万变。

然而，白奕并不气馁，他笑呵呵地继续说道："难道你不想知道我来找你做什么吗？"

芭斗摇头。

白奕一脸神秘："就算是我来传天帝的旨意，和文华有关的事，你也不想知道？"

芭斗陷入了天人交战之中。

到底要不要相信这个狡猾的家伙？

白奕抬头看了看九十九重天上的日晷，时间耽误得有点多了。他叹了一口气，也不再和芭斗调笑，同怪子李一样，念了个诀到芭斗身上，准备先将她带去再说。

意识到自己又被控制，芭斗有点小生气："你要带我去哪儿？我告诉你，天庭的法律是公正严明的，你要是敢对我不轨，或是想要行凶，小蛙一定会帮我报仇的！"

白奕："你这叽叽喳喳的性子，还真是不一般啊。"

芭斗气鼓鼓地瞪着他。

白奕以最快的速度将芭斗带到了宣政殿前。看着雄伟又金碧辉煌的宣政殿，芭斗终于开始不淡定了。

这是宣政殿啊！

宣政殿是什么地方？

那可是九十九重天上天帝办公的地方啊！像她这种生活在四十九重天的小仙子，有的几万年都没机会上宣政殿的啊！

"你带我来这里做什么？难道你是想要借刀杀人？"

上一个误闯宣政殿的小仙被发配到人间的时候，芭斗还收了那个小仙两锭大元宝，只因为小仙说再上天庭不知道是什么时候，所以想要在芭斗的书册中，

留下一丝自己来过的痕迹。

　　白奕忍着笑，带芭斗上台阶。
　　宣政殿一共有九十九级台阶，包括天帝在内，都要步行上这九十九级台阶。
　　芭斗："奕王，白大哥，哥哥……咱们无冤无仇，顶多我以前说过你是种马，可是后来你不也出卖我了吗？咱俩应该扯平了吧。你就算是想要谋杀我，直接给我个痛快就好了，这么高级的死亡场地，不是我这等小仙消受得起的啊，就算我命短，就要死了，我也不想连累我的下辈子啊。"
　　白奕再也忍不住笑场："噗，谁说我要杀你了。"
　　要不是大哥（天帝陛下）急着召见这个小美人，他风流倜傥的奕王殿下岂会闷不作声地埋头赶路，这太不是他的作风了。
　　唔，都怪图书司实在是太偏僻了。
　　"你、你不是想要谋杀我，怎么会随便将我带到这里来？我可是守法的好公民，私闯宣政殿的后果，我很清楚的。"
　　白奕正想再逗弄芭斗一下，但是下一秒却察觉到文华的气息。

　　文华从内殿走出来，看着两人声音平淡："还不进来，等什么呢。"
　　芭斗失神地看着站在上方的文华，纵使是宣政殿这么威严的地盘，依旧无法掩盖文华身上清淡别具一格的风韵。
　　白奕看了一眼文华，有些失望地撇撇嘴，对芭斗道："走吧，天帝宣你觐见呢。"
　　天帝！
　　宣我？！
　　芭斗依稀记得，她上一次见到天帝，还是三百年前的蟠桃大会，因为人手不够，她被拽去端盘子，远远地见过天帝一面，只觉得是一个毛发过剩的小老头。后来，她偶然听到躲在一旁闲聊的小仙童说起天帝年轻的时候，曾经以一人之力，将魔界三万大军打进溺水河，甚至最后脸不红气不喘还和魔界魔君大战了三百回合。
　　芭斗跟在白奕身后，小心翼翼，像是在膜拜一般踩过每一级台阶。

期间，她走神了好几次。

比如，忍不住揣测，以天帝陛下的容貌，怎么看都和白奕不像是亲兄弟啊，难道基因变异这么强大？

再比如，文华上神也在宣政殿，不知道他会在什么位置。

还比如……

第三章

1. 我才高八斗

果然那句话说得十分有道理,得不到的总是在骚动。

以前一直对宣政殿充满敬仰和好奇,直到芭斗走进宣政殿,里面的景象反倒让她觉得有点失望——这就是一处很普通简单的议事之地。

如果说令人震撼,那更多的是在宣政殿的人:天帝、文华上神、十八路天神、太上老君、托塔李天王……这些重量级牛叉闪闪的人物,都目光怪异地看着芭斗和白奕。

芭斗瞥见文华坐在最靠近天帝的左手边,手持一本书翻阅着,对于自己和白奕进来这件事,表现得漠不关心。

白奕将芭斗带到大殿中间后,就丢下她兀自大摇大摆地走到文华的对面坐下,一副甩手掌柜的姿态。

芭斗感觉脑子里已经乱成了一锅八宝粥。

这会儿自己要做什么?是往前走还是掉头跑?要不要跪下?可是天界自诩众身平等,虽然见天帝不容易,但是却不用行跪拜礼。

初来天界知道这条规定的时候，芭斗高兴了许久，但是现在才知道，什么叫作事情的两面性！说真的，这种时候，还是跪下心里舒服一点啊！

"过来。"

当芭斗正准备再次将装晕这件事提上计划表的时候，文华的一句话，将她好不容易清醒一些的神智打乱。

此时此刻的芭斗已经管不了那么多，反正伸头是一刀，缩头也是一刀，这个大殿里，除了白奕那个不靠谱的，就剩文华上神她能够认得出来。

虽说文华也很吓人，但是现在看来，性质已经变了。

文华从那个轻蔑她的人变成保护她的人，嗯，暂时是这样的。

芭斗走到文华的身边，一脸可怜兮兮地看着文华，努力眨着自己的大眼试图向文华传递感激之情——上神，以后您有什么指示，不管是做饭洗衣服还是搓澡修脚，我都万死不辞，太感谢您刚刚的"举手之劳"了。

文华头都没抬，光线被人遮挡住了，他将书合了起来，一边沏茶一边说道："天帝想看看你有什么才华编写新花仙手册，你先自我介绍一下吧。"

什么？什么？

这是怎么回事？

"编……编写新……新花仙手册？我……我？"芭斗磕磕巴巴地指着自己。

"呵呵，不错，就是你。"

一直高坐在上的天帝笑呵呵地开口。

其实早在芭斗一走进来，天帝就眼前一亮。不过他为了保险起见，故意没有出声，试探了文华一把。等看到文华果然没有任由她一个人傻兮兮地站在大殿，天帝心中就已经多了几分了悟。

"文华说你自荐重修花仙手册。虽然他已经同意了，但是花仙手册兹事体大，事关天界的精神文明建设，故此孤还是想听你亲口说一说，为什么有这么大的信心，能够写出比上一版更好的花仙手册？"

芭斗满头雾水，晕头转向地回忆着，她什么时候自荐过？

一番重大头脑风暴后，芭斗终于回想起来：几日前自己偷看文华墙脚被抓，

怪子李将自己扔出了文华府……然后他好像说过一句话来着！说的什么来着？好像是——文华上神让她到文华府报到，重修花仙手册的事。

当时她满脑子想的都是自己竟然被文华鄙视胸小了，然后就积极踏上了丰胸之路，完全将这件"小事"忘得一干二净啊！

芭斗愁眉苦脸，一副如临大敌的样子："回、回禀天帝。小仙、小仙名唤芭……芭……斗……是、是……"

众人屏住呼吸，目不转睛齐刷刷地看着芭斗，准备听她接下来的惊世之言。

"小的是图书司看管图书的小仙，每天的工作任务是把所有图书上的灰尘都打扫干净，然后……"

白奕为首的一众神仙听得目瞪口呆。

文华抬头瞥了芭斗一眼："天帝问的是你有什么才华。"

"啊？啊！才、才华啊？那个我、我……"

芭斗控制不住地一直在脑海里幻想着当年天帝挥一挥衣袖就将三万魔军扔到溺水河的场景，然后止不住地敬畏害怕，心虚得好像自己是魔军余孽一般。

白奕唯恐不够热闹："小美人，你之前不还说文华他没你厉害吗，怎么现在又哑巴了？"

芭斗哀怨地瞪了白奕一眼，不说话你会死啊！

白奕耸耸肩："皇兄，你有所不知，小美人心气高着呢，她可是说过——"白奕顿了顿，突然饶有兴趣地看着芭斗，"哎，小芭斗，你跟天帝陛下说说，你都是怎么形容自己的？"

芭斗装作听不到白奕的话。

白奕的话引起了天帝的兴趣："呵呵，到底是什么话，竟然让阿奕一直念念不忘？小仙子，你倒是说来听听。"

芭斗如临大敌，下意识地瞪了白奕一眼，又可怜兮兮地瞥向刚刚帮过自己的文华。

"天帝面前，有什么但说无妨。"

文华的声音明明不大，也没有什么情绪起伏，却莫名地让芭斗心里安定了下来。

她默默地鼓足勇气,勇敢地看向天帝:"回禀天帝陛下,小仙名唤芭斗,取自才高八斗,才华斐然,冠绝三界之意。那日一时情急,在奕王面前说了大话,妄称自己比文华上神厉害,其实都是小仙没经过大脑的冲动之语,没想到竟然有幸成为奕王的笑料,还、还惊扰了天帝陛下,小仙罪该万死,请天帝陛下降罪!"

2. 除了风流还下流

宣政殿还是第一次出现这么长时间的静默。
所有的神仙,无论在四海八荒多么盛名,此时此刻,都被这个自卖自夸的小丫头惊住了。
白奕刚刚喝进口中的琼浆都喷了出来。坐在他旁边的胡薇嫌弃地飞身而起,若不是因为天帝就在上面坐着,估计这两人又要打起来了。
虽然没有剑拔弩张,但是胡薇还是将了白奕一军。因为她饶有兴趣地附和着芭斗的话:"不错,那日我和文华上神在府中一叙,奕王不仅偷听墙脚,后来还把这小仙子扔进了府中,没想到奕王除了风流,还下流啊!"
白奕嘴角抽搐:"暴力女,你不要睁着眼睛说瞎话,那天到底是怎么回事,你心里比我清楚!"
……
"阿奕,胡薇,你们不要吵!"天帝陛下威严地阻止了两人,不过下一句话却又让芭斗大跌眼镜,"如果真忍不住,就离开宣政殿再吵吧!"
离开宣政殿再吵吧!
这真的是天帝陛下说的话吗?
芭斗下意识地看向文华求证。
文华略略朝她点点头,像是在佐证她的猜想一般。
而文华上神的配合却让芭斗更加意外,脸上忍不住热了起来。

"陛下。"

文华的声音响起。

宣政殿骤然安静了下来。

天帝饶有兴趣地看着文华,示意他继续说。

"既然她已经介绍过了,是否可以下旨了?"

天帝大笑:"哈哈,这还是孤第一次见到文华这么猴急。"

文华面不改色,平静地看着天帝。

两个人之间也许有什么事无声地达成了,也许只是互相看了对方一眼。

"好,既然芭斗小仙有这个自信,那编修花仙手册的事,孤便交给你们了。"

文华敛目,像是对这个结果早有预料,波澜不惊,反倒是唤了还在神游太虚的芭斗一声:"还不谢天帝。"

芭斗回过神来,连忙对着天帝俯身拜谢。

白奕眼看着还什么好戏都没看到就结束了,不甘心地挣扎:

"这样就完了?"

3.这个家伙是个祸害

芭斗被文华上神力荐编修花仙手册的事,很快成为继文华和胡薇的风流事之后的最新最热的大八卦。

而身为八卦鼻祖的芭斗在听到自己成为八卦浪尖上的人后,整个人都不太好了。尤其是当她秘密跟踪,终于发现传播这个八卦的人竟然是白奕的时候,她顿时气疯了——她就知道,这个家伙是个祸害!

然而芭斗并没有机会和时间找白奕"决斗",因为那日之后,她便被怪子李从图书司一路打包进了文华府。

然后——她又被毫无美感地丢进了书房。

文华的书房,就连砚台、墨汁竟然都是白色的,除了坐在书案后面的那个玉带青衫黑发的俊美男人和他手中白纸黑字的书册外,书房里再也找不出其他的杂色。

哦,对了,如果芭斗也算的话,那么她也算是一团很笨重的杂色了。

因为芭斗平日里喜欢鲜亮的颜色，虽然整个人看起来白痴又粗神经，但是对颜色搭配还是蛮有心得，所以裙子、手帕什么的总能被她别出心裁的小创意增色不少。

不过再绚烂的颜色也拯救不了此时此刻芭斗紧张的心情。

她自从进到书房后，已经喘了五口大气了。

书案后面坐着的那个岿然不动的男人，让她压力山大。那种有点陌生又好像很熟悉的紧张感，让她的小心脏扑通扑通跳得厉害。尤其是在书案后的男人一直不动也不说话的情况下，芭斗觉得自己整个人都要紧张得爆了。

努力咽了几口唾沫，在马上就要因为紧张而窒息之前，芭斗终于找回了自己的声音："上、上、上、上……"

细如蚊蚋的声音，还是传到了文华的耳中。抑或说，以文华的本事，芭斗进来之后，他就已将她的一举一动看在眼中了。不过，他像是故意要逼着芭斗先出声。

先出声的一个，永远都会输掉先机。

放下手中的书，文华目光平和地看着芭斗，虽然脸上没有什么表情，但是也没有放杀气给她施加压力，一副面对普世苍生的大众表情。

"来了。"

芭斗汗流不止，紧张地支吾："嗯。"

"你很紧张？"

芭斗："……"

文华突然站起身走过来，拉住双腿发颤、额头冒汗的芭斗的手走到书案一侧的美人靠旁，示意她坐下。

芭斗对文华上神突然的温柔感到受宠若惊。

文华的手冰凉光滑，被他握着，更像是在碰触一块质感极致的古玉，同样也安抚了芭斗原本紧张不安的心。

芭斗脸上迅速升起绯红，傻乎乎地坐下来，多年的八卦因子在心底熊熊燃烧——文华上神拉了我的手！

他、他这是几个意思？

难道是喜欢我？

可是我和文华上神这才是第三次见面啊，难道他对我一见倾心，二见钟情，现在想要把我扑倒？

对了，上次他还说喜欢我这种平胸女……

文华目光深沉地看着想入非非的芭斗，极力克制着一抹压抑已久的怒气，最终在芭斗不断变化的小脸的影响下，全都化为一份淡淡的无奈和认输。

是的，认输。

有时候自己独自生闷气，另一个人却一副什么都不知道的样子，实在是太累了。气了五百年了，除了相望不能相守的寂寞外，早已经忘记了到底还在气什么。

文华释怀之后，脸色也缓和了几分，不再和之前一样没有什么表情，反而多了一抹深情的温柔。

"你来天界有五百年了吧？"

被牵手拯救的芭斗，此时虽然不能确信文华对自己的爱慕之情，但是因为文华缓和的气息，让她渐渐安定了下来，终于能够好好地聊天了。

"嗯嗯，还差几个月，刚好五百年……唔，对啊，那岂不是还有几个月，就又到我生日了。"

"……对于编修花仙手册，你有什么想法？"

"这个啊，想法很多啊。比如我觉得吧，现在都是新时代了，不能太纯情了，应该多点那种情节，嘻嘻，你懂得。"

不再紧张的芭斗，天生作怪的本性暴露无遗，再加上文华有意无意的纵容，让芭斗越发觉得自己以后在文华府的日子应该不会太难，甚至有可能锦衣玉食呢。

4. 明明是个安静的美少女

文华不动声色地看着芭斗，尤其是当她一边说着色色的话，一边朝着他抛来媚眼的时候，让他额头青筋忍不住跳了一下。

文华怀疑地打量着芭斗，对于这个跳脱古怪有点问题的小女人一时不知道该怎么下手。

毕竟，当年他喜欢的那个人，明明是个安静的美少女啊！

如果知道中断情劫，再度升仙会让她性格大变成如今的样子……文华忍不住开始考虑要不要重回时光了。

芭斗见文华用奇怪的眼神一直盯着她，好像还陷入了痴迷状态，她整个人更加嚣张起来，挥动着胳膊，在文华面前来回晃悠："上神？文华？小文文？华哥哥？"

文华："……"

过了良久，他才开口，嗓音沙哑了几分："你平日里都是这副模样吗？"

芭斗怀疑地低头看了看自己："什么模样？你是说我漂亮吗？还是说我身材好？"

文华："……"

"性子，你平时都这么横冲直撞吗？"

芭斗眨眨眼，恍然大悟，一副心酸委屈的样子："上神，这你就有所不知了，本来人家是有机会成为一个安静的美少女的，可是谁知道我从来天界就一直和小蛙在一起，小蛙它生性稀奇古怪、疯疯癫癫、婆婆妈妈的，久而久之我也就被它给传染成这样了，上神，你大人大量，可别见怪啊……"

文华揉了揉额头，此时此刻，他突然觉得比起对当年的事耿耿于怀，这个女人如今的个性更让他头大。

"你的性子得好好改改了。"

"是是，上神您说得对，小的一定谨遵教诲，马上改，马上改。"芭斗一副点头哈腰状。

文华面如止水地望着她："我看你对怎么写出一本高质量的著作还没有任何系统的认知，你先去书宫待一阵子吧。"

"一阵子是多久？"

"把书宫的书先看一遍，效果好的话就不看第二遍了，不行的话再继续第

二遍、第三遍。"

"看书啊，我在行，我看书可快了，等着，我这就去看！"

文华似笑非笑地看着芭斗急急忙忙冲出去的身影，在听到她从外面传来的问话后，嘴角的笑意瞬间消失，化为一声长长的叹息。

"文华上神，我忘了问书宫在哪里啊！"

……

当芭斗看到文华口中的书宫的真实样貌后，忍不住抱着旁边的大理石柱子号啕大哭起来。

怪子李幸灾乐祸地在旁边警告她说："文华上神有令，这里九九八十一万册古籍都要看完，并且要好好做读书笔记！"

芭斗的哭声更是惊天地泣鬼神了！

"九九八十一万册，这不科学啊！图书司不是号称三界的图书馆吗，那里也才一万册书，为什么文华上神的书宫会有这么多书？"

怪子李嗤笑："井底之蛙焉知鸿鹄之志，哼！"

芭斗凌乱："拜托，这和什么蛙什么志有什么关系，不会用成语就不要用好不好！哦对了，我的小蛙呢？我都差点把它忘了。总管大仙，你千万记得要把我的小蛙也接来哈！"

怪子李连连避退，受不了芭斗的无厘头。

"一切等看完了再说！"

芭斗：一群乌鸦在头顶环绕……

5. 上神亲自来找人

浩如烟海的书籍甚至都没有将书宫塞满，然而光是现在这些，对于芭斗来说已经是一件创世纪级别的不能完成的任务了。

她忧伤了好一阵子。

但乐观的天性让芭斗很快又恢复了斗志，拿起书认真看了起来。

这不看不知道，一看竟然整个人都被里面从古至今，各种不曾看到过的记载传说所吸引，甚至到了废寝忘食的地步。

于是乎，当她整整三天没有露面之后，文华上神亲自来找人了。

书宫在文华府的中心花园下方，偌大的天界独一无二，是专属于文华上神的特权。没办法，谁叫人家是迄今为止上古神祇中留下的唯一一个还健健康康在天界蹦跶的大神呢。

就连天帝，也不过是上古世界覆灭后又重新崛起的小鲜肉啊！

这些都是芭斗在这几天的恶补之中了解到的。所以当她再次看到文华的时候，心中忍不住升起了一股膜拜古董的复杂情感。

她脑子里甚至充满了想要摸一摸文华这个古董级别上神的头发、眼睛、鼻子、嘴巴，想知道古董到底是什么样子的想法。

被芭斗诡异的目光看得不甚自在的文华轻轻咳嗽了两声。

芭斗很有眼色地收敛了自己的目光，仰着头看着文华："上神，你也来看书吗？"

文华瞥了一眼芭斗手中的书，《上古神祇杂谈》，眸光微动，然后摇摇头。

"我是来找你的。"

"找我？有什么事吗？"

文华叹息："你都忘了自己进来多久了吗？"

"多久？一天？一个月？一年？"

文华紧绷了脸，上前抽走芭斗手中的书，然后紧紧地攥着她的手走出了书宫。

芭斗所有的注意力都放到了自己的手上，不是她不矜持啊，而是被男神牵手，尤其还是古董身价的男神，她真的要好好把握这难得机会体会一下手感才好啊！

感觉到芭斗的小手在自己手中钩来钩去，文华佯装没有发现。

"书宫之中收录的都是已经有灵的书籍，它们通过别人阅读来吸收读书者的能量，就算是我，也不能连续在里面超过五日，你已经在里面待了三天了……"

文华没有继续往下说，而是反手改牵着她的手变为握住她的手腕查探她的脉象，感觉到只是有些虚弱并无大碍才稍稍放心。

　　芭斗一愣一愣的，甚至觉得自己一直都在做一场梦，没有醒过来。

　　不然才见了几次面的文华上神为什么会对自己这么好？

　　尤其是自己还一直在传他的八卦！

　　将芭斗往身边拉了拉，文华略略低头："想什么呢？"

　　芭斗下意识仰头和文华对视，却在触及到文华眼中特别的温柔和情动后，脸红心跳："上神，这一定是我在做梦对不对，不然你为什么会对我这么……特别？"

　　文华没有更进一步，他松开了芭斗的手，像是在克制，又像是在计划着按照原定的步伐缓慢地走着。而芭斗的问题，也被他忽略过去。

　　"这几日你在书宫的表现不错，想要什么奖励？"

　　芭斗大喜："真的有奖励吗？"她在原地转了个圈，兴奋地抱着文华的胳膊大喊了几声。

　　"那、那我能不能把小蛙接来？"

　　"可以。"

　　"耶！耶！万岁！小蛙，你等着，我这就来接你啦！"

　　芭斗兴高采烈，迫不及待地和文华告别，冲出府去接小青蛙。

　　文华脸上晦暗不明，只有目光深处闪过一抹醋意，然后一个闪身消失无踪。

　　徒留下花园深处，还在卖力布置美好晚宴的怪子李，良久，良久……

6. 九荒山

　　小青蛙被芭斗接到了文华府。

　　只是沉迷于书宫的芭斗，并不像以前那样每时每刻都和小蛙厮混在一起，她更多的时间都停留在书宫，只有到了必须要出来的时候，才会和小青蛙一起贼兮兮地各处侦查文华府的秘密。

　　她发现，文华府中的人少得可怜，除了文华和怪子李之外，就剩下几个打杂的小仙童。

这些天来，芭斗在书中了解到，要编修花仙手册必须要到九荒山。

因为百花仙子竟然并没有住在百花宫，而是住在九荒山。而这个秘辛，除了天界天帝、白奕和文华上神这类大人物知道外，他们这种小仙根本都被蒙在鼓里，还都傻乎乎地以为百花仙子们都住在常年紧闭大门神秘兮兮的百花宫里呢。

而九荒山，也不是她想进就能进的，必须要有文华这样等级的神仙帮忙打开结界大门才行。

最最让芭斗好奇的一点则是，除了在编修花仙手册注意事项中有浅略地提到过九荒山之外，竟然再也没有关于九荒山的记载。

无奈之下，芭斗只能寄希望于从文华口中了解一些关于九荒山的事情。可是等到她想要去找文华的时候，却发现文华上神实在是太神秘了，她根本就找不到他。

每次她去书房的时候，怪子李会阴阳怪气地告诉她，上神被老朋友请去喝茶了！

每次她去后花园的时候，怪子李会阴阳怪气地告诉她，上神被天帝叫去议事了！

每次她去膳厅的时候，怪子李会阴阳怪气地告诉她，上神被奕王叫去喝酒了！

苦苦找不到文华上神的芭斗，没有放弃，反而激发了她几百年来探寻八卦的斗志。于是乎，她成为第一个胆敢把书宫中列为禁书的书册拿出来的人，因为她要一边看书，一边在各个地方探寻文华上神的踪迹！

皇天不负有心人，芭斗经过对文华的日程表的一系列总结，发现每到这一天，他都会去后院的梨花林弹琴。所以，她早早地潜伏在了最大的梨树上，还在头上插了很多花来隐藏自己。

可是，谁能告诉她，为什么文华上神一出现，原本还是干干净净的土地会霎时变成冒着热气的温泉？还有那个正宽衣解带，一下子露出冰肌玉骨的美男，你要做什么啊！

不是说好的来抚琴吗？难道是我的打开方式不对？

暴露什么的真是太羞耻了！

嘤嘤，人家真的不是有意要偷窥的，可是忍不住啊！

芭斗一边内心谴责一边目不转睛地垂涎着文华上神的好身材。

7. 竟然会看呆了！

文华眉宇间有些暗影，靠在光滑的玉石之上，闭目养神。

断断续续的倒抽气声，清晰地传进他的耳中。

文华立时飞身而起，原本还在岸上的长衫重新整齐地穿戴在他修长的身上。他目光凛冽地朝着芭斗躲藏的方向射去："出来！"

惊吓到的芭斗，尖叫一声，脚底一滑，四仰八叉地朝地面扑过去。

文华身形一动，在半空中留下一抹极淡的气息，下一刻如玉般光滑的手，揽住芭斗的腰身，然后足尖轻点，带着她在半空中几个旋身，缓缓落在温泉边。

文华并没有放开搂着芭斗的手，反而任由两人这样贴近着，仔细地看着这个小女人。

她紧张得睫毛都在颤抖，不知道她自己知不知道。

芭斗深呼吸了好久，也不敢造次，明知道文华上神状似在吃自己豆腐，也只能安慰自己，没关系，没关系，文华上神这么帅，被他吃豆腐，也算是吃他豆腐了！

"上、上神，我其实是来找你……有事找你的，我没想到你会……然后我竟然会看呆了。"

不晓得是芭斗的哪句话愉悦了文华，他慢慢收敛了刚刚身上浓郁的凛冽气息，重新变回了那个看起来面无波澜的风雅男人。

他看着芭斗，目光之中带着芭斗不敢碰触的深沉。

偌大的梨花林，好像在飞速地旋转一般，芭斗觉得在文华的注视下，她整个人好像陷入了一种昏天暗地的境况之中。

"你说的有事是什么事？"

"哦、哦，对，我有事，是有事的，可是有什么事呢……"

关于要问九荒山的事被芭斗忘得一干二净，此时此刻，她的脑海里全是文华光洁如玉的裸背，脸上像是火烧云一样。

文华将芭斗的变化尽收眼底，却一直背着手默不作声。

两个人，一片梨花林，冒着乳白色水汽的温泉……画风突然唯美到让观众窒息。

是的，观众！

在梨花林的尽头，一个女人三番五次想要冲过去，脸上是腾腾的杀气，却一直被旁边的男人紧紧拽着。

"暴力女，我看你还是放弃吧。你看文华那温柔得让我都忍不住发抖的目光，这几百年来你得到过吗？"

"看来这次是真爱啊！"

"我是真没想到这个小美女这么厉害，我发誓，当时我是真的想让她帮帮你来着！"

胡薇看着看着对自己一脸抱歉的白奕，脸上火气不减，但是目光深处却闪过一抹异色。

不过很快，这和谐的画风就被一个人打破了。

怪子李像一阵邪风，手上拖着一只已经晕死过去肚皮鼓鼓的大青蛙，一路鬼哭狼嚎地冲进了梨花林，见到文华就像是见到了亲爹一样。

"呜呜呜，上神大人，你要给小的做主啊！"

"小的这千百年来就种种莲子这么点兴趣了，结果这只臭青蛙来了没几天，竟然把小的的莲子全都吃光了啊！"

"上神，您看看它这嚣张的模样！它吃了小的的莲子，竟然还明目张胆地躲在小的的莲叶下面呼呼大睡……"

"没了莲子，上神，我、我不活了！"

芭斗被怪子李的仗势吓得一抽一抽的，她想要上前摇醒小青蛙，但是文华却攥着她的手丝毫没有要放开的意思。

"好了，老君送来的黑莲子拿去重新种就是了。"

"黑莲子？给我啦？"

怪子李不可置信地瞪大了眼睛。

想那黑莲子，可是堪比莲子界的小霸王，全天下也没有几颗，就连老君送来的那颗，还是和文华上神打赌输了之后迫不得已奉上的。怪子李来的时候想的也无非是在芭斗和这只小蛙贼面前长点面子，让他们知道谁才是府中的二大王，结果现在……上神竟然为了这只小蛙，把黑莲子都拿出来了。

看来奕王说得果然没错，女人都是祸水，不能走心，一走心就得破产啊！

文华蹙眉："还有事？"

怪子李的头摇得像拨浪鼓一样，又迅速拖着小青蛙离开了现场。

芭斗很知恩图报地感谢文华："上神，对不起，都是我们给你添麻烦了，还害你破财，我们知道错了！"

文华若有所思地看着芭斗："嗯，知错能改就好，既然你都替它道歉了，惩罚也就一并由你来承担吧。"

芭斗："……"

文华："况且，那只青蛙吃了太多莲子，法力骤增，要化形了，一时半会儿也醒不过来。"

芭斗突然觉得乌云罩顶："上、上神，这件事不是都结束了吗？怎、怎么还有惩罚啊？"

文华："犯了错就要弥补，这是你说过的。"

芭斗猛摇头："这么白痴的话，我绝对没说过！"

文华目光浅淡地看着她，完全没有理会她的反驳："如今你的蛙吃了怪子李的莲子，自然是要接受惩罚的。"

芭斗呻吟着，心中暗暗吐槽那个不知道是什么鬼说过的被按在自己头上的话……然后她话刚说完，就一连打了好几个喷嚏！

文华目光中闪过一抹了然的笑意："府中人少，怪子李又要精心照顾莲子，最近的杂务就交给你了。"

第四章

1. 新气象

芭斗来天界五百年了。

本来天界有文华这样一个从上古流传到现在的文化大神,天界的文艺事业应该是欣欣向荣才对。

可惜芭斗来得不是时候,正赶上文华事业的颓废期,她刚来,文华便卸任了总领天界文艺事业的担子。

后来继任、兼任文艺事业建设的那些神仙,比如月老啊、哪吒啊,甚至还有二郎神……没一个正确树立过文艺事业的建设大旗,几度让天界不是爱情错乱(月老乱牵红线),就是早恋(哪吒未成年),要不就是基因突变(二郎神三只眼)……

迫于无奈,天帝最后把文艺事业建设的大旗交给了白奕。

总算,天界的风气正常点了。

因为,白奕根本就不管事!

有人问:"这个季度办个什么文化活动啊?"

白奕:"文化活动?那多无聊啊,回头带你去那个夜店喝酒,听说新到了

一瓶牧马人呢！"

有人问："最近有什么新书上市啊？"

白奕："新书？看那个多无聊啊，回头给你看高清大屏幕现场直播，你说想看青丘国、瑶池，还是西天的？"

……

后来，大家齐齐悟了，便也不再抱有幻想了。

大问题解决了，可是像芭斗这样奋斗在基层岗位上的底层小员工就苦了，主管不管事，没人审批财政花销，直接导致她来天界五百年了，还没有领过工资啊！

许多同岗位的小仙子都迅速嫁人以求有口饭吃了。

而芭斗，则在穷困潦倒中摸索出了一条八卦之路，然后还做得风生水起。

只可惜，原本誓要成为八卦之王领头人的芭斗，不仅已经好几天没有和自己心爱的八卦打交道，还要为小蛙这个贪吃鬼赎罪，接受惩罚化身文华府的打杂小厮。

并且，她还成为文华府一道华丽丽的"风景线"。

比如：

文华上神访友回来，芭斗放下手中还在修饰花草的工作，跟前跟后："哎呀，上神你回来啦，你累吗，要不要我给你准备洗澡水？"

"不必了。"文华淡然颔首，迅速遁走。

芭斗拿着剪子，对着文华上神的背影郁闷半晌，又自己喜笑颜开。

文华一定是害羞了！

哦，差点忘了说。没有被惩罚打倒的芭斗，不仅斗志昂扬，而且还突然找到了比编修花仙手册更重要的使命——

拿下文华上神！

按照芭斗的心理建设，事情是这样发展而来的。

我本来只想安安静静地写八卦，但是你们却跑来将我拉到了圈子里。不仅拉到了圈子，最近胡薇将军都不来追人了，而且文华上神还经常拉拉我的小手，对我各种暧昧放电……以前写八卦的时候不知道文华上神这么帅，还特别不理解那些迷恋他的人，现在才知道为什么全天下的女人都那么喜欢深沉又文艺的男人。

不行，这个文艺界的男神，必须是我的！

是你们先挑起了我骚动不安的心，现在想后悔已经晚了。

山不就我，就等着我来就山吧。

……

对于芭斗的奇葩逻辑，如果小青蛙醒着的话，一定会泪流满面，叫嚷着不要和她愉快地做朋友。

可惜，就连小青蛙都在这个时候掉链子。

偌大的天界，已经无仙能够阻止芭斗这颗骚动的心了…

有句俗话说得没错，好的不灵坏的灵。

这边芭斗刚刚侥幸以为胡薇将军经过上次的打击已经放弃了对文华的追求，没想到下一秒她出门打酱油，哦，不，是出门倒垃圾就碰到了手握鎏金大锤、杀气腾腾的胡薇！

"我就知道你是个祸害，竟然敢迷惑本将军喜欢的男人，今天我一定要好好教训教训你！"

看着胡薇手中的鎏金大锤，腿软的芭斗未战先降。

"胡薇大将军，冤枉啊，我没有挖你墙脚啊！"都是文华上神先来撩拨我的……她在心中忍不住默默补刀。

为了保命，芭斗非常识时务地发挥自己胡编乱造的本领，一边躲避胡薇的追杀，一边哇哇乱叫："真的，我不喜欢上神这种老男人，我喜欢小鲜肉啊啊啊！"

胡薇手下的鎏金大锤因为这句话，硬生生刹住车。

"你说的是真的？"

芭斗非常真诚地猛点头："真的，比珍珠还真哪！"

胡薇眼珠子转了两下："咳咳，要我相信你也不是不可以，但是——"

芭斗整个人的注意力都在胡薇手上的鎏金大锤之上，那家伙听说足足有两万斤重，要是砸在自己的身上，别说小命不保，估计连尸体都成肉馅了……

越想越恐怖,她忍不住浑身抖了起来:"胡薇将军,你真的要相信我,要不然我发誓,我真的不——"

胡薇摇摇头,阻止了芭斗的话:"我不要你发誓,我要你去文华的面前,对他说一遍你刚刚说过的话!"

什么?!

芭斗惊得嘴巴都要掉在地上了。

去文华上神面前把刚刚的话说一遍?

我刚刚都说了什么来着?

2. 还没活够五百年

芭斗被胡薇押着,一路忐忑不安地走回文华府。

期间碰到出门采购的怪子李,芭斗连连朝他挤眉弄眼,试图求救,可惜两人的信号塔不在同一个区域,怪子李不仅没有看懂她的意思,反而还嘲笑她中二病晚期了……

眼看着文华上神的书房近在眼前,芭斗感觉心脏都跳到了嗓子眼里。

扑通扑通!阻碍了她咽气的通畅。

芭斗转身时,正好看到胡薇脸上还没有来得及收住的笑意。唉,您老人家倒是开心了,以后我的日子就不好过了。

胡薇迅速收起笑,压下心中的兴奋,瞪了芭斗一眼:"快进去啊!"

"胡、胡薇将军,其实发誓的效果也是一样的,您真的不再考虑考虑?"

"不考虑!"

"可是——"

"嗯?"

看着眼前再次出现的鎏金大锤,芭斗只能苦哈哈地双手合十,连连念叨着:"我去!我这就去,阿弥陀佛,胡薇将军,您悠着点,这可不是闹着玩的,我的小命很脆弱的。"

最后,芭斗被胡薇一掌推进了书房。

等到芭斗浑身哆嗦着在房间里站定的时候,外面的胡薇,再也忍不住地哈哈大笑了起来。

书房里，依旧是一片干净简洁的白。

文华一身青衫，正在提笔写着什么。听到芭斗进来的声音，他抬头看了她一眼之后，又继续写。

芭斗一抹橘色的飞仙裙，再次成为整个书房最亮的一团。

她支支吾吾迟迟不敢上前。

"过来。"

良久，文华放下手中的笔，朝她招了招手，声音依旧平淡无波。

芭斗深吸了一口气，硬着头皮走了过去。

文华伸手拉她往自己身边来，然而这次，芭斗非常敏感地将手缩了回来。这一举动，让文华的目光复杂了起来，虽然神色依旧平静，但是芭斗却感觉到了文华的不快。

不知为何，她心里突然委屈了起来。

想她招谁惹谁了，不就是因为穷所以写了些他的八卦吗？

结果现在竟然被胡薇威胁，生命堪忧。而这个高高在上的男人，才见了几次面，就对自己动手动脚，仗着男神光环，把自己迷得头晕目眩，可是现在自己生命风险系数都到百分之二百了，他竟然还想吃自己豆腐……

芭斗在自己的奇葩理论下，越想越委屈，最后眼泪竟然也忍不住滴答滴答地落了下来。

原本气息沉了下来的文华，见芭斗突然哭了起来。

"发生什么事了？"文华起身略微急切地问道。

芭斗鼻息间充斥着清淡的墨香，铺面而来的莫名安全感让她哭得更厉害了。

"呜呜，都怪你！你为什么要撩拨我？你以为你是上神，有钱又帅就了不起吗？我不就是写了你的八卦让你不爽吗？呜呜，我明知道你对我的那些特殊举措是为了先让我爱上你然后再狠狠甩了我以达到你复仇的目的，可是、可是我是个白痴，我还是忍不住偷偷喜欢你，偷偷抱了一丝念想！"

芭斗一边哭，一边毫不客气地抓起一旁文华宽敞的袖子抹眼泪鼻涕。

"结果呢，我现在被你的情人追杀，生死堪忧，我还没活够五百年呢！"文华额头的青筋骤然起伏。

芭斗眼睛红红的，鼻头也红红的，脸上挂着泪痕，活像一个小受气包。她咬咬牙，伸手指着文华："我想过了，我还年轻不想死，所以我不要再喜欢你了！"

原本对于鼻涕眼泪什么的还能默默忍下去的文华，在听到芭斗最后的这句话时，彻底不淡定了。

他好看的俊脸唰地拉了下来，一眨眼的工夫，将芭斗拉到自己怀中，低头严厉地瞪着她："你说什么？"

一字一顿的质问，将芭斗好不容易积蓄起来的小胆全都吓没了。

芭斗呆呆傻傻地眨着大眼睛，无辜又委屈地看着文华。

文华紧紧地攥着芭斗的双臂，不能否认，刚刚芭斗的话，让他生气但更多的是对"她不再喜欢自己"的无措与惊怕。

芭斗还在努力想要重新积蓄勇气，突然文华一个单手的动作让原本还趴在门口偷听的胡薇瞬间撞门而入，摔了个四仰八叉。

"啊，我的发型！"

胡薇整理好自己混乱的形象后便开始嚷嚷："文华，你下手能不能轻点啊？你怎么能这么对我，我们认识了这么多年，你怎么能喜欢这个白痴女呢？"申辩的同时，胡薇忍不住朝芭斗大放怒意。

芭斗越发慌乱，想要挣脱开文华，远离这些争风吃醋的纷扰。

"你对她做了什么？"文华语气冷硬，将芭斗搂紧了几分。

胡薇察觉到文华身上危险的气息，缩了缩脖子，弱弱地说道："我能干什么，不就是……让这丫头进来跟你说几句话嘛……难道这也有错？"

文华："你觉得你没错？"

胡薇咽了咽吐沫："那个，我、我突然想起白奕找我有点事，我先走了！"说完便想转身遁走。

人还没出门口，文华清淡却透着重重威胁的声音就传入她耳朵："再有下次，我就在'他'身上也如法炮制！"

胡薇一顿，随后不仅没有回答，反而跑得更快了。

门又被同样的一阵风砰地关了起来。

3. 你自己看不出来吗

文华半搂着芭斗将她安置在美人靠上。

他半蹲在她身前，目光温和地看着她。

"别哭了，没事了。"

芭斗哭得有些停不下来，听到文华的话，原本害怕的心稍稍安定了几分，可是莫名的委屈却还是止也止不住。

"嗝……呜……你、你对我……嗝……到底是什么意思？"

芭斗偷偷睁开眼，小心翼翼地望着文华。

她决定了，反正今天都这样了，她豁出去了，事关男女情爱，东方伟大的某位主席曾经说过，不以结婚为目的的恋爱都是耍流氓。她虽然和文华认识不久，但是被一个成熟男人不断地挑逗，身为一个读万卷书的知性女仙，她还是明白其中的道理的。虽然她只有五百岁，但是已经够资格谈恋爱了……所以，面对这朦胧的桃花运，她今天一定要打破砂锅问到底，这个男人到底是怎么定义自己的，情人？小妾？妻子？贱婢？

对于芭斗这么直接的提问，文华有些措手不及，好在他定力强大，不至于失了分寸。他平静而柔情地轻声反问："难道你自己看不出来吗？"

没料到一向高冷的文华上神竟会如此含情发问，芭斗一下子涨红了脸，她眼神闪烁躲避着文华投向自己的灼人目光。

"我、我怎么知道啊。"

文华叹息一声，抬手握住她的手："虽然你现在还什么都不知道，但是很快，你就会明白了。"

芭斗："明白什么？"

文华："……"

芭斗继续追问："我应该明白什么？"

文华拍了拍她的手："好了，时候到了你自然就知道了。总之，以后胡薇不会再来找你麻烦了,这段时间,你就安心做准备吧。"

芭斗满头雾水:"做什么准备?"

文华:"去九荒山的准备。"

他继续问道:"书宫的书看得怎么样?一半看完了吗?"

芭斗猛摇头,被文华安抚了忐忑不安的心后,完全忘记了还没有听到文华明确的答案,却已经飘飘然,被看书的事转移了注意力。

4. 有了男人的女人

自从文华当着芭斗的面对胡薇威胁并暧昧不明地告诉她很快她就会明白一切后,芭斗心中便多了一颗定心丸,在文华府的日子也过得越来越张扬起来。没办法,那句话是怎么说的来着?

哦,对了,有了男人的女人,就像是学会了七十二变的猴子,连地球都敢撬一撬!

尤其是这个男人位高权重,对别人淡漠冷冰冰,却独独对自己柔情似水……虽然文华上神其实并没有这么温柔,顶多是对芭斗很纵容而已。不过永远不要低估一个八卦高手的杜撰和夸张能力,不然哪天你发现自己已经不在地球了都不知道!

芭斗先是和怪子李展开了一场无声的较量,非常顺利地成功跃居文华府位高权重的第二人!

然后,芭斗又一步步蚕食了文华的书房,将一摞又一摞的书搬进了书房,泛黄的、包装精美的、千奇百怪的古籍,将文华原本独特的清一色白色书房大变了样。

于是乎,当白奕打着替天帝督促编修花仙手册进度的幌子再次来到文华府的时候,他感觉自己似乎来错了地儿。

彼时,芭斗正手拿一本《文华君传》,跟在文华身后不断地发问:

"五百年前到底发生什么事了?"

"你真的已经十几万岁了吗?好老啊!"

"九荒山的百花仙子真的每个人都有很多男人吗？"

"当年上古神祇陨落的时候，为什么你会没事？"

……

文华今天在帮太上老君试炼一种丹药，这会儿正在一间精致的丹房里围绕着大大小小的炼丹炉走来走去。而芭斗，就将跟屁虫的本质发挥得淋漓尽致。

只不过，她这个跟屁虫是好大一团，而且非常鲜艳。

文华的炼丹房也非常简洁，檀青色为主色，而他自己也穿了一身鸦青色的长衫，如果他有意隐藏，甚至能够和房间融为一体。芭斗就不是这样了，她身上一袭绯红色的广仙裙，不同于其他仙子穿起来的妩媚性感，反而更像是遗落在天地间的精灵，眉宇间虽然带着一股不正经，但是同时也有一团纯洁的晶莹之气。

白奕跟着怪子李走进房间的时候，就看到芭斗搂着文华的胳膊几乎整个人都靠在文华的身上。

"啪嗒"一声，白奕手中的玉坠孔雀扇掉到了地上。

芭斗率先扭过头，看到白奕后，脸上闪过一阵慌乱，便要飞快地缩回手。

但是紧随其后转过身的文华，却淡然自若地握住芭斗的手，一派淡定，脸上更是没有一丝波澜，平静如往昔般看着白奕，目光中带着询问。

"你来干什么？"

虽说平日里文华也冷冰冰死气沉沉一副对谁都漠不关心的架势，可是那时候人人平等，白奕还不觉得有什么。

如今见到文华厚此薄彼，对着芭斗一派温和宠溺，对着自己竟然是无情质问，这让他脑补出了深深的重色轻友的剧情！

"喂喂！"白奕觉得这个时候，就应该发挥"叔可忍婶不可忍"的高风亮节，必须严厉谴责这种重色轻友的不义之举，"我听到这句话好伤心哪！亏我们俩还是好几万年的好朋友，现在竟然为了一个女人，就对我'始乱终弃'！"

文华的脸色暗了下来。

芭斗听了白奕的话，虽然心中沾沾自喜，但是感受到身旁文华的气息沉了下来，还是装模作样无奈地对白奕说道："奕王，不会用成语就不要乱用好不

好,就算你想表达自己是个无恶不作、目不识丁的富家公子,也不带这样炫富的啊,这明明是炫二啊!"

对于芭斗非常有胆的反驳,越发让白奕觉得两人有问题。

白奕凑到两人身边,瞄到芭斗手上的书——《文华君传》。

"啧啧,原来你们都发展到这种地步了啊!"

芭斗无辜地看着白奕,不明白这种地步是指哪种地步,她和文华可还是清清白白非常纯洁的啊!

5. 他已经离开妖界了

炼丹房中因为白奕的一句话,莫名多了几分令人窒息的暧昧之意。

芭斗下意识地想要抽回被文华握着的手。文华敛目瞥了她一眼,见她脸上带着一抹红晕,余光又见白奕依旧兴致勃勃地盯着两人,方才放开了芭斗。

"你先回去。"

头一次,芭斗心中的好奇宝宝没有作祟,她非常听话地点点头,有点落荒而逃的意味离开了炼丹房。

白奕单手托腮,若有所思地看着文华,一连啧啧了好几声。

"不对劲啊……有问题,一定有问题。"光说还不够,白奕又伸手朝文华的脸上探去。

文华拂袖甩开白奕伸过来的手,脸上虽然没有厌烦之意,但也气息微沉。

"什么事?"

白奕悻悻,非常受伤地瞪了文华一眼:"没事就不能来找你了吗?想当年,你和我才是……"白奕的话没有说完,就在文华凛冽警告的目光中终结了。

文华熄了丹炉的火,将丹药拿了出来,放在已备好的寒池水中浸泡。

白奕随意找了个椅子坐下。

"老大让我告诉你,他已经离开妖界了。"

文华手中的动作顿了一下,继续摆弄着寒池水中的丹药。

"知道了,还有别的事吗?"

听出文华赶人的意味,白奕反而更加不想走了。他往后靠在椅子上:"我说，你和他到底是怎么结下的梁子啊？老大可是说了，那家伙不是个小角色，自古伴随上古神器出生的，都是天命之人，除非是天劫，否则根本杀不掉他……"

"话说你是上古之神，这些应该比我们还清楚吧。老大当年征战妖界，眼看着就赢了，结果因为这小子降世，这都几千年了，老大也没有再动妖界的心思。结果没想到几百年前，你竟然重创了他……啧啧，果然还是上古的老家伙啊，不出手则已，一出手就是惊天动地啊！"

……

文华："天帝想要做什么？"

一句话，将白奕滔滔不绝的感慨扼杀在了喉咙里，他一副不情愿地瞪大了凤眼，最后叹息了一声："唉，我早就和老大说过了，你绝对不会上当的！"

文华将丹药从寒池水中捞了出来，收进丹盒之中。信步走到白奕对面坐下，目光平淡却又暗藏着锐利。

白奕被文华看得有点毛骨悚然，连忙耸耸肩，浑身颤了颤："哎呀，哎呀，你别那样看着我，不知道人家怕怕啊！我跟你说，跟你说就是了。老大还不是想试探试探，既然五百年前你能重创让他闭关，那说不定你也能将他的神器琉璃羽拿回来，没有了上古神器庇护，说不定就能改了他的天命，这样老大征战妖界的壮志就可以再次提上日程了。"

"不可能。"

文华说完起身准备离开。

白奕一脸菜意，虽说他只是个传话的，但是作为天界第二大的王爷，却被老大和这个冷面家伙来回当传声筒，他觉得自己很可怜很忧伤。

另外，最主要的原因是，他非常好奇五百年前文华的情劫到底发生了什么事！所以，他一路跟着文华。

"文华，你这样我很难办哪，我这么去和老大说，老大会生气的。当年你不是重创过他吗，那你也一定知道他的弱点啊，你……"

文华扯回被白奕偷偷拉过去的衣袖，语气生硬："不是我。"

白奕被这无厘头的话弄得不清不楚，他想追问，不过文华下一句就回答了他的疑惑。

"重创凤殊的人,不是我。"

什么?

白奕感觉这个故事一点都不好玩。

"怎、怎么可能,放眼三界,除了你这独秀一枝的上古宝贝,还有谁能打得过他?"

"是他自己咎由自取。"

文华不愿意再谈下去,想到当年的事,他的情绪有些紊乱。

白奕的脑海中闪过一个逆天的念头——

文华,当年你的情劫不会是凤殊吧!

然后……

这天,有很多人在南天门的石柱上看到了被吊挂着的白奕,鼻青脸肿,一派萎靡,但是嘴角却挂着傻呵呵的笑容,还一直念叨着:"总算被我知道了……"

6. 青蛙王子

话说先一步离开丹房的芭斗,此时站在池塘边,受到了不小的惊吓。

她的面前,站着一个俊秀水嫩的绿袍男人。

"你、你是谁啊?"

芭斗眨着大眼睛,一副文华府中什么时候又多了这么一个小鲜肉的表情。

绿袍男人在看到芭斗出口粗鲁的模样后,顿时眉头紧皱。他伸手指着芭斗毫不客气地教训道:"你个没良心的,我就知道一天不在你身边跟着,你就得把我忘了!"

突然发飙,完美画风全变的绿袍男,让芭斗有一抹深深的熟悉感。

"你、你这话好耳熟啊。"

绿袍男人更加火大,他瞪着芭斗:"想我在蛙界一代天才,几万年来唯一一个得道成仙的青蛙王子,怎么会有你这么个不靠谱的朋友呢?我我……我要和你绝交!"

"蛙界?青蛙王子?"

芭斗总算回味过来,她瞪大了眼睛:"你你……你是小蛙!"

"哼哼!"

芭斗像是见到新鲜玩意一般,抓着眼前的男人,来回转了好几圈,连连惊叹:"我的天呀,没想到你变成人后竟然这么帅!"

被芭斗突然的夸赞弄得有点小脸红的男人,连连用咳嗽掩饰面上的尴尬。

"我什么时候不帅了,我就算是一只蛙的时候,也是蛙界最帅的!"

芭斗撇撇嘴,表示不相信。

旋即,她看着小青蛙说道:"对了,你化成人形后,总不能一直还叫小蛙吧,不如我给你起个高大上的名字怎么样?"

小青蛙嫌弃地挣脱开芭斗的手,一副信你死翘翘的模样。

"不必了,我早就想到了,以后请叫我蛙公子!"

芭斗觉得小青蛙不让自己发挥才华这件事,需要好好探讨一番。

"小蛙,你要知道,你长这么大一本书都没看过,可是我饱读诗书,学富五车,我帮你起名字是一件多么荣幸的事情啊!"

"……"

"而且啊,你这个什么蛙公子只能说是一个代号,不算是名字。你怎么能把自己是只蛙的事实告诉众人呢。你想想你这么帅,但是大家一补脑你这赤裸裸的名字,这有碍你的桃花运呢!"

"免谈,别以为我不知道,你这是嫉妒,因为我知道自己原形是什么,而你……一直不知道自己究竟是个什么东西,你这是赤裸裸的嫉妒!"

"……"

小青蛙一副嘚瑟的模样,不知是不是因为人形后的帅气面孔,不但没有让他像以前那样令人咬牙切齿,反而还多了一抹邪恶的帅气。

"既然说到这个问题了,我说,你都和文华上神发展到这种地步了,你去问问他自己到底是什么,以他的神通广大,还能查不出来吗?"

"我不知道,只是以前的事,不知道为什么,我每次努力想要回忆的时候,总是觉得很害怕……"提到自己的身世,芭斗突然有些恹恹的。

"不敢直面自己的过去,还怎么期待美好的未来。再说,你别忘了,文华上神都几十万岁了,而你,物种未知……要是以后你们成婚,对下一代有风险啊,知不知道!你忘了,三百年前,咱们偷偷跑到人间,有个蛇妖女和一个人

间男子生了一个左边蛇形右边人形的怪物哇!"

芭斗听着小青蛙的话,不禁一阵毛骨悚然:"那、那怎么办啊?"

小蛙一副合着我说这么半天都白跟你说了的模样看着芭斗。

"你傻啊,都告诉你了啊,去问文华上神啊!他一定知道的,就算不知道也能查出来的!"

"你才傻呢,你听说过自己不知道自己是什么,跑去问别人的吗?这让我怎么开口?难道我要说,上神,真是不好意思,我不小心忘记自己是什么了,请问你知道吗?你这是让我去寻找身世呢,还是去卖傻啊?"

……

小青蛙叹息:"说你傻你还真傻啊!还学富五车呢,那么多话本子白看了是吧!那人间那么多白莲花都是怎么攀上高富帅的,不都是'哎哟,公子,人家忘记自己叫什么了''人家之前的事都不记得了''人家不知道以前的事了,一个人也不认识,以后要怎么办啊'……让文华上神帮你找回记忆这件事,可以说是一举两得的事情,既知道了你是谁,还能加速你们两个人的感情。"

芭斗若有所思,突然尖叫一声,火急火燎地跑回房间,好一通翻箱倒柜,终于找到了当年自己和小蛙偷偷下界时带回来的那条美美的光仙裙,嗯,还是抹胸的哦!

她嘴里念念有词:"美人计,露肉,抱大腿……还有什么来着?献吻应该不用吧?那是豪放女的招数。作为一朵白莲花,应该出淤泥而不染,应该是矜持有度,笑不露齿……哦,对了,白莲花一般都是很有骨气的,那我应该……"

芭斗的计划就是——没有计划!

一遇到和文华有关的事,她完全聪明不起来。

不过那谁不是说过嘛,女人在爱情中永远都是傻乎乎的。这说明,自己遇到的是真爱啊!

她绞尽脑汁,唯一能够想到的就是:女为悦己者容。所以她觉得自己以后都应该好好打扮,每天都美美的。

一个人在房间里倒腾了半天,直到镜中的人,略施粉黛,娇而不媚,白皙的香肩微露,樱桃小嘴,再加上眉宇间流转的灵动……芭斗满意地点点头。

"这次,不成功便成仁,就算问不到身世,也要把文华上神吃拆入腹!"

咳咳，芭斗为不小心说出了自己真正的心思而有点小小的难为情。

7. 你还是一只小蝌蚪呢

　　文华府莫名地凝聚起了紧张的气氛，那个千万年来唯一一个在文华府拥有特殊地位的人——芭斗，此时此刻心情是万分紧张的。
　　因为，她准备"吃掉"文华。

　　另一方面，在文华府已经作威作福千万年的另一个人——怪子李，迅速得知小蛙醒来了，像风一样的男子般出现，又风一般地劫走了小蛙。
　　就在后花园的池塘边，小蛙试图抵抗，但是交手不过两招，就被怪子李一巴掌拍在了地上。
　　"还想跟我斗，老子当年驰骋三界的时候，你还是一只小蝌蚪呢！"
　　小蛙痛苦呻吟，寄希望于旁边的芭斗，岂料芭斗突然想到了一个好主意，还不等小蛙说话，就留下一句"改天再聊"，急匆匆地跑掉了。
　　怪子李眼中闪过一抹恶狠狠的笑意，双手抱臂，明明很英明神武的一个人，却因为身子过于瘦弱，表情过于狰狞而变得怪怪的。
　　他瞪着小蛙："不用看我，你以为你刚刚和她说的话没人知道吗？上神让我告诉你，这是第一次，也是最后一次！"
　　小蛙一脸茫然不懂的样子："你在说什么啊？"
　　怪子李哼哼两声，拎着小蛙就像拎小鸡一样："装傻只能糊弄芭斗那种智商的，正事说完了，接下来咱们好好算算你偷吃我莲子的账……哼哼。"
　　"……"
　　偌大的文华府，未来的日子，时刻响彻着小蛙哀怨的哭号声。

第五章

1. 华哥哥

可惜此时的芭斗正偷偷摸摸潜伏在梨花林中,准备来一场华丽丽的艳遇。

嗯,不错,又到了每次文华上神在林中抚琴或者是沐浴更衣的时间了。

梨花林漫天飞舞着乳白色的花瓣,清新的花香四溢。四周和风轻暖,每一日都是人间四月天的美景。

芭斗一点点往里面走,渐渐听到清淡叮咚的琴声传来。

"咦,文华他今日竟然在弹琴。"

芭斗刚念叨了一声,旋即又听到琴声之中,还有一道娇笑的声音传来。

"华哥哥,你这抚琴的手艺越来越厉害了嘛。"

胡薇!

芭斗脑海中响起了警钟,这明明妩媚但是却带着一抹刚正的声音,定是胡薇!出于护花心切的想法,芭斗飞快地朝里面跑去,想要维护自己的领土主权。

但是她的脚刚刚迈出去一步,整个人却突然愣怔在了原地。

"你那边的事查得怎么样了?自己注意安全。"

这是一种芭斗从来没有感受过的温柔,文华的声音中一丝丝冰冷之意都没有,就像是话本子里说的那种公子如玉的感觉一样。可是,这句话却不是说给自己听的,而是说给胡薇!

此时,她只感觉自己像是被一桶冷水泼中一般。

"放心吧,你又不是不知道我,能出什么事。"

"小薇……"

小薇?!

文华略带无奈又宠溺的称呼,让芭斗浑身打了个寒战。即使她在爱情中再笨,此时也能察觉到文华和胡薇之间,并不像自己以前见到过的那样。

"华哥哥,你真的不告诉她吗?这样利用她,如果以后……"

"这件事无关紧要,你不用担心。"

"可是万一让凤殊先一步下手,以芭斗的性格,这一次她未必会按你的计划走的。"

"不会,芭斗和阿叶……总之,你只要做好我说的那件事就好了,其他的不用管。"

利用?无关紧要?

这是在说自己吗?芭斗脑子里突然乱腾腾的,想要心里空空感受不到任何的情绪。

阿叶……是那个阿叶吗?

那幅被小心翼翼,挂在书宫密室中的美人图,下面是文华的亲笔手书,吾爱卿卿阿叶的那个阿叶吗?

2. 那幅美人图

芭斗感觉自己的大脑嗡嗡作响,好像成千上百只蜜蜂在身边乱窜着。

关于那幅画,是她努力想要藏进深渊中的秘密,是莫名其妙涌上心头的酸楚。

发现那幅画,是在芭斗觉得自己最人生得意的时候。

察觉到文华对自己的骄纵宠溺,芭斗欢快得像是天地间独一无二的小喜鹊,胆大得连刚开始特别畏惧的怪子李,她也不怕了!然而,这一切欢快的心思,

都被那幅画打破了。

那日,文华去赴某星君的家宴,芭斗无事可做,索性从书宫拿了本书去文华的书房看。

书房中,有阳光洒进来,又存留着文华身上淡淡的气息,这让芭斗心中特别舒畅。

芭斗乖乖地靠在软榻上看了半日的书,直到颈间有些难受,她起来寻了文华平日里用的茶具准备泡些茶喝。

之前,怪子李曾经阴阳怪气地警告过芭斗,文华书房的一笔一木,都是四海八荒位高权重甚至是已经陨落的上神赠予他的礼物,不能轻易乱动。

而文华那套红衫木的茶具,据说是他父神母神留下来的。

芭斗虽然不再害怕怪子李了,但是弄坏了东西总归是不好的,她在动手之前,还是非常小心翼翼,只是躺在软榻上时,腰间的裙带不知何时松开了。等到芭斗走到茶几处,正准备弯腰去提一旁暖炉上的热水时,不巧踩到了裙角,顿感背后一空,就摔了个惨烈,正好压在了那套名贵万分的红衫木茶具上,还不等她大脑做出正确的思考,就传来"吧嗒"一声……

这套红衫木茶具的样式是最古老的树桩做成的,大而厚实,上面又雕有山川云雾石桌房屋等小布景。

那吧嗒的声音,则是从茶具上最高的一处山顶传来的,芭斗目瞪口呆地看着近在眼前的山顶缓缓犹如绽开的鲜花般四散开来,然后一幅卷好的画卷缓缓被送了上来。

鬼使神差,芭斗拿出了画卷,然后,便看到了画中人:

广袖罗衫,背景是一处美轮美奂的人间山脚。

女子巧笑倩兮,眉宇之间的情意,哪怕芭斗是女人,也被那柔情似水的眸子看得有些脸红。

等到她目光下落,看清楚女子的容貌时,双手一抖,又一声"吧嗒",画卷掉在了地上。

一模一样!

那、那画中的女人……和……和自己一模一样。

画卷右上角,除了文华自己的名字外,只有"阿叶"两字,不深不浅,却密密麻麻写满了，每一笔每一画看上去，都沾满了浓情的思念。

这个女子叫阿叶，和自己长得一模一样的阿叶。

不不不，是自己和她长得一模一样才对。

……

芭斗不敢往下想，人间的那些话本子她看了太多。

什么真假娘子、完美替身、狸猫换太子、姐妹侍一夫……她平时只当好玩，今天却觉得毛骨悚然，心里面犹如万千蚂蚁在啃噬。

这便是佛说的，梦里看花非花，镜中看月非月吧。只有身临其境，才知道花是什么，月又是什么。

芭斗努力让自己镇静下来，把画小心翼翼地放回了原处，逃跑一般离开了文华的书房。

"华哥哥，别怪我没提醒你，你今日决意如此，日后……"胡薇的声音打断了芭斗的回忆。

芭斗目光有些涣散模糊，循声望过去，胡薇微蹙眉头，一副想说不敢说的样子。

"不用说了，你只管做好自己的事就可以了。"

文华声音平淡，听不出悲喜，但此时听在芭斗的耳中，却还是犹如电闪雷鸣般，让她的心，越发难过起来。

芭斗自嘲地咧嘴想要笑笑，却只能摆出比哭还难看的表情。呵呵，在看到那幅图的时候，不就应该想到的吗？自己这么平凡，一无长处的小仙子，怎么会突然得到文华上神的青睐。

芭斗不敢再想下去，她双手紧紧攥在一起，身体有些失衡，在梨花林中像是没头的苍蝇一样，来回乱撞着想要离开这里。

3. 那一脚踹得太销魂

每个人在一生中，都会经历各种各样的惊慌失措吧。

芭斗不知道以前有没有经历过，也没心思去想未来。此时此刻，她觉得心

慌意乱已经达到了崩溃点,她的腿越来越软,可是一口气梗在心口,却让她死也不愿意就这样停下来。

两旁的梨花树被她撞得花瓣纷纷落。

等她一路磕磕绊绊跑出了梨花林后,却发现自己走错了路,这并不是平日里进出的入口。

四周都是茫茫的云雾,高耸直入九十九重天的天柱就在眼前。芭斗揉了揉眼睛,她从没有见过这个地方,甚至都没有听说过。

"芭斗,你怎么在这里?"

熟悉的不着调的语气穿过层层云雾落入她耳中。只不过,此时芭斗心里特别复杂,只觉得那若有似无刻意拖长的尾音莫名让人难受。

她看着云雾中间慢慢散化出一个人的模样,随着来人逼近,周围的云雾流动得快了起来。只见白奕手中拿着一把芭蕉扇不协调地来回扇动着。

"来这里怎么了,难道来这里也犯法吗?还是只有你能来我不能来?"芭斗的声音带着厚厚的鼻音,酸酸的。

白奕挑眉:"天界是我家,你当然不能和我比了。"

芭斗心中难过,没有力气和白奕斗嘴,索性转身准备原路返回。

但是白奕却一把拉住她:"看你这失魂落魄的样子怎么跟失恋了似的?"

芭斗几次想要挣脱开白奕却都无果,突然听到白奕口中的"失恋"二字忍无可忍了,满腔的委屈化为怒气,朝着白奕撒泼。

"放开我!失个什么鬼恋,我都还没恋呢……他喜欢的又不是我!"

白奕来回闪躲着,费了好大一番工夫才制住芭斗:"停停停,有什么事不能好好说吗?"

芭斗挣脱不开白奕的牵制,索性抓着他的袖子抹泪大哭:"啊呜……呜呜呜……你们都是坏蛋,都欺负我。你们仗着自己是上神了不起吗?还不是因为生得好。不知道我娘是谁又不是我的错,没你们这么牛逼哄哄的家世是我不对,可是我已经很小心翼翼了,为什么你们还要这么对我?

"我偷听他的八卦不就是为了挣点钱吗,你们是皇亲贵胄,是上古就活着的神,有家世有底蕴,我呢,我除了小蛙,什么都没有了。我要养活小蛙,不挣钱怎么活?

"我不懂你们这些神的世界,你们要和妖界的那个什么皇子钩心斗角,为什么要利用我?我长得和阿叶像又不是我的错,这是我妈生的啊,我也想让我妈给我生得平凡点,可是……呜呜呜,我连我妈是谁都不知道。"

芭斗只顾着歇斯底里地释放自己的悲伤,完全没有发现白奕此刻复杂而闪现着危险的神情。

等到她渐渐停止哽咽,白奕问她:"你已经知道阿叶了?"

芭斗擦泪的手顿了顿,抬头看向白奕:"咦?你的意思是,连你也知道阿叶的存在?"

白奕咳了咳说道:"我也是偶然听说了一句而已,不过我倒是一直对这个阿叶很好奇……哎,你都知道些什么?这样,你把阿叶的事告诉我,我满足你任意一个要求怎么样。"

芭斗怀疑地看着白奕,眼睛红通通的像个兔子:"你又不是天帝,怎么可能任意满足我的要求?"

白奕:"总之,只要是我能满足的,一定满足。"

芭斗依旧怀疑:"那你能送我去九荒山吗?"

白奕突然诡异一笑:"哈哈,这个当然了,我就是来……"似乎是说了什么不该说的,他急忙转过身捂住了自己的嘴。

"你来干什么的啊?"芭斗不屑一问。

白奕清了清嗓子,摇着扇子翩翩转过来:"哦哦,我没来干什么,我这不是听到你凄厉的哭声所以才好奇过来的嘛!不过,去九荒山也不是什么难事,虽然没有几个人能破开那结界,但是很显然,我正好是那几个人中的一个。"

"真的?那你快送我下去!"芭斗抓着白奕的衣角,心中暗暗拿定了主意,她要暂时离开这个伤心的地方,来一场说走就走的旅行!

白奕:"那你先说阿叶的事。"

芭斗迅速从袖袋里拿出一个小册子:"我知道的都在这上面写着了。你先送我下去,我就把这个给你。"

白奕两眼放光:"好好好,快给我。"

芭斗将手中的册子举向一侧:"那你快点送我下去,你再不开始,我就把册子扔下去,你想知道什么就自己去问文华吧!"

白奕连连摆手,一边念叨着真是服了你了,一边摩拳擦掌,然后在芭斗还没注意到的时候,一脚将她踹了下去。

芭斗受到惊吓,手一松,册子就这样被白奕轻轻松松捞了回来,还伴随着一阵得意的笑声。

"白奕,你妹啊!"

腚的剧痛,让芭斗在下坠之中也不忘爆一句粗口。

而白奕身后,突然出现的那个面色阴沉的银衣男子,她连个衣角都没有见到。

4. 还想再活五百年

"啊啊啊啊……"

芭斗感觉就像是置身在风婆婆的风口袋中一样,凉而犹如薄薄又稍微钝涩的刀片般的气流在她下落的时候,犹如调皮的妖精在她身上胡作非为。

出来晒太阳的云朵,被芭斗粗鲁的叫声惊醒,顶着惺忪的睡眼,嫌弃地挪动着肥胖的身子,往南天门走去,又带着几分看热闹的笑意,看着芭斗呈八字形完全无法控制自己的身体,像是从悬崖滚落下去一样,埋头冲进了南天门下面的万丈云海。

云海里面有纵横交替的阡陌无数,有的通往凡间,有的通往地府,还有的通往各路神仙洞府。

在一处诡异的九字形交汇处,不同于其他风平浪静的洞口,突然间掀起了急速的气流,将芭斗吞了进去。

"救命啊,谁来救救我,我不想死啊,我还想再活五百年!"

芭斗惊恐地瞪大了眼睛,周身围绕着千奇百怪萦绕着浓郁的雾气,又在其中闪烁着星星点点的蓝色,绿色空灵的树林中,她的视力,没有任何时候有现在这么锋利,因为她看到就在自己下坠的气流隔开浓雾之后,让她不由自主感觉后背发凉的深潭就出现在自己的下方,而她,此时此刻,正以一种完全无法控制的速度,"扑通——"掉落在了深潭里。

她在冰凉又带着浓郁香甜气息的潭水中奋力挣扎了两下，突然意识到自己还完好无损地活着，感恩的心扑通地跳跃着。她渐渐平静下来，咕咚咕咚，慢悠悠地浮出水面。

芭斗抹了一把脸上的水，刚睁开眼睛还没有下一步动作，耳边就传来一声诡异的大叫。

那是一种介于男人和女人之间的声音，先是低沉粗哑的起调，紧接着却又犹如幽兰一般绵长而尖细。

芭斗浑身一抖，肩膀抽搐，小心翼翼地偏过头——

"啊啊啊啊……流氓啊！"

"啊啊啊……你、你是什么鬼？"

芭斗和对面发出声音的某君同时大叫起来。

芭斗脸上青一阵红一阵，最后目瞪口呆，完全忘记了之后的动作，一直直勾勾地盯着眼前的人。

那是一个浑身赤裸，肌肤雪白晶莹剔透，银色的长发披肩而下，没有一丝瑕疵的脸蛋上带着丝丝怒意和恼羞的美人。

"还看？不许看！"银皎皎冰蓝色的双眸中一抹暗光一闪而过，随即他掀动着薄唇，语气恼怒又带了几丝娇羞地朝芭斗嗔道。

这一次，他的声音少了那股子犹如幽兰般的绵长，虽然依旧带着一丝软绵之意，但却是名副其实的低沉粗哑。

芭斗瞠目结舌，下意识闭了眼，又马上忍不住睁开眼，继续瞪着他看个不停。

然而不过是眨眼工夫，刚刚还赤裸的美人，身上多了一件宽松而又不失华丽的袍子，他飘然从深潭中飞身而上，慢慢落到岸边，身上不带一丝湿意。

银皎皎看着傻眼的芭斗，轻呵一声，好看修长的手在半空打了个诀，芭斗脚下突然多了一股强大的力道，将她直接拖到了岸边。

"你、你……你到底是什么东西？"芭斗瞪大了眼睛问道。

银皎皎扑哧一笑，略嫌弃地朝芭斗飞了个媚眼。

"哼哼，长得还没我好看，唉，我亏了。"银皎皎有些不满地自言自语了几声，转而莫名其妙对着空气挤眉弄眼了一番。

他的种种诡异动作，彻底惊呆了芭斗。

回过神来后，她悄悄往后退。

"你在自言自语什么？我、我怎么听不懂？"

银皎皎的俊脸突然在芭斗的眼前放大，她的腰间突然多了一双冰凉带着一丝异样的触感的手。银皎皎喑哑轻佻的声音在她的耳边响起："我是你的相公啊，我们鲛人变性之前看到女人，就变成男人做她的相公；看到男人，就变成女人做他的娘子……"

"娘子……"

银皎皎故意在芭斗的耳边挑逗，轻柔中带着点点香甜气息的味道，让芭斗忍不住浑身战栗起来。

她头皮发麻，努力让自己镇定下来，伸出手，哆哆嗦嗦地将银皎皎推开。

"变态啊你！"一向在天界为所欲为，热衷八卦，自诩爱情活宝典，节操情操双双爆表无上限的芭斗，竟然在被这个陌生的美人调戏后，落荒而逃！

芭斗一边跑，心里面一边腹诽：真是变态天天有，今年特别多！

5. 难道是跑跑更健康

芭斗感觉自己陷入了跑跑跑的魔咒之中。

虽然说跑跑更健康，可是她现在只想找个洞穴去"疗伤"啊。

身后那个疑似一直在追自己的男女不分的怪物，让她本就受情伤的心更加千疮百孔。

而脚下柔软的草地，空气中从未闻过的香气，薄雾中淡淡的冷蓝色的光晕……又在提醒着芭斗，这里是九荒山，是那个"山中方一日，世外已千年"的地方！

她真的已经成功到了九荒山！

慌乱、难过又喜悦的心情……

身后的脚步声渐渐弱了下来，芭斗朝着下山的方向一路小跑。心中回忆着关于九荒山的记载。九荒山下面有一座灵虚城，里面住着千奇百怪的居民。就连当年撞毁不周山的那个大块头也躲在灵虚城，还有火烧圣城的那个妖王，也和七公主住在灵虚城。只要是入了灵虚城，便被父神母神庇佑，就算是天帝也不能再干涉灵虚城中居民的生活。

只不过灵虚城并没有那么好进，首先知道灵虚城传说的人便少之又少，其次修为没有达到上神级别，又没有因缘际会的幸运的话，连九荒山都找不到，更不用说是九荒山中的灵虚城了。

芭斗准备留在灵虚城，然后……成为城中的居民，大不了以后都不再回天界了。这一念头刚刚闪过，就被一道不和谐的声音打断。

"娘子……你等等为夫啊！"

银皎皎的声音响起，芭斗顿时倒吸一口冷气，提起裙子，噌噌地继续往前跑。

银皎皎脸不红气不喘，一派优哉地在后面跟着，幽蓝色的眸光闪烁。

浓密的古树被浓雾遮掩着，九荒山的上空晦暗不明。不过霎时的时光流转间一抹撩人的红色闪过。在山谷间掀起了阵阵清风，伴着淡淡的香气，缭绕的云海翻滚起来……银皎皎仰头看着半空，眼角的笑意更深了几分。

但是，紧接着刚刚还舞动的欢快的云层突然间咔嚓咔嚓迅速冻结了起来，一抹银白色的衣角在很高的地方闪动了一下，天空上方传来激烈的打斗声。

银皎皎脸上的笑意顿时消散无踪，他垂在身侧的手攥成了拳头，又很快舒展开。

身形微闪，银皎皎动作敏捷地朝着芭斗一路离开的方向追了过去。明明两人隔了很远的距离，但是还不等芭斗停下来休息，就听到银皎皎柔媚撩人的声音传来："娘子……等等人家啦，你跑那么快干什么呀？难道是害羞了吗？"

银皎皎男不男女不女的嗲声让芭斗双腿一软，险些栽倒在路边。

原本慌乱难过的心情，被银皎皎这个突然出现的天兵搅得更是乱成了一锅粥。芭斗看着前面郁郁葱葱根本没有尽头的山路，再侧耳听了听银皎皎越来越近的脚步声，她自暴自弃地叹息了一声，索性一屁股坐在地上不动了。

很快，银皎皎便脸不红气不喘地站在了芭斗身前。

芭斗一脸郁猝地瞪着银皎皎，灵秀的小脸皱得像是隔夜的包子一样，不断地散发着杀气，可惜……芭斗的杀气太弱，银皎皎完全当凉风来纳凉了。

6. 娘子

银皎皎眨着一双凤眼,抿嘴朝着芭斗笑意冷冷:"娘子!"

"……"

银皎皎:"娘子,你家住何处?岳父岳母还健在吗?你看这月色正好,不如娘子先随我回家,等咱们洞房花烛之后,便启程拜访岳父岳母可好?娘子,你对凤冠霞帔有什么要求吗?哦,对了娘子你喜欢睡木板床还是玉床……"

"闭嘴!"芭斗一声吼吓。

银皎皎轻呼一声,很受伤地捂着脸,哀怨地望着芭斗。活脱脱一个刚被家暴过的小可怜一样。

芭斗深深地运了口气,试图和银皎皎好好讲道理。

"你没病吧?"

银皎皎猛摇头。

"我不是你娘子。"

"你是。"

"我说了不是!"

"你就是人家的娘子嘛,你刚刚看了人家的身体,害得人家变成男人,你……"

芭斗伸手捂住银皎皎的嘴,气急败坏地朝他怒吼:"我只是不小心掉在那里了,我不是故意要看你的,拜托你放过我吧!"

"唔……唔……"

银皎皎憋得满脸通红,但是却又不敢抬手将芭斗的手拿下去。

芭斗没有马上将手拿开,而是继续警告他道:"我不是你娘子,你不要再跟着我了,一会儿你走你的阳关道,我过我的独木桥,明白吗?"

"……"

"我现在放开你,但是你不能再跟着我了知道吗?"

银皎皎一脸悲痛欲绝,望着转身准备离开的芭斗:"呜呜呜……我们鲛人一族注定要和让自己定性的那个人在一起的。如果那个人不接受的话,诅咒就会降临,形单影只的鲛人只有一个命运,便是成为人类的工具,人类用拿火烤红的钳子一片片拔掉我们的鳞片,让我们产生痛感而哭泣,这样就能为他们源源不断地提供珍珠……"

已经走出好几步远的芭斗,努力让自己耳根清净,装作什么都没有听到的样子,继续若无其事地往前走。

"娘子,我会很乖的,你真的不能再考虑一下吗?

"我会洗衣服会做饭会唱歌会跳舞……暖、暖床也可以的,而且我这么美丽,我们的孩子也会成为天底下最美的美人的。

"还是娘子你有喜欢的人了?就算是这样也没关系的,我、我只要娘子偶尔看我一眼就可以了,没有孩子也没关系,只要让我跟在娘子身边就好了……我、我不会打扰娘子和你喜欢的人在一起的。"

"……"

银皎皎的声音越来越小,语气也越来越没有生机,最后好像是已经绝望了。他深深地看了一眼芭斗,然后像是自言自语一般:"既然不能和娘子在一起,我宁可被那饕餮兽吃掉,也不要成为人类的工具,我、我只求来世能够赶在娘子喜欢的那个人之前遇到娘子!"

话音落下,银皎皎毅然决然地转身朝着和芭斗相反的方向而去。

7. 文华他会不会担心?

芭斗脚步沉重地朝前走,这副倔强的模样,就连陪了她五百年的小蛙都不曾见过。芭斗也说不上来心中的感觉,只是入了九荒山之后,心中莫名地多了几分说不上来的思绪。

她的耳边不断地传来银皎皎的声音,当听到他说起自己喜欢的人时,芭斗下意识地想起了文华。

不知道发现自己不见了,文华他会不会担心。

应该……不会吧。

自己只不过是碰巧和那个叫阿叶的女子长得像罢了,虽然打乱了他们的计划,但是文华的手段了得,随便将人的模样变幻一番,依旧可以送一个阿叶去迷惑那个妖界的皇子的吧。

反正不管是自己,还是其他人,都是假的。

区分只不过是一副脸皮而已。

……

想到这儿,心口的痛感便犹如被千万把细针飞插了进来一样。

芭斗感觉到一股强烈得好像淹没在水中的窒息感。

第六章

1. 先说喜欢的那个就输了

九荒山是父神母神当年修炼的道场,万物生灵都在山中修行。

芭斗靠着一株大柳树自怨自艾,却听到树枝上几个还未修成人形的小鸟叽叽喳喳地讲话:

"你们说那个漂亮哥哥能打得过饕餮兽吗?"

"必然不能啊,那饕餮兽可是有神力的啊。"

"既然这样,那他为什么还要去送死呢。"

"嘘,别说了,你们没听到吗,他是为了保护他的娘子。哪,就是下面坐着的这个,啧啧,唉,亏那男人连自己的命都不要了,就为了给他娘子争取逃跑的时间,他又怎么会知道她娘子竟然会在这里歇脚,一点都不珍惜他的付出呢。"

芭斗听得额头突突地疼。

"既然不能和娘子在一起,我宁可被那饕餮兽吃掉,也不要成为人类的工具,我、我只求来世能够赶在娘子喜欢的那个人之前遇到娘子!"

银皎皎离去前说的那句话，此时此刻也跟着在芭斗的脑袋里捣乱。

她在混沌的痛感之中抓住了一抹清明，脑海中迅速明白过来银皎皎的打算。她使劲摇了摇头，不由自主地想起了曾经在话本子上看到的那句话。

先说喜欢的那个就输了。

银皎皎他现在……和自己又有什么区别？

如果自己置他于不顾，又和文华有什么区别？

芭斗从来不知道自己是有良善之心的，她一直觉得自己是个没心没肺的逗逼，每日哈哈哈地过去了，最在乎的也不过是几两银子。谁曾想，在文华府待了月余，那里明明是个冷冰冰空旷的死宅一般，自己该死的莫名多了很多以前从未体会过的感觉。

芭斗转过身朝着银皎皎追了过去，脑子里不断地闪过各种感慨。

"喂，银皎皎——"

银皎皎的脚步又快又急，听到芭斗的声音时，他身形微微顿了一下，却没有停下来，反而加快了步伐的速度。

芭斗气喘吁吁地追在他身后："你等一下，有什么事咱们可以好好解决啊！"

"你是不是男人啊，动不动就自己去送死。"

银皎皎的哭声从远处传过来："呜呜呜，娘子你别劝我了，既然不能成为娘子的人，生亦何欢，死亦何惧。"

"……"

她一边追一边在心中默默地圈圈叉叉着。

"你站住！我叫你站住啊！"

芭斗越喊，银皎皎跑得越快。

最后，芭斗满头黑线，心不甘情不愿地连跺脚带叉腰地怒吼道："我承认，我承认是你娘子还不行吗，你给我站住！"

2. 没有我你会活不下去吗

芭斗的惊天怒吼，惊飞了四周许多的飞禽走兽，一时间窸窸窣窣、扑棱、簌簌……各种声音不绝于耳。

不过这一次银皎皎停了下来。

他一脸不可置信地看着芭斗,眼眶中含着泪花。

芭斗心中暗暗骂娘,一脸臭色地朝着银皎皎走过去。刚走到他面前,她就对他劈头盖脸一阵怒骂:"你有病啊!威胁我很好玩是不是!你还是不是男人啊,动不动就死死死……你知不知道对于那些死了的人,还有那些不能做人的石头板凳来说,活着的人有多珍贵?你知不知道你上辈子熬了多久,做了多少好事这辈子才可以成为人的。世上的女人千千万万,没有我你就活不下去吗?!"

"是。"

银皎皎含情脉脉地望着芭斗,一点都没有因为她的怒吼而生气。

芭斗被银皎皎横空插来的一句乱了一下心神。不过她很快就反应过来,继续毫不留情地批评道:"是你个头啊!你知道我是谁吗?你知道我喜欢什么讨厌什么吗?你知道我是人还是鬼吗,你了解我吗?"

"……"银皎皎乖乖地摇头。

芭斗满意地瞪了他一眼,双手一摆:"这就对了,你看看,你根本都还不知道我是谁,我也不知道你是谁,你就死皮赖脸要做我夫君,你有没有问过我想不想成亲啊,万一我想做单身贵族呢?

"你们鲛人族的这个破规矩,根本就不靠谱,非得等到见到某个特定的人了才确定性别,那要是一只猪是你们特定的那位呢,难不成你们也变成公猪母猪……还有啊,那四海之中,有那么多双性别甚至无性别的妖怪神仙的,你们要是见到那些家伙怎么办,你们变成什么。

"世界之大,无奇不有。不是每个人都想结婚的,就拿我来说吧,我自己都还不知道自己是谁呢,我根本就没有心思成亲,你这样缠着我只会给我增添麻烦的!

"还有,不准说既然这样你就去死。你以为你是嫦娥还是孟姜女啊,你以为一哭二闹三上吊是你们的权利吗?你知不知道你要是死了会给我带来更大的麻烦啊,我会心里愧疚,我会不安,然后就会做噩梦,做噩梦就失眠,然后就身体变差,最后你也会把我害死的你知不知道啊!

"世界这么大,你得多去走走才能找到真爱!

"真爱懂不懂!"

芭斗说得口干舌燥,银皎皎一脸复杂纠结地看着她,最后茫然地摇摇头,嗲嗲又小心翼翼地喊了一声:"娘子,你、你说得太快,我、我都没有听清楚……"

一口气没上来,芭斗险些被银皎皎的话气得当场去见父神母神了。

她伸手哆哆嗦嗦地指着银皎皎,再也忍不住破口大骂道:"你、你是猴子派来的逗逼吧,你说,是不是猴子让你来的!"

"我不就是欠他两颗桃子吗,至于吗!"

芭斗已经被气得口不择言,大脑紊乱,没办法用正常心智和银皎皎沟通了,只能自娱自乐,发挥逗逼的强大思维才能让她忍住不出手干掉这个家伙。

虽然……她的杀伤力很可能也打不过银皎皎。

银皎皎虽然不知道芭斗此时的心思,但是脸上却明显比之前愉悦了不少。他伸出手扯了扯芭斗的衣袖:"娘子……"

芭斗恶狠狠地瞪着他不说话。

银皎皎撇了撇嘴,委屈地说道:"我、我饿了。娘子,不如我们先下山找个地方住下吧。"

"……"

银皎皎继续讨好:"娘子,你说的我都记着呢,我们虽然现在还没有互相了解,但是我们可以在未来的日子好好相处嘛,娘子你想要了解我什么我都可以告诉你……还有,娘子你喜欢什么讨厌什么也都告诉我,这样我们不就了解彼此了吗?"

芭斗:"我喜欢你离我远点啊!"

3. 笑得像朵花一样

气氛因为芭斗的一句话,再次变得微妙起来。

芭斗说完就后悔了,她紧张地看着银皎皎。

银皎皎眨了眨眼睛,没有出声,默默地转身再次准备离开。

芭斗一脸踩了狗屎的样子,她快走了两步,叉腰挡在银皎皎面前。

"你什么毛病啊?

"我刚刚那些话都白说了是吧!

"你是诚心想气死我吧！"

比起文华每每让自己脸红心跳，银皎皎不动不吭声的怀柔政策让芭斗同样束手无策。

最后，她认输地呻吟："算了，算了，娘子就娘子吧！只要祖宗您别再动不动说去死，跟着就跟着吧。"

银皎皎的脸上顿时像是大地回春一般，笑得像朵花一样。

芭斗瞪着他："不过事先说好了，做我的人，就要按照我的规矩来。你听好了，以后我说的话绝对是对的，我做的事绝对是对的，我让你往东，你不能往北，我说要吃饭，你不能倒茶，我说要喝水，你得先试冷热，我让你跟的时候你可以跟，不让你跟的时候就要老老实实待在家里不准寻死觅活，我出去风流你做家务，我去花钱你负责挣，遇到危险要先挡在我面前……你可听明白了？"

银皎皎眨巴眨巴双眼，好像又要潸然泪下一般。

芭斗正准备让他听话，却发现这一次有些不对劲，因为银皎皎的脸色还不断地在变白，甚至额头还在冒冷汗。

她疑惑地伸手想要摸摸看这家伙是不是生病了，然后就听到银皎皎憋了好久终于喊了出来："娘子，快跑！"

话说完，银皎皎竟然率先转身走人，将还没有明白过来发生了什么事的芭斗留在了原地。

直到脑后面传来一阵熏天的臭气，还有喘气声，芭斗感觉脖颈一凉，虽然还没有看到后面是什么，但是作为一个看遍了三界各路奇异小说的她，这会儿也能补脑出身后出了点啥故障。

她想要拔腿逃跑，但是却发现双腿僵硬，根本走不动。

4. 为什么要救自己

紧张的气氛一触即发般在空气中蔓延。

笨重犹如小山般黑漆漆的饕餮兽从芭斗身旁掠过，走到芭斗前面后，才摇

晃着笨重的身子歪着大脑袋好奇地盯着芭斗看,好像在思索着这个人的肉到底好不好吃一般。

芭斗觉得自己面目已经濒临皲裂,她从嗓子眼挤出断断续续的声音:"我、我……我不好吃……前、前面有条鱼,他、他……他刚刚说要做你的大餐的。"

饕餮兽像是没有听到芭斗的话,反而呼哧着探过脑袋张着大嘴朝着芭斗而来。

芭斗哆哆嗦嗦地看着饕餮兽朝自己而来,眼看着它猩红的大舌头就要碰到自己的脸上。

突然,她不知从哪儿来了一股勇气,垂在身侧的手握成拳头,决定拼死一战,朝着饕餮兽打了过去。

就好像一拳捶在了坚硬的墙壁上一般,不仅没有撼动饕餮兽半分,反而是芭斗的手迅速肿成了馒头状。

这一下,彻底激怒了饕餮兽。

它咆哮着就要朝芭斗扑过来。

一道清冷杀气四溢的声音传进饕餮兽的耳中:"你若敢伤她分毫,今日便是你的死期。"

紧接着又一道气急败坏犹如火焰般的声音也传进了它的耳中:"饕餮,你找死!"

饕餮兽虽然野蛮不得成人形,但心智却也开化了。此时听到两道实力不凡的声音传来威慑,却还没有看到人影,也惊慌了起来。它甩动着巨大的头颅,略不甘心地看着芭斗,最后仰天长啸了一声,转身离开了。

芭斗惊魂未定地看着来也匆匆去也匆匆的饕餮兽,有些反应不过来。

身边一阵熟悉的清风拂过,芭斗浑身一个哆嗦,下意识地侧过身子不去看来人。

清冽带着淡淡的梨花香气,正是文华的味道。

芭斗歪着头,同时也明白过来,刚刚那突然逃跑的饕餮兽自然也和文华有关系。虽然他及时出现救了自己,但是芭斗心里却更加矛盾以及不舒服。

他为什么要救自己？

是因为自己还没有帮助他完成计划吗？

还是和那只怪兽有仇？

反正不会是因为担心自己……

想到这儿，芭斗忍不住眼眶一红，心里面原本退去了几分的酸涩和难过又涌上心头。

文华翩然而落，站在芭斗身侧，眉头微蹙，神情带着微怒看着眼前背对自己正闹脾气的芭斗。

短暂的静默后，文华清冷的声音在她身后响起："私自下九荒山，你知道是什么罪过吗？"

不是关心，不是解释，而是兴师问罪。

泪水在眼眶中打转，为了保护仅有的一点尊严，芭斗竭力咬着嘴，试图忽略掉身后的人，抬脚就往旁边的树林里冲去。

芭斗突如其来地跑掉，让文华一个措手不及。

5. 哥哥

而犹如无头苍蝇般闯进旁边郁郁葱葱的奇怪树林中的芭斗，在发觉越往里面走天色越暗后，也渐渐冷静了下来，心中有些害怕。

"真的是你！"

一道带着惊喜、不可置信、紧张、慌乱、深情……十分复杂但却感觉有些熟悉不害怕的声音传来，她在原地转了一圈，想要找到声音的来源。

慌乱之中，脚下被一块枯朽的老树树根绊倒，芭斗惊呼一声，身体不受控制地朝旁边栽倒过去。

芭斗慌忙闭上眼睛，等待即将到来的疼痛感。

腰间突然多了一双温暖的大手，扑鼻而来浓烈的甜腻的香气，芭斗小心翼翼地睁开眼，看到一个绝美简直堪称妖孽的男人，一身大红色锦袍，紧紧将自己揽在怀中，嘴角带着淡淡的笑意，正温柔缱绻地看着自己。

芭斗张了张嘴，不受控制地喊道："哥哥……"

男人眉角微动，依旧温和地微笑道："刚刚没吓到你吧？"

芭斗想都没想就回道："刚刚有个饕餮兽，我差点就被它吞了，好恐怖。"

男人脸上的笑意更深，他抱着芭斗没有要放开的意思："放心吧，有我在，没事了。"

芭斗下意识地靠在男人的怀里，好像这个动作已经做过千遍百遍一般。

男人轻抚着芭斗的头，目光越过重重树林，挑衅地看向一处。

一抹白色的衣角，在男人看过去的方向闪动了两下，然后消失不见。

芭斗一路迷迷糊糊竟然就这样被男人带着离开了九荒山，直到走进了灵虚城，看到大街上千奇百怪的居民纷纷侧目被男人的绝美容颜吸引，她才慢慢清醒过来。

反应过来自己竟然被男人一路抱着，此时更是像个八爪鱼一样，缠在男人的身上，芭斗顿时面红耳赤，尤其是身边时不时有男男女女从旁经过，笑意不明，窃窃私语，更是让芭斗无地自容。

感觉到怀里的小人来回蠕动，男人脸上闪过一抹愉悦的笑意。

他非常贴心地将芭斗往怀里搂了搂，低声说："别害怕，马上就到了。"

芭斗有些尴尬地探出头眨巴着眼睛看了看，吞吞吐吐地说道："那、那个，你放我下来吧。"

对于芭斗的这句话男人没有理会，而是自顾说道："还不知道你的名字呢。"

芭斗咽了咽口水，仰头看着男人近在咫尺的光洁的下巴："芭、芭斗，我叫芭斗。"

男人点点头，脚步轻盈地拐过一个巷子："我叫凤殊。你可以叫我凤大哥，殊哥哥……或者你想怎么叫都可以。"

芭斗感觉这个名字好像在哪里听到过，但是她努力回想了一圈却没有想起来，鼻息间萦绕着凤殊身上甜甜的香气，让她放弃了思考。而自从拐进小巷子后人烟变少了起来，她心中的尴尬也少了几分，又活蹦乱跳起来，非常大方地喊了一声："凤大哥。"

凤殊嘴角挂着浅笑，眸光中闪过一抹怀念。

芭斗对这个抱着自己的绝世大美男充满了好感，不仅是他从天而降将自己带出了九荒山，更因为自从他出现后，自己原本因为文华而产生的那点伤心竟然淡了不少。

仰头痴痴地看着凤殊好看的眉眼，光滑细腻的皮肤，还有嘴角三十度微闪的笑意，芭斗心中突然飘过一句话：天涯何处无芳草，何必单恋一枝花。

一边想一边重重地点点头，芭斗目光灼灼地盯着凤殊，就好像贪吃鬼在看着一桌子美味佳肴一般的目光，不仅没有让凤殊不快，反而笑得更开心了。

6. 原来是土豪啊！

恢复元气的芭斗，开始发挥她八卦的看家本领："凤大哥，你、你是做什么的啊？"

凤殊低头看了芭斗一眼："游山玩水？"

原来是个土豪啊！这么帅，出来游山玩水，又武功高强，一定是大有来头！天界的那些公子少爷王爷的我都知道，从来没听说过凤大哥，而这里又是九荒山……难道自己这么幸运，遇到了上古时期隐世家族的公子？

想到这儿，芭斗又笑嘻嘻地问道："凤大哥，你、你娶亲了吗？"

凤殊呵呵轻笑："没有。"

芭斗心中偷乐，将文华的身影强行压制在心底，对美好事物的喜爱跃然作祟，由此可见，刚刚芭斗严词拒绝银皎皎真心不是因为她喜欢文华到非卿不嫁的地步，只不过是银皎皎还没有帅到惊天动地让她改变心意的程度。

"凤大哥，你、你喜欢什么样的女孩子啊？"

凤殊心情更加愉悦了起来，略带魅惑的嗓音贴着芭斗的耳边轻轻响起："像你这样的就很好。"

没想到凤殊竟会如此明朗地回答，芭斗的脸瞬间烧红了，一时间不知道该说什么。

直到凤殊的脚步慢慢放缓，最后停了下来。

"到了。"

伴随着凤殊的话音，又一道气急败坏非常熟悉的声音传来。

"好你个死丫头,你还知道回来啊!"

小蛙犹如一阵风一样,浑身绿油油地从小筑中冲了出来,伸手就要从凤殊怀里将芭斗拎出来。

凤殊微微侧身,凌厉的眼神瞥了一眼小蛙。

小蛙缩了缩脖子,转身看了一眼缓缓走出来的文华上神,又底气十足起来。他闪躲过凤殊看过来的目光,脸上表情丰富地朝着芭斗传递信息。

小蛙:"你在搞什么鬼啊,知不知道文华上神发飙了啊!"

芭斗撇撇嘴:"小蛙,你怎么会来这里?还有不要和我提那个人!我和他没关系。"

小蛙瞪眼,不依不饶:"我说你真是的,我让你去找上神问自己的身世,趁机来个生米煮成熟饭,结果你不仅什么也没问出来,现在这是还离家出走了?你说,到底怎么回事,你是不是又中二病了?"

芭斗怒:"小蛙,你到底是站在哪一边的,反正我告诉你,从今以后都不要在我面前提他。"

小蛙目瞪口呆:"……"

第七章

1. 文华，多年不见

这是一处清幽雅致的院子，它的四周整齐地排列着一排风格样式相仿的院落。不过芭斗早就打量过了，只有这家院子的篱笆上爬满了各色鲜花，非常有意境。

然后，她几乎是随着文华推门的一刹那，才慢半拍地想到，小蛙从这个院子里出来，那岂不是文华他、他也在这里？！

文华早就感应到芭斗的气息，只是当他极力克制推门出来后，看到芭斗在凤殊怀里的一幕，还是忍不住目光微沉，警示地瞥了凤殊一眼。

凤殊玩味地咧着嘴角，不仅没有松手，反而将怀里的人抱得更紧了。

"下来。"犹如泉水般清洌的声音响起。

虽然芭斗不止一次告诉自己不要再被他影响，但却还是不受控制地瑟缩了一下，心头慌乱起来。

凤殊轻轻拍了拍怀里躁动不安的可人儿,一脸笑意吟吟地看着文华:"文华,多年不见,怎么刚见面就发脾气,要是吓坏了我怀里的人,我可是不同意哦。"

文华的目光在凤殊身上微微停顿了半晌,然后看着缩在他怀里的人,语气平淡地说道:"我只解释一次。"

丢下这句话,文华毫不犹豫地转身离开。

但是这句话,却在芭斗心中,犹如一颗落进湖中的石子般,激起了层层的水波。

小蛙瞪大了眼睛,拼命地朝她使眼色:"喂喂,你还想怎么样,有什么事不能好好说,文华上神可是都说了要给你解释了,过了这个村就没这个店了,哪天后悔了别来找我哭!"

芭斗虽然心中有些动摇,忍不住想要跟上去问清楚。但是文华的态度又让她忍不住使小女人的性子,一时间不知道该怎么办了。

反倒是凤殊,脸上挂着几分若有似无的疑惑,低头看着芭斗问道:"怎么,难道你和他认识?"

芭斗听到凤殊的问话,有些闷闷地"嗯"了一声。

凤殊轻笑:"文华一向冷冰冰的,很少有人能受得了。刚刚的话你别放在心上。走吧,我都让人将房间准备好了,我带你去休息。"

芭斗听到凤殊说文华的事,心里面有些难过,下意识地想要帮文华辩解,但是话卡在嘴里又说不出来了。

她转了转大眼睛,带有转移话题性质地问道:"凤大哥,你怎么会认识文华上神?"

凤殊:"哈哈,难道你没发现吗,我的住所就在文华的隔壁。几百年前,我们也是这样认识的。只不过后来发生了一些事,我和文华之间有些误会,所以他一向不太待见我……"

2. 和你没有半分相似

几百年前?那岂不是文华经历情劫的时候?芭斗忍不住问道:"当时文华

上神身边是不是有个和我很像的女人？"

凤殊脚下一顿，脸上闪过一抹微不可见的怒意，然后点点头："你这么一说，我倒是想起来，当时文华上神身边确实跟了一个女子，倒也真的和你很像，只不过……"

芭斗急切地追问："只不过什么？"

凤殊余光瞥了一眼旁边一脸挣扎的小蛙，然后淡淡地笑道："呵呵，只不过那女子温柔似水，和文华上神谈论古今，诗词歌赋信手拈来……而芭斗你，则是灵动轻盈，可爱活泼，你们两个虽然形似，但却没有半分神似。"

芭斗听完凤殊的话，心情有些失落，她闷闷地低着头："是、是吗？"

凤殊像是没有看懂芭斗的样子，一派自然地继续往前走："好了，你放心吧，长得和那个女子相似又不是你的错，我不会让文华伤害你的。

"走吧，折腾了半天，你也累了。我送你去休息。"

……

不知为何，芭斗心中乱如麻。

凤殊的话，胡薇的话，还有刚刚文华离去的背影，让她心情一下子沉重了起来，原本想要重新投入美男怀抱的心思也兴致缺缺。凤殊将她送进房中后，芭斗佯装困倦的样子，婉言将凤殊送出了房门。

小蛙变回了原形趴在床头一脸怒其不争地看着郁郁寡欢的芭斗。

"老实交代吧，到底怎么回事。"

芭斗听到小蛙的话，这一整天七上八下各种离奇的事情全都压了下来，脑海中就剩下那些和文华有关的事情。

芭斗闷闷地说道："文华他喜欢的根本不是我，我、我只是个替身。"

"你听谁说的，这可是个惊天大八卦啊！"

芭斗更加难过："是他和胡薇在一起聊天我亲耳听到的。而且，你刚刚也听到了，凤大哥也说了，当年他见到文华的时候，也有一个和我很像的女人。"

小蛙下意识抬头看了看窗外，压低了声音对芭斗说道："我说，你是猪脑子吗？怎么能随随便便让别人抱你呢。你和那男人又是怎么回事啊？你知道他是哪里冒出来的吗？"

芭斗:"我今天……后来……然后凤大哥就突然出现把我救了。凤大哥是好人,我相信他。而且我跟你说,我觉得凤大哥很可能是传说中上古隐世家族里的人,你看他那么帅,而且还跟文华相识……"

小蛙顿感头疼:"停停停!你能不能给我靠谱点,你说说你,和文华之间的事还没解决呢,现在又冒出个凤殊,你打算怎么收场啊?"

芭斗气恼地抬手给它一记栗暴:"你就不能安慰我一下吗?我可是刚刚失恋啊!"

小蛙一脸活久见地看着芭斗:"失恋!拜托,你这是自己作死,文华上神有亲口告诉你你是备胎吗?他有说要甩了你吗?刚刚文华上神都说了要和你解释了,是你自己没有跟上去,现在说什么失恋!"

芭斗被小蛙咄咄的吐槽说得恹恹的,索性躺尸在床上。

小蛙见她一副顽石模样,怒其不争,愤愤地推门离开了。

3. 去看星星

九荒山下灵虚城,无夜无风亦无雨,周而复始艳阳日。

这是说九荒山笼罩下的灵虚城,不分昼夜,周而复始都是艳阳天。在这里生活就像是时间陷入了永恒。

芭斗在床上躺着,窗外的蝉鸣啁啾声,还有缕缕射入房间的光,让她一点困意都酝酿不出来。

咚咚咚!

窗外有人用小石子在敲打着,芭斗在床上翻了个身,装作没有听到。

咚咚咚!

……

重复的声音,越来越急促,芭斗索性拿起被子将自己蒙起来。

"娘子、娘子……"

伴随着一道柔柔绵绵,犹如刚刚出炉的爆米花般酥脆的声音,但是在芭斗听来却像是噩梦,而且勾起了她的怒火。之前银皎皎丢下她独自一人逃跑的事情,她还没有那么快忘掉。

"娘子,你在吗?"

银皎皎的声音又细又尖,带着一股从内到外的柔媚感。不知为何,芭斗心中却对这股声音生出一抹莫名的烦闷之意。

她气呼呼地在床上再次滚了一圈,继续躺尸不准备搭理窗外的人。

外面安静了半响,芭斗缓缓从被子里面探出头来,准备侧身去看看窗外的人是否已经离开。

"啊!你、你是怎么进来的?"

银皎皎换了一身宝蓝色锦袍,脸上还有没来得及收回去的诡异神色,在芭斗失声质问下,有些僵硬地调整回到娇羞柔媚的模样。他含情脉脉地看着芭斗:"娘子,我们去看星星吧!"

芭斗咽了咽口水,还没有从惊吓中回过神来,脑海里还浮现着刚刚银皎皎脸上的那一抹诡异之色,让她越发觉得心里发毛。

银皎皎目不转睛地看着芭斗,像是察觉到芭斗心中的所思所想,越发视若无睹起来:"娘子,你是不是还在生人家的气?娘子,你听我解释,我刚刚不是故意要弃你不顾的,只是人家刚刚变成男人,还不能驾驭英雄救美这样高能的事……但是后来我有回去找你,然后我、我就看到……"

说着话的工夫,银皎皎再次泫然泪下:"我看到一个比我还美的男人抱着娘子你一路进了城,我简直嫉妒极了,但是看到娘子你对他展开从未对我有过的笑容,我就退却了,我、我也不想打扰娘子的,可是我又忍不住……"

芭斗听得闪神的工夫,银皎皎已经欺身上前,拉住了自己的手,脸上是浓浓的祈求:"娘子,我知道,我不应该纠缠着你,可是……可是我一直有一个愿望,希望能够和心爱的人一起看一次星星。娘子,你就成全我这最后放手的心愿吧!娘子,再过一会儿是难得一见的九星连珠之日,我们去看星星吧。"

芭斗扯回自己的袖子,面露警告地瞪着银皎皎。

"离我远点!"

"娘子……"

"闭嘴!"

"娘子……"

"滚。"

"娘子,求你了,我不奢求你能够喜欢我,会一直陪着我,我只希望咱们夫妻一场,你能满足我这个小小的愿望。"

"谁跟你夫妻了,你看见过哪家的夫妻,夫君丢下娘子跑路的!"

"呜呜……娘子,我错了,那不是人家刚变成男的,觉悟还不够嘛。"

"总之不可能,你还是早点去找别人吧。"

"娘子,你知道吗,虽然世人都知道我们鲛人的眼泪可以化为珍珠,但是其实……只有喜极而泣的泪水化成的那颗珍珠才是绝世珍宝。只不过已经好几千年了,鲛人一族凋落,命运多舛,好久没有这样的珍珠现世了。

"我、我没有别的能够送给娘子的,只想娘子能够陪我去看一次星星,让我有个喜极而泣的机会,好让我将最珍贵的东西送给最心爱的女人。"

……

房间里静悄悄的,时不时有银皎皎的抽气声传来。

芭斗没有再赶他走。

当听到银皎皎提到那颗喜极而泣的珍珠时,芭斗立刻想到《怪谈》中提到过的鲛人族的至宝,她敏锐地感觉到这是一个充实自己小金库的机会。但是利用一个男人的感情来获得钱财,又让她一颗孤傲的心感到有些悲凉,这根本不是她的风格啊。

芭斗不知该如何抉择……

4. 小妹妹,我欣赏你

九荒山山顶,两道萧瑟的身影,互相依偎在一起。

"好冷啊!"

"娘子,再坚持一会儿,九星连珠马上就要开始了,你也不想半途而废的对不对?"

芭斗猛地吸了吸鼻涕,有些纳闷自己不是仙人之躯吗?为什么还会怕冷,不科学啊!她一边浑身哆嗦着搓动着双臂,一边对着银皎皎耳提面命:"你不会是耍我呢吧!"

"嘤嘤嘤……娘子，我、我真没……哎，快，快看，九星连珠！"

芭斗顺着银皎皎指的方向看去，原本还在嘴边的抱怨、不满全都消散无踪。

只见，偌大的弧形苍穹中，无数星辰像是臣服王者一般，纷纷攘攘地让出了一条细长的天河。

漫无边际的云海之中无数比星辰还要闪亮和硕大的珠子缓缓地朝着中间聚拢，有的泛着温暖的暗黄色光芒，有的妖艳犹如凤殊，还有的冰寒带着浓郁的白色水汽……

当所有的星星都连成一条直线的时候，天际间突然泛起了万丈光芒。

"九星连珠竟然这么美！"芭斗忍不住惊叹出声。

彼时，银皎皎悄然从芭斗身边站起来，和她错开了一步距离。银皎皎站在芭斗的身后，脸上又浮现出那抹诡异的神色，一双细长的玉手，迅速地在芭斗身后描绘着一幅奇特的图形，双唇不停地念动，就在万丈光芒洒下大地的那一刻，合掌朝着芭斗的后脑勺而去……

一道粗哑却带着浓郁风骚味的声音，在紧要关头打乱了银皎皎的动作。

"咯咯咯……美人，总算让我找到你了。"

芭斗和银皎皎同时闻声回过头，然后就看到一个满脸皱纹，佝偻着身子，脸上却一副淫荡样子的老女人站在不远处看着两人。

芭斗被这个不明物体丑到了，她抖了抖身上的鸡皮疙瘩忍不住出口问道："你爹妈怎么生出你这么个模样来吓人啊！"

反倒是银皎皎，看到来人的那一刻，脸色顿时唰地黑了下来，语气急促带着点狠意："滚！"

"咯咯咯，小妹妹，你不懂，如今这个世界美人太多了，只有丑才能显出自己的独特不是吗？"

芭斗若有所思地琢磨着这句话，突然觉得还蛮有道理的。她赞叹地朝对面的人拱拳："有道理。果然像那句话说的那样，搞艺术的不是半身不遂就是身残志坚啊！"

芭斗的话不但没有惹怒来人，反而惹得她哈哈大笑起来。

银皎皎将芭斗拉到自己身后,一副要保护她的样子。

对面的人好像没有看到银皎皎之前的所作所为一般:"美人,跟我走吧,回去做我的压寨夫君,我一定会好好疼爱你的。"

女人一边说,一边张开嘴将舌头伸出来,来回摩挲着自己暗绿色的双唇。伴随着她的动作,原本干枯瘦小的身子一夕之间迅速膨胀起来,瞬间大片洁白的肌肤和凹凸有致的胸线出现在两人眼前。

芭斗再次不可置信地大叫:"这是什么功夫?"

一瞬间从老太婆变成丰满倾城的大美人。

女人有意思地打量着芭斗:"小妹妹,我欣赏你,想不想一起来家里做客?"

"不必了!"银皎皎先一步说道,同时拉着芭斗往后退,"娘子,你先走。"

"我不走。"芭斗眨眨眼,毫不犹豫地摇头。

5. 美女与野兽

芭斗一副誓要和银皎皎共生死的神情,让银皎皎目光有些古怪。

只是……还不等他多想什么,就听到芭斗继续说道:"我说,你看这位姐姐对你深情不渝,我觉得这才是真爱啊,虽然画风和美女与野兽有点像,但是不是说最后吻一下就有神奇魔法吗?我觉得这就是缘分,你应该好好地珍惜才是。"

女人听到芭斗的话,笑得更加欢快了几分:"哈哈哈,果然是个有意思的小姑娘,倒是和当年那个姑娘有几分相似,如此就多谢妹妹提醒了!"

说罢,伴随着一阵黑风,女人骤然从不远处瞬移到了银皎皎身前,一只看起来柔弱无骨的手,一把搭在银皎皎的肩上,顿时他便失去了抵抗的能力。

银皎皎面色微沉,双眸中充斥着不可置信的震惊:"这是……你、你是……"

"哈哈哈,美人还真聪明呢,可惜晚了,随我走吧。"

银皎皎不甘地大叫着:"浑蛋,放开我!"

芭斗站在原地,直到女人和银皎皎都消失不见,才终于松开了一直握在身侧的手,手中赫然是一面小巧的镜子,镜面上还定格着刚刚银皎皎在她背后动作的那一幕。

"总算还有点脑子。"

带着点怒其不争的语气，一身白衣，脸上表情极淡，目光中透露着几分危险之气的文华不知何时出现在芭斗身边。

芭斗还在闹别扭，赌气站在原地，低着头闷不作声。

文华看着站在自己身前倔强的小女人，微微叹气着往前走了两步，不容芭斗拒绝，紧紧握住她的手拉到自己身边。广袖轻舞，原本还站在九荒山之巅的两人，一眨眼的工夫，竟然身处云海之中的一座简单素雅的阁楼之中。

里面圆桌、躺椅、茶水、棋盘，应有尽有。

四周轻纱环绕，俨然一派云中仙境的模样。

芭斗忍不住好奇地偷偷打量起四周来，文华拉着她走到躺椅边上的美人靠，将她安置在其中，然后转身走到桌边，自顾自泡起茶来。

芭斗被文华莫名的举动搞得心里七上八下，却又鼓不起勇气去问之前的事情。

文华端了一杯花茶过来，放在芭斗手中："喝吧。"

芭斗乖乖听话地将茶送进嘴里，然后悄悄抬起头，眨着大眼睛，委屈和无辜的模样让文华心中所有的怒火都一下子消散了去。

"想问就问吧。"

芭斗被文华拆穿了心思，脸上一阵青一阵白。

文华起身坐在她身侧，闲适地靠在美人靠上，目光缱绻地看着眼前低着头的小女人。四周是云海缭绕，天地间一下子好像就剩下了两个人。突然生出了几分天长地久的感觉。

芭斗挣扎了好久，手中握着的玉书镜翻来翻去。

文华非常有耐心地在一旁饮茶，边欣赏芭斗抓耳挠腮的模样。

看着手中的玉书镜，芭斗突然想起几日之前那个晚上。

文华突然出现在自己的房中，莫名其妙地交给了自己这面镜子，还说自己以后会用到。那时候芭斗只当这是文华送给自己的礼物，从未想过会这么快就

用到。

一连串的事情联系到一起，让芭斗不得不怀疑是不是那个时候文华就预料到了今天的事情。

可是……就算他能预料到自己有危险，但是和胡薇的那些话，和这些又有什么关系？

芭斗越想头越痛，不小心手中的玉书镜被她掉在了地上。

清脆的声音传来，让芭斗更加紧张起来。

云雾缭绕，阁楼之中安静得只有两个人的呼吸声。在玉书镜落地的一刹那，芭斗看到一双洁白如玉的手，轻轻松松随意在眼前划过，下一刻玉书镜安然无恙地回到自己手中，反倒是文华手边的茶盏全都洒落在了地上。

"怎么这么不小心。"

淡淡的关切，轻而易举再次撩拨了芭斗的心。

她努力深吸了几口气，觉得不能再这样坐以待毙了。

"这、这是什么地方？"

文华挑眉，看了芭斗一眼："凌虚阁。"

6. 小女人离家出走了

芭斗紧张得一直做吞咽动作，双手在身前来回扭动："你、你为什么会来得这么及时？"

文华微微动了动身子，轻微的衣服摩擦声，让芭斗一颗心都提到了嗓子眼儿。

"我为什么来得这么及时？"文华的声音带着一抹淡淡的嘲讽，"还不是因为某个不听话的小女人离家出走了，我只能一路追来了。"

芭斗被文华毫不掩饰的情话听得脸颊微烫，极力压抑内心的波涛涌动，支支吾吾道："我、我看到那幅画了，那、那个阿叶……我、我和她长得很像。"

文华站起身走到芭斗身前，伸手抬起芭斗的下巴，让她看着自己。

"你觉得我把你当成她的替身？"

芭斗被强迫看着文华，目光无从闪躲。但是看着文华犹如鬼斧神工般雕刻出的白玉般容颜，她整颗心都在沦陷。

芭斗几不可闻地"嗯"了一声，换来文华难得的轻笑。

"傻丫头。"

芭斗不开心地望着文华，像是在控诉，我不傻！

文华的手转而在她的脸上轻抚："你和阿叶确实很像。"

芭斗听到这话，一颗心不断地下沉了去，再次想要低下头将自己藏起来。

"但是……你并不是她。"

芭斗不解。

文华目光微变了几分，语气淡然地说道："阿叶温柔腹有诗书，你灵动活泼性子俏皮，虽然你们容貌相似，但你是你，阿叶是阿叶。"

温柔、腹有诗书……这应该是所有男人都喜欢的女人吧。

而自己，活泼、可爱……以为我不知道吗，这明明是用来形容没长大的野丫头的。

"往事已矣，故人如斯。"

文华从极淡的回忆中抽神，目光定定地看着芭斗："从来只有你。"

芭斗不可置信，张大了嘴，犹豫了半晌："可是那日你和胡薇……"

文华淡淡地递给她一个佯怒的眼神："你听到我们说的话，主动去问我求证的勇气都没有，还一个人偷跑的事确实要好好算算。"

芭斗被文华的话说得哑口无言，大有一副陷入呆傻模式的征兆。

见芭斗一脸无辜和迷茫，文华伸手拍了拍她的头："好了，你先告诉我当日去找我有什么事？"

芭斗依言乖顺地回道："我一直不记得自己以前的事，所以想问问你……文、文华，你说我、我和阿叶有没有可能其实是同一个人？"

文华看着她："为什么这么问？"

芭斗："我也说不上来，就是觉得我和阿叶那么像，我又正好不记得之前的事，你说会不会我就是阿叶？"

文华握着芭斗的手，目光复杂地看着她："芭斗，你以前是谁不重要。重要的是现在和将来，你没必要因为过去没有参与的事而让自己去变成另一个

人。"

被文华揭穿了心思的芭斗,心里面一热。

她扭捏地动了动,然后小心翼翼地问道:"那……你们当时说的话是什么意思?"

芭斗的这个问题,文华并没有马上回答。他沉默了半晌,方才斟酌着说道:"你可知凤殊是什么人?"

芭斗想起那个绝色妖孽的凤大哥,脸上一乐,然后略有欣喜地告诉文华自己的猜测:"我觉得他很可能是书中记载过的,九荒山中上古隐世家族的后人!"

文华挑眉,毫不留情地幻灭了芭斗的猜测。

"妖界的族谱你都忘记了吗?"

芭斗愣怔了一下:"怎么会呢,妖界一族战绩辉煌,我一直都记得的——妖皇乃上古魔界凤族二公子,大战后涅槃重生,开创妖界,自此妖界皇族以凤氏为首……凤、凤氏?!"

芭斗终于想起来在哪里见过凤殊的名字了!

书宫之中,关于妖族的书册记录中,最新一版妖界大全中,继妖王之后,第二章记载的便是怀琉璃羽降生的妖族二皇子——凤殊。

同样也是五百年前那场传说中的另外一个男主角。

芭斗曾经听过边边角角的传闻,听说那个阿叶和凤殊关系匪浅,三个人之间的感情暗潮汹涌……

想着想着,芭斗忍不住开口问道:"当年,阿叶和凤殊……"

文华像是无意说这个话题,接口道:"妖飞升成仙都非常困难,除了天地规则外,其实还有一个重要的原因,你可知是什么?"

芭斗摇摇头。

"只要是被妖族统计在册的妖,都会被抽走一抹灵魂,被妖族控制。"

芭斗不明所以,不知道文华说这些是什么意思。

"你身边那只小青蛙,它也是妖。"

芭斗大惊:"你是说,小蛙它也被妖界控制?可是它……"

"这就是它为什么要你去问我过去之事的原因,凤殊想要证实你和阿叶之间的关系……他以性命威胁那只小青蛙,不过总算还是一只聪明的蛙,没有被你传染。"

芭斗眨眨眼:"你什么意思?"

文华没有继续解释下去,芭斗反应了半晌,然后惊叫出声:"啊!你是说——小蛙它、它和你们串通好了?所以那天你们故意那么说!"

文华见芭斗反应过来,脸上挂着一抹淡淡的宠溺,点点头。

芭斗心头一松,旋即又想起意外来到九荒山的事,不由得对那个踹了自己消魂一脚的白奕王爷心怀不满,忍不住向文华告起状来:"那……难不成白奕也是你们安排好的?就算是这样,他为什么要把踢我下来?"

文华摇摇头:"那不是白奕。"

啊?

"你、你的意思是那是妖界的奸细?"

文华一阵沉默。

芭斗想了想又觉得不对劲。

"可是当时我还抱着那个家伙大哭我不是阿叶来着啊,他为什么还要设计我来九荒山?"

文华淡淡地道:"凤殊是应运天命而生的王者,心智手段世间少有,只不过一次简单的试探,他不会轻易下结论的。"

顿了顿,文华又继续说道:"而最好的办法就是亲自检查,所以才派了人来将你送下天界。"

"那哪是送,是踹好不好!"想起那狠狠的一脚,芭斗就郁闷难平。

至于文华刚才说的那些话,芭斗有些不敢相信,那个莫名感觉熟悉亲近的,对自己一脸温柔,言笑晏晏的绝美男子真的是个坏人吗?

一时间消化了众多信息的芭斗,对这次九荒山之行充满了不安全感。

她眼巴巴地瞅着文华:"上神,我们能直接回天界吗?"

文华拂着衣袖,摇了摇头。

芭斗一脸失望,往前探了探身子,大着胆子抱住文华,闷闷地说:"外面的世界太可怕了……"

文华神色平静:"你来九荒山是为了编修花仙手册,其他事不用多想。"

芭斗猛摇头："这里太可怕了，还说是什么极乐世界呢，根本就是披着天使外衣的魔窟……不仅有变态人妖，竟然还、还有妖界二皇子这样的大BOSS。"

"凤殊不会伤害你的，你只要做自己就好了，等他知道你并不是阿叶后，自然就会离开了。"

芭斗一脸怀疑。

最后，文华半拖半抱将芭斗带回了灵虚城。

第八章

1. 天界好闺蜜

回来的路上，芭斗知道了自己住的小筑来历。

九荒山中灵虚城，因为是三界中的和平地带，虽然不易寻找，但是在如今这个官僚主义横行的世界，还是有大把的神仙妖怪借用权势来九荒山游历，久而久之九荒山灵虚城中的原著居民便将此作为一项重大的商机，同时还带着深深的"恶意"，在灵虚城东侧建了一系列的别墅群。

所谓"恶意"，则是指他们故意将佛神妖怪安排住在一起，有时候还会故意安排鸡鸭鱼肉或者是全素的宴食来捉弄这些大人物。因为九荒山灵虚城中的原著居民受到父神母神的庇佑，就算是天帝、佛祖、妖皇都不能对他们动手，所以……就出现了现在的状况。

文华和凤殊同住在一个屋檐下。

当然，文华上神一向对衣食住行无要求，这里的小筑实际上是白奕王爷的地盘，只不过碰巧和凤殊的在一起罢了。

芭斗对白奕王爷错误的置房报以无数遍的吐槽后，默默地决定以后除非必

要都不出房间一步。

两人回到小筑的时候,恰巧凤殊不在。

坐在院子里吃饭的小蛙看到两人手牵手进来,顿时气鼓鼓地瞪大了眼睛,一脸不知味地瞥了芭斗一眼。

哼哼,我就知道,你这个没骨气的家伙,根本就不是文华上神的对手!

芭斗一眼就看出小蛙的鄙视,想起它竟然相信文华也不相信自己的事情,也不由得火大,恶狠狠地瞪着它反击,坏蛋、叛徒,还说什么天界好闺蜜呢,好闺蜜就是有事情瞒着我去告诉别人吗?

小蛙青一点反省的觉悟都没有,堪堪看着芭斗,就凭你的智商,告诉你真相那就是作死,识时务者为俊杰,生死攸关的大事,当然要找文华上神了,找你只会连累无辜!

芭斗被小蛙青看轻,更加气闷,你、你、你还能不能愉快地做朋友了,你还是不是男人啊,你怎么能欺负我一个弱女子呢?

小蛙一脸黑线,对不起,我还真不是男人,因为我是一只蛙!呱呱呱……

文华淡淡地警告了小蛙一眼,然后伸手揽过芭斗,直接带人回了房间。

看着被文华收拾得服服帖帖的小女人,直到两人消失在房间中,小蛙才卸下脸上的嚣张之气,反而多了几分落寞和孤单。

它伸手揉了揉眼睛,叹息一声,唉,也该去找另一只蛙了,物种不一样的暗恋,太难了。

在小筑的日子和天界也没有什么差别,芭斗赖在文华的房中看戏本子,文华弹琴、写字,有时候也会和芭斗说说九荒山的事。

只是,每每芭斗问起上古当时的大战,文华脸色都会不郁,这让芭斗更加好奇起来。

凤殊已经好几日没有回来了,有时候芭斗会想起那日在凤殊怀中那抹安全熟悉的感觉,忍不住又会多想自己是不是和阿叶还是有关系。

这日,芭斗又沦陷在自己无穷的想象之中。

文华坐在茶屉对面,隔着缭绕的水汽,看着芭斗时不时皱眉又傻笑的笑脸,温和平静的目光中闪过一抹怀念。

他将一杯温热的茶水放在芭斗面前,好看的手在半空翻动了两下,直到温润的触感拂在脸上,芭斗才从神游中清醒过来。她面红耳赤地对上文华灼热的目光,一时无措慌乱着想要打破此时呼吸高涨的气氛。

"那、那个咱们什么时候去见百花仙子啊?"

文华收回目光,低眉敛目,优雅地端起茶杯轻饮。

"对于百花仙子,你了解多少?"

芭斗偏头想了想:"灵虚城中央为二十四府,是城中之人为表对百位仙子美人的喜爱之情而特意修建的府邸。二十四府常年空旷无人,只因诸位仙子天生多情而又妩媚多娇,喜爱偷偷入世去沾染红尘姻缘。后来……据说当年百花仙子之首本来有望成为天后,但是却被当今这位横插一脚,后来两人结下仇怨,当今天后借机刁难,定下二十四府仙家不得成婚的规矩,并将其封地变更到了九荒山中。"

对于芭斗说的后面的那些事,文华不置可否:"天后和牡丹仙子?这些你是从哪儿听来的?"

芭斗嘻嘻一笑:"这你就有所不知了吧,我和瑶池殿扫地的小仙子关系可好了,她亲耳听到天后身边的几位大仙子聊天就是说这件事,后来我用了五颗珍珠才换来了这个秘密呢。"

文华蹙眉:"这都是无中生有的事,你竟然真的信了?"

芭斗大惊,激动得一拍桌子,探过头去追问:"你说什么,这、这是假的?不可能!"

文华朝她招招手,等到芭斗乖乖爬过来,跪坐在自己身侧后,他斜倚着一旁的竹台,望着芭斗淡淡地说道:"天帝天后的姻缘是天命石上早就定好的,天帝娶妻并不像人间帝王那样选集秀女……更何况百花仙子是上古之神,上古大战之时被……被封印在九荒山以保天地万物周而复始,直到当今天帝天后联手重振天界后,九荒山才被破开封印重新入世。百花仙子不入天界不过是因为她们生性自由,受不得如今天界的诸般规矩罢了。"

芭斗瞠目结舌:"可是、可是不是说百花仙子和四海之中的诸多弟子都有渊源,据说几个四海之中的青年才俊因为情伤而郁郁寡欢,不思进取,四海因此对误人子弟的二十四府仙子生了仇怨……这些难道也是假的吗?"

文华状似惊讶地瞥了芭斗一眼:"看来你确实擅长八卦……我和诸位仙子已经多年不见,这些事你到时候可以自己去求证。

"不过,百花仙子性情各异,忌讳颇多,去二十四府之前,你还是老老实实将二十四府的各个版本的传记、典籍都看过再说吧。"

"……"

芭斗心中默默唾弃,就知道会这样,为什么我这么笨,还往枪口上撞。早在文华挥袖变出那些书的时候不就应该想到了吗,那绝不可能是他自己要看的,因为他看的都是用玉笺手绘的精装版,那些破旧泛黄的牛皮纸,根本就是自己要看的啊!

芭斗可怜兮兮地看着文华,试图祈求奇迹的发生。

"上神,我其实——"

她的话还没有说完,就被外面急促的打斗声打断。

2. 胡薇来了

"你有病啊!再跟着老娘,老娘真的要发飙了啊!"

"等一下,我只是想看一眼你腰间的玉佩,你——"

"滚!"火爆十足的一声大喝,"这玉佩是老娘出生就带着的,是将来要送给我夫君的,你以为自己长得好看就能当饭吃啊,这种定情信物,是你想看就能看的吗?!"

如果现在芭斗还听不出来说话的人是谁,那她就白混了。

"胡薇将军?!"

芭斗一脸惊讶地望着文华。

文华安抚地看了她一眼,拉着她一起起身:"出去看看。"

两人一前一后推门出来,就看到胡薇正怒气冲冲,双手叉腰和凤殊在院子里对峙。

凤殊神色复杂，目露急切之色，一直挡在胡薇面前。

芭斗看到凤殊心中一紧，拉着文华的衣角，往后退了两步，轻轻呢喃："是凤大哥。"

凤殊和胡薇早就察觉到了两人的出现。

凤殊目光微缩，温和缱绻地看了芭斗一眼，随后对胡薇怒道："那块玉佩分明是银宵族中的信物，银宵是我妖界的护法，如今银宵失踪，而你这个天界的大将军又突然出现，还身怀银宵的玉佩，你要怎么解释？"

胡薇瞪着好看的大眼睛："我为什么要解释啊，天下玉佩那么多，一样又怎么了。再说了，我管你银宵金宵，许你们妖界护法来九荒山，就不许我天界大将军来了啊，我来九荒山旅游，你管得着吗？"

芭斗在文华身边轻声问道："银宵是谁啊？"

文华目光微闪，偏头对她说道："凤殊出世后，妖皇亲自为其甄选了八大护法，其中银宵和凤殊一起从小长大，情谊深厚，比起妖族其他的兄弟姐妹，银宵在凤殊心中的地位更重要。"

凤殊脸色阴沉，想起银宵来九荒山后和自己兵分两路寻找被文华封印的琉璃羽，但是过去了多日，都不见他传来消息，自己找遍了九荒山，也没有感应到银宵的气息，他很可能是遭遇了什么不测。

尤其是在看到胡薇之后，凤殊的一颗心更加沉了几分。

胡薇虽然是一介女流，但是武艺高强，鎏金大锤的刚强之术又正好是银宵的克星，想到银宵很可能凶多吉少，凤殊心头的怒意更甚。

"胡薇，银宵他不但是我妖界的护法，更是我多年的兄弟，如果他真有什么不测，我一定不会放过你的！"

胡薇一脸同情，目光复杂地看着凤殊。

直到背后阵阵冷意传来，她佯装怒咳了两声："哼，捉贼捉赃，想要将脏水泼到本将军头上，你得先去找证据！还是妖界的二皇子，难不成就只会和一个女人过不去吗？"

被胡薇嘲讽，凤殊绝色妖孽的脸闪过一抹狠厉的狰狞，他目光微红，充血的杀意瞥向胡薇。

"好了。"就在芭斗以为两人又要打起来的时候，文华竟然开口说话了，"胡薇，你来九荒山做什么？"

胡薇偏过头换上一脸的怨气："还不是为了找白奕那个家伙，前几日天帝让他去相亲，他就溜之大吉了，所以……我是来抓他回去的！"

不知为何，芭斗在胡薇的话中听出了淡淡的喜悦，真是奇怪。

文华不再看胡薇，而是将目光转向凤殊。

"二皇子，你也听到了，胡薇来九荒山是为了找白奕的，和你我之间的事情无关。"

凤殊脸上阴晴不定地看着文华，像是在探究他的话是真是假。

最终，凤殊望向芭斗，柔声问道："芭斗，你觉得我应该相信他们吗？"

被突然点名的芭斗像是受惊之鸟一般，飞快地看了凤殊一眼，又心虚地低下头，讷讷了半响。

"二皇子问话，你尽管说就是了。"

文华的声音，让芭斗冷静了下来。

"我、我觉得胡薇将军应该不会、不会……"

凤殊点点头，像是信了芭斗的话。

凤殊不仅一改刚刚的剑拔弩张，云淡风轻地从胡薇身边走过，来到芭斗身前。

他的手很白，当他缓缓张开手，露出手心那块淡粉色珠光流转的水滴状小石头时，芭斗忍不住好奇地往前迈了一步。

文华气息微凝，警告地看着凤殊。

凤殊淡淡一笑："都是老朋友了，我想和芭斗聊聊天难不成文华上神还要管着吗？"

芭斗对于凤殊口中的老朋友，第一个想法就是他把自己当成阿叶了。

想到这一点，芭斗并不开心，反而心情沉重得很。

3. 琉璃羽

文华将芭斗拉到自己身后，没有回答凤殊的话，而是对芭斗说道："你到后面的紫竹林里采些竹叶，按照我教过的，煮些茶去。"

芭斗有些不情愿，但是看到文华投来的目光，只能一步三回头地离开。

凤殊见芭斗对文华这般言听计从，心中越发不快。他想要上前拦住芭斗："文华，你凭什么对她颐指气使！"

文华挥袖拦住凤殊，旁边的胡薇竟然也祭出了鎏金大锤，大有一副要和凤殊大干一场的意思。

"九星耀日还有不到半年，二皇子不会忘记自己的目的吧。"

文华的这句话，让凤殊身形一顿。

胡薇却毫不相让："哼，想要拿走琉璃羽，也要先问问本将军同不同意！"

凤殊目光危险地看向胡薇，冷峻而充满了杀气："琉璃羽本就是我妖界之物。你们天界休想染指。五百年前是我有愧于阿叶，但是如今，琉璃羽也到了要物归原主的时候了！"

文华听到胡薇的话，却像是很吃惊一般。

"你怎么知道琉璃羽的事？"

胡薇偏过头，脸上闪过一抹玩味的笑："呵呵，文华上神，当年你私自封印琉璃羽的事，还真以为天帝陛下不知道啊！

"既然话说到这个分上了，我就告诉你们吧。琉璃羽，天界要定了。文华上神你要做什么天帝不管，但是不能干涉琉璃羽的事。

"当然了，还有二皇子。想要拿走琉璃羽，先要问问本将军手下的天兵天将！"

对于突如其来的天界加入争夺琉璃羽的事，是凤殊没有料到的。

以他对文华的了解，一直都笃定文华绝对不会将琉璃羽的事上告天庭。却不想，那天上的老儿，竟然还有这等本事！

凤殊慢慢握紧手中原本想要送给芭斗的礼物，戾气丛生，眨眼间消散在小院中。空中传来他暴虐冷酷的宣誓："文华，不管是琉璃羽，还是阿叶，本座都不会放弃的！"

胡薇朝着半空干瞪眼。

文华淡淡地瞥了胡薇一眼，没有说话，转身往书房走去。

4.二十四府

原本预想的各种对决并没有发生。

在九荒山的日子，也比想象中的平静。凤殊离开后的第二日一大早，文华就带着芭斗去二十四府了。

二十四府，在灵虚城的城中央。

对于这些和文华同出一源的仙子，芭斗心中存了很大的敬畏。

甚至有一种见婆婆的紧张感！

进了二十四府，还未见到人，就先听到声音。

"五百年前一别，没想到还能再见到文华上神。"

雍容华贵的女低音，带着一丝特别的沙哑，又多了几分吴侬软语的音调，别具风情。

芭斗还来不及为这惊为天人的声音惊呼，紧接着走廊中鱼贯而出的各色美人，一时间全都聚到了花亭之中，姿态万方，各有千秋，好像从画中走出的仕女图一般，或坐或站，或浅笑低音，或嘻嘻怒骂，简直是将三界各色的美人都尽收了个遍也不为过。

芭斗看得不亦乐乎，她第一次发现，原来自己对美人也是很难有自控力的。

粉黄色罗裙，发间别着大朵牡丹的美人，挪动着腰肢款款来到芭斗面前："你一定就是白奕说的那个号称自己才高八斗的小仙女了吧？"

芭斗连忙摆手："我不是，不是的。"

拉着芭斗的手不放的仙子呵呵笑得欢快："哎哟，还害羞了。"

芭斗迷迷糊糊被拉着往前走。

文华缓步跟在两人身后，语气熟稔好似老朋友般同女子闲谈着："难得百花仙子同时都在府中。"

拉着芭斗的仙子朝文华轻笑，目光中闪烁着调侃之意："难得又能和文华上神相见，我们姐妹们自然要严阵以待，更何况我们都对这位小仙友很好奇呢。"

芭斗感觉到四处射来的打量探究的目光，感觉浑身的汗毛都竖了起来，额头也冒着冷汗，干笑了两声："呵呵，这个……"

文华打断芭斗的尴尬："牡丹仙子已经和她们都说过了，你想问什么可以自己去问。"

芭斗像是没有听清一般，不可思议地望着文华，这是什么情况？

文华给了她一个淡淡的眼神："你不是准备了很多问题吗，你可以自己去问。"

牡丹仙子也跟着在一旁娇笑："看来小仙友有些害羞呢，这样吧，我喊她们一个一个过来让你问好了。"

芭斗稀里糊涂地点点头，压下心中的不安，一步三回头地朝着牡丹仙子说的凉亭走过去，已经有仙子等在那里。

牡丹仙子看着芭斗的背影，收回目光，朝着文华笑了笑，神色间多了几分调侃的味道感慨："你这次回来到底是怎么想的？"

文华为牡丹仙子斟了一杯茶，淡淡地说道："顺其自然。"

5. 变傻了

凉亭中，拖着一身大粉色拽地长裙的芍药仙子早已等候多时，芍药的眉宇间有着浓郁化不开的沧桑。

芭斗眼巴巴地看着她，不禁想起在地下书宫的时候看到过的秘辛。

据说当年花王大选，芍药仙子在前几轮大赛中独占鳌头，却不想后来因为一个男人而错过了大选。后来男人得知芍药仙子并非凡人，不仅不再像当初山盟海誓那般恩爱，还串通了道士想要取芍药仙子的内丹使之得道升仙长生不老。

"那个宋郎，听说后来成了人间帝王的驸马，还四处寻访仙山，说是要帮助皇帝寻求长生不老丹药，他其实是一直在找你对吧？"

芭斗的话一出口，芍药仙子脸色一阵灰白，她伸手指着芭斗，像是被引爆的爆竹一般，最后又泄了气，踉跄了几步转身跑出了凉亭。

芭斗意识到自己很可能说错了话，不由自主地朝文华看过去。

文华淡漠警告的目光射来,芭斗佯装知错地吐了吐舌头,却没有几分真心悔改的意思。

很快,一个满脸娇羞,绿裙罗裳的姑娘缓步走来。

芭斗好奇地打量着来人,想起民间关于含羞草的传说,忍不住伸手想要去摸美人的发丝。她的手刚刚碰到含羞仙子的发丝,便听到美人惊呼一声,然后消失在她的眼前。

芭斗不明所以,来回转了两圈,方在脚边发现一株长在玉盆之中的病恹恹的小草。

牡丹仙子在不远处看着,笑得险些抽了过去:"哈哈哈……这小仙友,真是调皮,明知道含羞生性娇羞,只要被碰上一下就要变回原形,睡满四十九天才肯出来。"

芭斗垮了脸,可怜兮兮地问道:"啊?这是真的吗?我发誓我不知道,我要是知道的话就算要摸也要等问完问题再摸啊……"

说到后面,芭斗的话音越来越小,最后在文华投射过来的警告的目光下,悄然无声。

牡丹仙子笑够了,又挥挥手让海棠仙子过来,海棠仙子一身大红色罗裙,看起来壁立修长,倒像是个帅气的公子般,而且她不给芭斗说话的机会,进了凉亭竟然先扯起了芭斗的脸蛋。

"唔,这么多年了,除了变傻了,这张小脸还是没我的好看哪!"

芭斗转了转眼珠子便明白过来,她定是把自己当作阿叶了。

从海棠仙子手中救下自己的脸蛋,芭斗认真地看着她道:"你认错人了,我不是阿叶。"

海棠仙子一愣,看到芭斗佯装淡定又认真的模样,又看了看不远处的文华,像是突然明白过来了什么事般,呵呵地假笑了起来。

虽然海棠仙子触到了芭斗心中不愿意提起的一块疤,饶是如此,却不能否认这个站在自己面前的可人,精致得犹如画中的人儿一般,芭斗不禁感慨万千,怪不得那些名人雅仕都喜欢拿海棠说事,什么"自今意思谁能说,一片春心付海棠"。

想到这儿,芭斗忍不住开口问道:"你是不是最喜欢那些个书生公子啊?"

海棠听了这话却脸色一变,瞪了芭斗一眼:"休得胡说,那些个狐媚子喜欢的男人,怎么会是我海棠喜欢的菜呢。"

芭斗满头雾水:"……"

等在后面的仙子好心给芭斗解释道:"嘻嘻,你有所不知,当年啊,海棠姐姐最是清高,非人间的状元郎,其他的男人都不看一眼,谁想到那状元郎偏偏喜欢狐族的小丫头,愣是将海棠姐姐一片心意当作是恶毒妖媚……"

海棠听到旁人提起自己的往事,更加气恼,连连跺脚:"连翘,休得胡言乱语。"

感觉到海棠仙子的怒气,芭斗非常有眼色地决定将目标放到下一个。

听说旁边这位鹅黄色抹胸长裙的美人便是连翘仙子,芭斗连忙狗腿地追问道:"连翘仙子,当年你发现自己一直喜欢的其实是东海女扮男装的三公主时是什么感想?"

……

连翘仙子见自己一番好心却换来更令人难堪的问题,脸色也变得五颜六色了起来,她瞪了芭斗一眼,扭头对不远处的牡丹仙子和文华抱怨起来:"文华上神,带个小仙子来窥探我们的隐私,戳我们的伤口来娱乐你们天界众人?你们这是什么意思?"

文华瞥了一眼芭斗,放下手中的茶盏,语气平和地说道:"去年东海三公主来找我帮忙,打开了九荒山的结界。后来东海传来三公主失踪的消息,不知道仙子可知道三公主如今在哪儿?"

文华的话音未落,连翘仙子却满脸通红,像是被戳中了秘密。

她求助地看向牡丹仙子,但是芭斗却快了一步,拿着本子挡在连翘仙子前面,佯装无辜地对她说道:"连翘姑娘,我觉得你和三公主之间的故事可歌可泣,不知道能不能为我仔细讲讲?我想这个故事,天帝陛下应该也很期待……"

文华见芭斗准备自己解决,也不多言,和牡丹仙子有一句没一句聊着往事。

连翘仙子被芭斗夸赞和威胁并举的混乱手法弄得哭笑不得,只能被芭斗拉

着从头开始讲自己和三公主的故事。

6. 你道行还不够

接下来的日子，芭斗便在每日造访二十四府，和凤殊躲猫猫，和文华上神玩暧昧之中优哉游哉地度过。

不过最近灵虚城的居民却对二十四府之中时不时传来的哈哈大笑抑或凄厉的尖叫、气急败坏的怒吼等等抱以无限的好奇。

他们不知道的是，这一切都源于芭斗那些奇葩的问题。

二十四府的案发现场——锦绣凉亭之中，因为芭斗语不惊人死不休的各种奇葩梗笑话和荤段子齐飞，很多脸皮薄的仙子每每都跺脚负泪离去。

"铃兰仙子，听说凡间几位王爷当年最喜欢到你的兰凤楼中听曲，我想知道，如果他们和你坐在同一张座子上，有人在桌下用脚碰了你三次，你会怎么做？"

"……踩住。"

"茉莉仙子，你在人间一次结交了七个男子，请问逢年过节你都在谁家比较多？是最帅的还是最有钱的？"

"哎哟……我们都是一块去开火锅店的小王子家中，一起团团坐，吃火锅呀。"

……

但也有时候，碰上奔放豪爽的美人，芭斗的那点小道行就不够看了。

"玫瑰仙子，听说你比较花心？"

"上次文华上神直接是陈述句来着，看来你道行还不够嘛。"

芭斗强忍住口吐白、头顶乌鸦满天飞的冲动。

"还有问题吗？没有我可就要去临幸我的美人们了。"

芭斗连连摇头："没有了，没有了，您走好。"

……

"丁香仙子，如果让你在自己的萌宠和喜欢的男人之间抉择，你选择哪个？"

丁香仙子眨着眼睛看了看芭斗，一副你是白痴的模样："当然是喜欢的人啊，把宠物送给喜欢的人，然后再和喜欢的人在一起不就好了。"

"扑哧！"

忍住不嗤笑出声的是百合仙子，这位仙子的大名芭斗也曾在天界听说过。据说当年天帝的小儿子还曾疯狂地迷恋过她。不过百合仙子清心寡欲，不拘泥于男女之爱，潜心修炼，是百花仙子中除了牡丹仙子外又一个不曾涉足红尘的仙子。

芭斗看着眼前清丽温柔的仙子，不禁心中暗想，这个应该是三观很正的那种吧。然而，不等芭斗说话，百合仙子竟然当先问道："我可以问你一个问题吗？"

芭斗不好拒绝，点点头看着百合仙子。

百合仙子脸上染上一抹可疑的潮红，然后轻声犹如蚊绳般说道："你和文华上神，一般都是谁比较主动？"

芭斗眨了眨眼，不明所以。

百合仙子继续说道："我喜欢一个书生，他就像文华上神一般，淡漠疏离，不苟言笑，我实在是不知该如何是好，你可否将收服文华上神的事说与我听听？"

收服？

我真的没有收服文华上神啊！

一直都是他收服我的好不好。

还有啊，这位仙子，你真的不是文华上神派来试探我的吗？上次他就和胡薇做足了一场戏来戏弄我，美其名曰是测验我对他的信任感指数……想来想去，芭斗只能佯装镇定地咳嗽了两声："那个，我问你个问题，你要是回答上来了，我就告诉你！"

百合仙子翘首以盼。

芭斗眼珠子滴溜溜乱瞟，然后说道："你以前的男人和你现在的男人的以前的女人掉在河里，你有一块砖，砸谁？"

百合仙子毫不犹豫："当然是谁救砸谁啊！"

"……"

每个仙子的问答，芭斗都认认真真记载在册的，随着问题越来越深入，芭斗不禁有一种油然而生的使命感，让她更加兴致勃勃。

第九章

1. 别忘了她是谁的人

抛去阿叶的事不想。

芭斗觉得自己在九荒山的日子过得真的非常滋润,每天和文华去二十四府。两个人就像那人间新婚的小夫妻一样,形影不离。

而且,她终于体会到了狐假虎威、买买买的生活。

喜欢糖葫芦?

买。

喜欢吃烤鸭?

买。

喜欢泥像人?

买。

……

文华对她宠得是几乎只要不挑战原则性问题,都随她高兴。

这日，芭斗和众仙子胡侃够了，收拾好东西准备去找文华上神回家，却不料先迎来了牡丹仙子。

牡丹仙子热情地拉着她的手："晌午的时候，胡薇将军过来说是有事要和文华上神商议，两人已经先走了。文华临走前交代了让你留在府中，等他办完了事再来接你。"

旁边的仙子听了忍不住挤眉弄眼故作神秘地说道："牡丹姐姐，正巧咱们不是要去'逛街'嘛，芭斗正好可以和咱们一同乐呵乐呵啊！"

牡丹仙子瞥了对方一眼："饮酒作乐倒还行，只是你那其他的心思还是趁早收起来吧，别忘了她是谁的人，若是被文华知道你准备带着芭斗去逛男人街，小心到时候被文华记恨。"

旁边的仙子吐了吐舌头："阿叶又不是他一个人的，真是的，当年如果不是我们，他这辈子都没机会认识阿叶呢……"

她的话还没说完，就被牡丹仙子扯了袖子，怒瞪了她一眼："胡说什么呢，这是芭斗，不是阿叶。那些过去的事，不要再提了。"

芭斗却听出了几分怪异，她不动声色地看着两人。

"好了，我先带你去休息一会儿，待会儿再叫人去喊你。"

说话间，牡丹仙子带着芭斗进了一间别致素雅的客房，让她稍作休息，然后便急匆匆地拉着刚刚多话的仙子离开了。

让芭斗老老实实地待在房间，简直和白日做梦的荒诞程度有得一比。

芭斗在房间里转悠了两圈，果断推开房门，大摇大摆地打探起二十四府来。

芭斗嘴里面吊着两片玉兰花瓣，一只手胡乱在脖颈抓来抓去，鼻息间痒痒的，最后她仰头对天，形象尤为不雅地"阿嚏"一声，眼角也流出了泪水。

"一定是花粉过敏，呜呜，我这小身板啊，为了天界伟大的无产主义文化事业建设，也是蛮拼的啊！"

芭斗胡乱用袖子抹了抹鼻涕，揣着小本子一路来到书房，果然里面有热烈的嬉笑声。芭斗微微顿足听到她们似乎是在讨论文华，忍不住找了个合适的位置趴在门外，开启许久不曾用了的听墙脚模式。

……

"看来这次文华上神是来真的了啊！"

"你们说，这个小仙子，真的是阿叶吗？"

"管他呢，反正这次文华还是不会多看你一眼就是了。"

"唉，想想真是不甘心哪，明明是咱们当年救了那个小丫头，怎么算也应该是善良美丽的咱们更有几分女主角光环才对啊，怎么偏偏男神就被这么一个黄毛丫头给拐走了呢。"

"行了，都别瞎想了，人家文华上神喜欢什么就是什么，容得你们七嘴八舌吗！"

是牡丹仙子的声音。

"牡丹姐姐，文华上神和芭斗到底是什么关系啊？"

"他们什么关系和你们有半毛钱关系啊，什么时候潇洒风流的美人们，都关心起八卦来了？看来多年不见，那小丫头虽然改了性子，却还是能将你们影响得一愣一愣的啊。"

"牡丹姐姐！"

"哎呀，姐姐，你就跟我们说呗，我不信这次文华上神带小丫头回九荒山，真的是重新编修花仙手册这么简单。"

"我前几日赏月，看到妖界的天象大乱，有群龙无首之状，不会和这个有关系吧？"

"你们忘记了，当年文华上神可是在这里藏了那位的宝物，眼看着五百年的期限马上就要到了，啧啧，又是一场腥风血雨啊！"

"好了，你们心里知道就是了。最近九荒山确实不太平，连胡薇都来了……啧啧，看来文华这次真是下定决心了啊。"

"对了，我听天界的朋友说，胡薇和文华之间好像关系匪浅呢。"

"胡薇不是追了文华很多年吗？"

"哎，你们说，依着文华的性子，如果对一个女人没兴趣的话，他会怎么做？"

"反正不是现在这样就是了。"

"那胡薇和芭斗……这两个，文华到底是怎么想的？"

"……"

芭斗在门外听得云里雾里,眨巴着眼睛想不通透。

书房里安静了片刻,随后一道嬉笑的声音响起。

"嘻嘻,牡丹姐姐说得对,横竖也没有咱们什么事,有戏看的时候看一看就是了。"

"对对对,我听说如今人间正是太平盛世,那江陵的才子都把秦淮河堵得水泄不通了,不如咱们下去玩玩?"

里面的人,你一言我一语地讨论着,芭斗却渐渐听得有些心不在焉。

直到又有仙子惊呼一声:"哎,你们一定猜不到,文华和胡薇去做什么了?"

"你知道?"

"嘿嘿,刚刚山上的小哥给我传来消息,听说是九虚山北谷那边,文华上神当年为阿叶立的衣冠冢被那位给动了,两人如今正在那边仙妖大战呢。"

大战?

他们不会出事吧?

芭斗心中越想越担忧,在原地转了两圈,还是没有忍住,偷偷跑出了二十四府,一路出了灵虚城。

2. 我知道我很美

九荒山,密云遮日,古树藤蔓相互纵横缠绵。

很少有人见到过这间素雅别致的屋子,外面若隐若现的阵法之中依旧还有剩余的能量,刺啦刺啦地波动着。四周的竹林,全都被强大的能量拦腰斩断。

从大敞的房门望进去,就看到一身红衣的凤殊,拿着一枚简单的玉簪,站在素色屏风旁,已经怔忪了许久。

院子里,一男一女,神色各异。

白衣男子英俊的脸上有些微的恍惚,目光流连,像是在回想。

反观女子,手握一枚散光圆物,悄无声息地行到门边。而后以迅雷不及掩耳之势将手中的圆物向凤殊抛了过去。

"凤殊,受死吧!"

胡薇高声大喝,脸上闪过一抹旗开得胜的笑意。

凤殊身形迅速在房中游闪,最后冲出房间,在半空中回旋,将簪子收进怀中,脸上带着浓浓的怒气瞪着二人。

他目光直指文华:"你来这里做什么?阿叶不想看到你,你快点离开这里!"

文华目光触及凤殊手中的物件,脸色转冷,长袖翩飞朝着凤殊袭来:"将簪子留下。"

凤殊冷笑:"你害了阿叶的命还不够,连她的东西都要霸占吗?"

文华脸色阴郁,默不作声,只是手上的动作却越来越快。

两人从地上打到天上,四周的草木都被二人碰撞泄露出的强大煞气打得连根折断。

胡薇站在原地,面露深色,手托着下巴看了两人一会儿。突然,她柳眉一簇,大喝一声:"你们这群孙子,别藏了,都出来送死吧!"

随着胡薇的喝声,四周竟然拥出了许多丑陋的妖怪,纷纷张牙舞爪地朝胡薇冲过来。

"嘿嘿,没想到这天界的大将军,竟然是个女人,还长得这么媚。"

"哟,你看她这身段,真美!"

……

胡薇顿感恶心,怒道:"老娘当然知道自己美了,不过就算你们把老娘夸到天上去,也挽回不了你们即将覆灭的命运!"

她双手在半空一挥,竟是硬生生在空气中扯出了一道裂缝。

数以万计的天兵天将突然间将整个小院塞得满满的。

"混沌手!"

"妈的,这个娘们竟然藏了这么多兵!"

"怎么办啊?"

"快喊二皇子撤吧。"

混乱不堪的打斗之中,几个小妖偷偷传信给凤殊。

此时天上的两个人正打得难解难分,收到消息的凤殊冷哼一声,手下的招

式更加急切了起来:"没想到五百年不见,你倒是学会以多欺少了。"

文华见招拆招,轻松挡过凤殊的攻击:"当年你有琉璃羽尚不是我的对手,如今更不是。"

文华一提琉璃羽,凤殊身上的煞气更甚。

凤殊不说话,手上的动作却像是要拼了命和文华同归于尽的样子。

文华目光微凛,在凤殊又一次进攻过来之际,双手齐头而上,一下子将凤殊打飞了出去。

鲜血像是染棉花一般,染红了云头。

凤殊堪堪稳住脚步,一手捂着胸口,眼中的杀气沸腾,丝毫没有要撤的意向。

文华慢悠悠走过去,神色平静。

"她如今已经冲破劫难,做了无忧无虑的神仙。你自诩爱她,就是要拼尽一切毁了她,让她再度为妖吗?"

凤殊听到文华的话,脸色一变:"呵,听你文华上神说的话,真是道貌岸然得叫人恶心!"

"你不问她意见就让她升仙,就真的是对她好吗?把她带到天上,却几百年几百年地晾着她,就是真的爱她吗?"

文华对于凤殊的质问顿了顿:"她失忆了……"

凤殊微怔,随即大笑起来。

"哈哈哈……我还纳闷,藏了这么多年,你怎么舍得带她出来。原来是等不及了啊。也是,普天之下也只有我妖族的秘法——搜魂术,就连父神母神也不会的秘法,才能够帮人搜寻记忆。不过可惜,你想的也太天真了,你觉得我会帮你让她恢复记忆吗?"

文华深邃地看着凤殊:"你会。"

凤殊笑着冷哼一声:"你错了,我不会!"

说完,凤殊不愿再和文华纠缠,转身就准备离开。

文华看着他的背影,清冷的声音淡淡响起:"还有三个月便是千年难遇的九星耀日,你这次来九荒山,其实是想找回琉璃羽吧。"

凤殊脚步一顿,却没有停下。

文华也不在意,继续说道:"阿叶她对你只有兄妹之情,你心知肚明。与其冒着最后她自己觉醒后对你痛恨不可挽回的风险,不如把握当下。"

"把握当下"四字,让凤殊彻底停下了脚步。

他狐疑地转过身,目露警告地看着文华。

"你想说什么?"

文华平静地说道:"不如我们打个赌。"

凤殊默不作声。

"就以三个月为期,我让你带她走。如果你能在三个月内让她爱上你,我便放弃。如果你没有让她爱上你,就用搜魂术帮她找回记忆,从此她跟我回天界,和你妖界再无任何瓜葛。"

"不管是哪一个,事了之后,我都会将琉璃羽还你。"

凤殊面露挣扎之意,他狐疑地看着文华:"赌注一事尚还说得过去。但是琉璃羽……当年……你真会这么好心?"

"当年是阿叶误会了我的意思。不管是你,还是琉璃羽,我都未曾放在眼里。"

凤殊轻笑:"呵呵!"

文华平静地看着他:"这赌,二皇子是接还是不接?"

"赌就赌,只要到时候你收到我二人的婚帖不要受伤就好!"

文华并未理睬凤殊的挑衅,反而捋了捋自己的袖子,气定神闲地告诉凤殊,沿着九荒山一路下去,必定会在路上碰到芭斗。

3. 你应该多吃点鱼刺

凤殊和文华别过,稍作休整后,半信半疑沿着九荒山步行而下。

然后,他就看到眼前这幅景象:

一个虎背熊腰但是却面露憨态的大汉,正缩在火堆一侧,可怜兮兮地握着一块鱼刺,眼巴巴不知如何下手;而另一个穿鹅黄色裙子身材娇俏的姑娘,手上却抱了三四条肥美剔了主刺的鱼,正在大快朵颐。

"那个……姑、姑娘,你能不能给我一条,这些鱼都是我抓的啊。"

大汉时不时瞪着大眼睛,水汪汪地看着芭斗。

125

芭斗往嘴里塞了一口白嫩鲜美的鱼肉,然后咂巴咂巴嘴,哼哼道:"那还是我烤的呢,没有我烤鱼,你能吃到这么美味的鱼刺吗?再说了,我都跟你说过了嘛。你这么胖,应该多吃点鱼刺,补钙又补脑,你再看我这么瘦,自然是多吃肉了!这是合理饮食,健康生活,三界都知道,你怎么能不知道呢?"

大汉挠了挠脑袋,依旧不甘地看着芭斗,连连咽口水。

芭斗又吃了两口,被大汉看得实在有些尴尬,便磨磨蹭蹭地走过去,伸手想要拍拍他的肩膀,好好和他说一说绿色生活的新概念,谁想到她的手刚碰到大汉的肩就被嫌弃了。

"你不要碰我,我娘说了,男女授受不亲,不能让女孩子碰我的。"

芭斗被惊得险些呛到:"咳咳,你要不要这样啊!我明明是在迫不得已名正言顺合情合理的情况下拽了你一下而已啊!"

但是大汉却一脸受惊的模样,飞快地往后面躲去。

凤殊再也看不下去,咳了两声。

芭斗闻声转过头,看到凤殊,一时间心中慌乱,不知道该怎么办。

眼看着凤殊已经走到了自己身边,芭斗只能咧嘴强笑着问道:"凤、凤大哥,你怎么在这儿啊?"

凤殊目光定在芭斗手中的鱼肉上,波光微动:"我来山中找几味草药,却不想遇到了山中的精怪,发生误会受了点伤,正准备……正准备找个山洞稍作休息。"

芭斗一听凤殊受伤了,心头莫名其妙升起一抹紧张和担忧,她连忙拉着凤殊让他快快坐下:"凤大哥,你受伤了?严不严重?"

凤殊看着芭斗眉宇间真切的焦急和关心,心头的疑惑更甚,他呵呵轻笑了一声:"没事,就是受了一些内伤,调息一晚就可以了。"

芭斗大呼:"要调息一晚!还说没事!你、你等着……"

说话间,芭斗竟然转身把一直躲在一旁捧着鱼刺发呆的大汉抓了过来。

"你不要碰我,我娘说——"

"闭嘴!"芭斗打了他一记栗暴,然后又露出一抹过分夸大的笑意看着大汉,"你刚刚说你家就在不远处,对吧?"

大汉无辜地转动着大眼睛不说话。

"喂,问你话呢!"

大汉伸手指了指自己的嘴巴,无辜地摇摇头。

芭斗叹息一声:"我问话的时候你就可以张开嘴说话了。"

大汉似懂非懂:"哦,我娘说——"

芭斗汗:"我是问你,你家是不是就在附近?"

"是,我娘说——"

芭斗挥手:"既然这样,你带我们去你家。"

大汉连连摇头:"不行,我娘没在家,她说了不能——"

芭斗将手中的鱼递过去:"你带我们去,这些都给你。"

大汉咽了咽口水,万分纠结,最后偷偷看向芭斗:"真的?"

芭斗将鱼塞进他嘴里:"快吃!"

最后,大汉一边吃着鱼,一边在前面带路。

芭斗扶着凤殊,一路跟在后面。当大汉第三次迷路后,芭斗再也忍不住连连咂舌,我靠,这家伙是猪脑子吗,竟然连回自己家的路都不认识!他是怎么健康快乐地长这么大并且这么大块头的?九荒山那么多大妖怪,怎么没把他抓走,留下这么一条蠢萌的漏网之鱼呢?

凤殊听着芭斗的碎碎念,忍不住笑道:"你就原谅他吧,他还真是猪脑子。这位壮士,其实是野猪修炼成精,不过目前看来,七窍只开了两窍,还不通人情世故,智商就像是刚会牙牙学语的小孩子呢。"

终于,芭斗和凤殊在风中凌乱了七七四十九次,大汉才带着他们找到了自己的家!但是……情况有点不妙,大汉呆呆地看着早上出门还好好的,现在却慌乱恍如废墟般的地方,突然哇哇大哭起来。

"怎么会这样?呜呜呜,我早上走的时候还好好的。要是被我娘知道,我没看好家,她回来会杀了我的。"

凤殊脸上的表情有些微妙,看着熟悉的一幕幕,他随后拎起大汉问道:"你们就住在这里?"

大汉歪过头见是凤殊,一边哽咽一边点头:"是啊,我和我娘一直住在这

里,但是前不久娘亲去找爹爹了,就剩我自己,我——"

凤殊了然,随手将大汉仍在地上,然后还不等两人看清楚他比画了些什么,只见一阵飞沙走石,原本地上所有的杂物都纷纷在半空中交错而动,等到芭斗两人回过神来的时候,面前已经焕然一新。

4. 分分钟搞定

虽然九荒山不分昼夜,但是在山林之中,光线却比较昏暗,尤其是在星辰降临后,茅屋外面的世界,更像是被冷蓝色的霞光笼罩下的梦幻中的一叶扁舟般。

大汉冲进新家中一阵欢呼后,也不知招待两人,便倒头大睡过去。

芭斗叮嘱凤殊在床上休息,自己凭借脑海中书本里记载的一些草药的形状,帮凤殊熬制了一剂伤药。

凤殊半躺在床上,熟悉的气息,让他眉宇间经年化不开的愁绪舒缓了不少。看着芭斗忙前忙后,凤殊的心头,原本冰冷的心河也变得温暖起来。

"芭斗,你——"

"凤大哥,你快躺下,我马上就好了,放心吧,虽然我以前没有出师过,但是我饱读诗书,满腹经纶,区区一个内伤,放心啦,我分分钟搞定。"

凤殊失笑,只能眉目清朗温和地看着芭斗继续忙碌。

很快,芭斗顶着黑鼻头,端了一碗黑乎乎的汤汁过来,她坐在床头,催促凤殊赶快喝完:"快喝吧,这些草药都是新鲜的,效果一定很棒!"

凤殊看着芭斗,心头激动万分,甚至眼眶有些红红的,他连连哎了好几声,甚至有些语不成声,端过药碗,毫不犹豫地一口气喝了进去。

入口腥燥苦涩的味道,最终伴着感动的泪水,在绝美的脸上簌簌地流了下来。

芭斗连连递上一颗青果:"凤大哥,吃口果子吧。"

凤殊接过果子却一直放在手心中没有下口,嘴里面的苦涩渐渐变成甘甜,他拍了拍床沿,示意芭斗坐在旁边。

"芭斗,文华说得不对,其实你和她真的很像,骨子里的那些,其实你并没有遗忘。"

凤殊的声音都带着无限的风情,不同于文华的干净利落不带一丝情绪,他的声音,让人听在耳中,脑海中总是不由自主地想起万千星辰的灼灼风姿。

芭斗听到这话,却有些不开心,闷闷地问了一声:"凤大哥,你是说阿叶吗?"

凤殊将芭斗的脸色收进心中,话题微转:"芭斗,你怎么会一个人来九荒山中?要知道山中并不如灵虚城那般安全。"

听凤殊这么一问,芭斗突然想到自己上山原是为了找文华的。如今,没有找到文华不说,倒是把他的对手给救了下来,不知道若是文华知道了会不会一生气就把自己给灭了。

芭斗想到这儿,像是夯毛的孔雀般,来回大叫:"完了,完了!"

凤殊挑眉,下床将在地上来回蹦跶的芭斗拉着坐下来:"芭斗,你别急,有什么事慢慢说,我会帮你的。"

芭斗话在嘴边,却根本无法说出口。

芭斗默默地望着凤殊,心里面却像是被火烧着了屁股般。我要怎么问你啊?难道我要问:你和文华上神谁打赢了?还是你和文华上神的事情处理好了吗?

将原本应该问的话压在心头,芭斗干笑了两声,随口扯了个事:"我是听说山上有朵碧莲,只在午夜时分开花,所以想来看。可是现在已经过了午夜,怕是要错过了。再来我彻夜不归,明天回去,又要被骂了……"

凤殊早就看出了芭斗欲言又止的小心思,也不戳破她的谎话,只是面色温润地笑笑:"既然如此,不妨我们就在这儿多留一日,等明晚我陪你去看碧莲,圆你的心愿如何?"

只是随便找的一个借口,但是听凤殊说真的可以去看碧莲,芭斗还是心中大乐,但是旋即想到文华,又有些纠结。

凤殊适时说道:"今日我见文华和胡薇急匆匆回了天界,说是有什么要事处理。如果你是怕你的上司知道了罚你的话,大可不用担心。"

"更何况,就算他要罚你,还有我呢,我不会让你有事的。"

芭斗对凤殊的话半信半疑。

她可是明明听百花仙子们说过,文华和胡薇是因为凤殊来九荒山动了阿叶以前的东西,所以来找碴的。怎么会到天界去呢?

芭斗越想越不放心,最后还是没有同意凤殊的提议。隔天一大早便吵着要下山去,凤殊拗不过她,又不同意她要一个人回去,只能一路跟着。

两人回到小筑,已经是晌午了。

5. 被妖怪抓走了

平日里,最喜欢提着一挂提子,在院子里蹲着边吃边看热闹的小蛙竟然不在。院子里安静得掉根针都能听见响声。

芭斗心中越发觉着不妙,她小心翼翼地喊道:

"小蛙?"

"文华上神?"

"胡薇——"

院子里除了她的声音,连回音都没有。

凤殊跟在芭斗身后,目光淡淡的,心中却对文华不怀好意给自己的机会有些生气,哼,他真以为这么多年过去了,阿叶就一定还会对他死心塌地吗?这一次,绝对会让阿叶先爱上我。

凤殊背在身后的拳头紧了紧:"都说他们回天界去了,芭斗是不相信凤大哥吗?"

芭斗听到这话,一时语塞:"呵呵……没有、没,怎么会呢。只是就算回天界,小蛙却是不应该跟他们一块走啊?小蛙如今怎么也不见了?"

凤殊目光微闪,还未等他想出文华又在使什么手段,就见院子外面一个胖乎乎的小老头闪闪躲躲地往里面瞄。

他身形一闪,将人拎了进来。

"你看什么?"

小老头早被凤殊的这一吼吓得双腿发软，这会儿跌落在地上，脸色发白冒冷汗。

芭斗狐疑地打量了老头半晌，突然惊道："咦，你不是最近每日来送水的老伯吗？"

老头点点头，总算在芭斗面前慢慢收住了惊恐："姑娘，你总算回来了。蛙、蛙公子他被妖怪抓走了！你快点去救他吧！"

芭斗一听老头的话，大惊。

"你说什么？小蛙被抓走了？"

她忍不住弯腰抓着小老头的衣领，激动得来回摇晃。

老头被摇得头晕目眩，还是凤殊拉住芭斗："芭斗，冷静些，不会有事的。你让他把话说清楚。"

小老头好像对凤殊非常恐惧，不着痕迹地往后连连退了好几步，一口气说道："就在昨日，你和那位公子出去不久，城中就来了一个面目狰狞、一身黑衣的女人，她直奔你们院子而来，将刚刚坐到院中吃饭的蛙公子一把抓了起来，还、还说'又得了个美人，这下她的三千佳丽就全齐了'。蛙公子想反抗来着，可是那个女人就动了动小手指头，蛙公子就晕过去了。那家伙，一阵黑风铺天盖地啊，我正好在门口送水，亲眼看到那女人变成一阵黑云消失不见了。"

"美人？三千佳丽？黑衣？"芭斗呢喃着，突然大叫一声，"是她！一定是她！"

凤殊扳过芭斗的身子："你知道是谁抓走了小蛙？"

芭斗点点头："一定是她没错。当日，她也是这样抓走银皎皎的！"

"银皎皎？"凤殊目光收缩，脸上闪过一抹异色。

芭斗心系小蛙，没有发现凤殊脸上的变化。反倒是瘫软在地上的小老头，虽然哆哆嗦嗦，却一脸精明地捕捉到了凤殊脸上的细微变化，越加害怕起来。

芭斗点头："就是他！当时我刚来九荒山，遇到一个自称是见到我后变性为男人的鲛人，非要说我是他的老婆，后来才发现原来是想要害我。幸好当时有宝镜护身，而且因为他长得太帅了，就把那个女妖招出来把他带走了。

"哼，我就说小蛙那个家伙，平日应该低调点，辛辛苦苦变成人了，还因为长得太帅被抓，真是命途多舛啊！"

凤殊将芭斗说的银皎皎的事记在心中，问道："既然如此，你可知道那女妖住在何处？"

芭斗努力想了半天："只记得文华上神说过她是千年意淫树修炼成妖，并不知道具体在哪儿。"

凤殊脸色一变："意淫树妖？"

芭斗点点头："你认识？"

凤殊总算明白文华这步棋是怎么回事了。他心中一阵恼火，却又无处发泄。意淫树妖本是降生时被父王派来给自己的大护法，但是毕竟男女有别，加之自己与银宵志同道合……所以等到后来阿叶重回妖界的时候，他便将意淫树妖派去了黑月变相地看护着阿叶。岂料，在她的眼皮子底下，阿叶竟然悄无声息地失踪了。因看守阿叶不力，凤殊震怒，便以秘密追踪琉璃羽的幌子罚她来了九荒山，并说下"找不到琉璃羽，便不能回妖界"的气话。

却不想树妖却以此为借口，迟迟不愿再应父王和自己的召唤回妖界。

父王曾说过，当年意淫树妖有个人间的书生相公，很是恩爱。

后来妖界征战，父王为了让意淫树妖专心卖命，捉了那凡人相要挟，却被潜进来的敌人误杀了。

父王曾亲自向树妖道过歉，那时候树妖浑浑噩噩，后来却突然重振旗鼓，大家只当她是想开了。

如今看来，她根本就没有放下那件事。八成是为了寻到那书生的转世，索性投靠了文华。

文华借助树妖之力制造将那只青蛙抓走的假象，是料定了芭斗会去相救，从而揭穿银皎皎就是银宵，是自己的人，进一步让芭斗误会自己和银宵一样对她也有加害之心。

银宵，你到底想要干什么？！

还有文华，算你狠！

芭斗莫名其妙地看着凤殊的脸色一阵青一阵白，她伸手在凤殊眼前晃了晃："凤大哥，你怎么了？没事吧？"

凤殊回过神来，看着芭斗，目光微闪："没事。不过这树妖我确实有所耳闻。走吧,我带你去救小蛙。"

明知道去了就正中文华的算计,但是看着芭斗眉宇间的喜色,凤殊早已鬼使神差地迈步前去。

芭斗一听大喜,连连拽着凤殊的衣袖问道:"真的吗?真的吗?那太好了!"

6. 有本事抢男人,有本事你开门啊

九荒山整整有八十一处独立的山峦,凤殊一路带着芭斗朝西荒之地而去,越往西边行进,芭斗就发现那里的花草树木渐渐稀少,反倒是地上有许多纵横交错的棕色藤蔓。后来她惊讶地发现,这些藤蔓竟然全都是一株巨大犹如山峦般的古树的根茎密密麻麻形成的。

"凤大哥,你确定咱们没走错地方吗?为什么前面看起来越来越荒芜了,那个树妖真的会住在这种地方吗?"

"别担心,马上就到了。"

凤殊低头宠溺地朝着芭斗一笑,因为内伤还有些苍白的脸,依旧美得惊心动魄。

走到一处颓败的空旷地时,凤殊慢慢抬起手,嘴里念念有词,还不等芭斗反应过来,就只看到一阵剧烈的光芒扩散到前方,半空上盘旋着些许乌鸦,四周草木尽数枯败的宅院突然出现在眼前。

芭斗连连咂舌:"凤大哥,你刚刚这是什么法数啊?太厉害了!"

凤殊笑了笑:"你想学吗?我都可以教你的……"

芭斗连连摆手:"不用了,不用了,我就是惊叹一下。比起学功夫,我更喜欢看看话本子,写写八卦。"

学功夫?那可是要吃苦的。想到自己如今看书都觉得好累,才不要自己挖坑把自己埋了呢。再说以后有文华上神这尊三界鼎鼎有名的大神保护,她只要负责貌美如花就好啦。

想到这儿,芭斗不禁又一阵担忧,也不知道天界到底出了什么事,让文华和胡薇这样急匆匆地回去。

一个晃神,等她被凤殊唤回思绪的时候,已经站在一处颤颤巍巍、经久失修的旧宅外面了。

芭斗瞪大了眼睛:"凤大哥,就是这里吗?"

凤殊点点头:"这里是去往她的府邸的第一个关卡。"

芭斗捋了捋衣袖:"凤大哥,你等着,我去叫门!"

不等凤殊说话,芭斗就冲到了门前,一边敲一边大喊:"树妖,开门哪!开门哪!开门哪!我知道你在家,有本事抢男人,没本事开门哪!树妖,树妖——"

凤殊嘴角抽搐,连忙上前制止住芭斗:"你这样叫是不行的,这里只是树妖设下的幻境,它真正的府邸还在前面呢,我来吧。"

芭斗被拽到了后面,凤殊上前两步,双手在胸前交错,迅速比画了一个古怪的符印,四周突然传来轰隆隆剧烈的窸窸窣窣的声音,而原本已经干枯的草木,也竟然奇迹般地迅速活了过来,如同长了眼睛一般,纷纷朝着两人站着的地方席卷而来。

芭斗一边闪躲一边问道:"凤大哥,这是怎么回事啊?"

凤殊脸色一暗,随手轰开大门:"大胆孽障,本尊在此,还不滚出来!"

浓郁的黄土和腐烂的枯叶的气息扑鼻而来,空气中传来扭曲的笑声,好像破碎的鼓皮被风吹奏的恐怖乐章。

"咯咯咯,桀桀……哈哈哈……"

第十章

1. 我来找那个人蛙

自古丑也是美的一种。

但是如果能有一个妖,能丑得如树妖这般惊心动魄,无法直视,甚至能吓死人不偿命的,也是不多见了。

树妖狂笑着出来后,凤殊当场变脸,迅速抬高了袖子连连后退了十几步。

树妖在半空中摇晃着巨大不规则的脑袋,混浊古怪的双眼来回打量着芭斗和凤殊,最后停留在芭斗身上:"又是你。小姑娘,你来这里干什么?"

芭斗努力咽了咽口水,没有文华在身边,她完全找不到上次看戏的飘飘然感觉,后背阵阵发慌:"你、你……我是来找小蛙的,你把他交出来。"

树妖翻着眼珠想了想:"小蛙?那是谁啊?我还以为你是来找你夫君的呢!"

芭斗一听,连连摇头:"他不是我夫君!我是要找你昨天从凌霄城抓走的那只蛙,哦不,是人蛙。"

树妖偏着头想了半天:"唔,我想起来了,是不是那个美人?"她厉笑着,丑陋的脸因为抽搐变得越发狰狞,"他如今是我的第三千个美人,你想要带走他怕是不可能了。"

"孽障,快点将人交出来,否则本尊让你就此消失在这个世界上!"

凤殊背过身子,用硬挺峻拔的背影对着树妖,努力平复下腹中翻涌上来的恶心感,语气充满了不怒自威的气势。

树妖被凤殊散发出的妖界至尊气息怔住,随后紧紧盯着凤殊的背影看了半响,不仅没有跪地求饶,反而嚣张地嗤笑开来:"嘻嘻嘻,我还当是谁呢,原来是尊贵的二殿下啊!不过二殿下失去琉璃羽多年,您还真当您是当年那个随手间能弹指灰飞的战神吗?哼,我看二殿下若是真的混不下去了,不如来我府中做我的第一夫人如何?这个尊位可是一直都空着呢,哈哈哈!"

"放肆!"

凤殊不知何时,在自己的双眼绑了一条玉带,他飞身掠空而起,二话不说朝着树妖厮杀过去。

"芭斗,你去府中救人,这个家伙交给我。"

芭斗仰着头看了看纠缠在一起胜负不分的两人:"那凤大哥你自己小心啊,我马上就出来!"

芭斗避开树妖抽空飞射过来阻拦自己的枝干,一路跌跌撞撞冲进宅中。

"小蛙!你在哪里啊?小蛙……"

芭斗一路大声呼喊,但是整整围着宅子转悠了两遍也没有发现关押小蛙的地方,里面空空荡荡的根本没有人。

凤殊和树妖交手的同时,朝芭斗喊道:"这里是幻境!你要找到阵眼,才能真正进入她的家宅!"

芭斗:"凤大哥,我找不到阵眼啊!"

芭斗急得满头大汗,找阵眼的同时还要躲避四面而来的幻境小妖。凤殊一边应对树妖的进攻,一边出声提示:"树妖喜阴,你往阴暗潮湿的地方找找,越不起眼却稀疏平常的地方越有可能。"

芭斗来回在偌大荒芜的院子里跑了好几圈。

终于在又一次躲闪进攻过来的满嘴臭气的幻境小人时，她转身无意间看到藏在一堆杂草下面的井口，布满了蜘蛛网和各种腐臭的青苔。

芭斗咬咬牙，大吼一声："就赌这一把！"

说完，她闭着眼睛猛地扎进了井中。

一阵天旋地转之后，芭斗感觉身体摔落到了一处软绵绵的湿润的土地上。她慢慢睁开眼，心中大乐。

蒙对了！

此时，她已经不再是在那座荒院之中，而是在一座富丽堂皇的府邸，里面异常喧嚣吵闹。

2. 银皎皎是银宵？

芭斗推门进去，竟然看到无数容貌各异的男人挤在大厅之中，凑在一起正打得难解难分。听口气，似乎还分了宫别，口中的叫骂之词，也竟然如同人间那些话本子上记载的帝王后宫嫔妃们争风吃醋一模一样。

"你们如花宫已经连续霸占女王三日了，凭什么呀！"

"我们如花宫貌美如花，颜值爆表，能歌善舞，谁像你们如树宫，五大三粗，一点情调都没有。"

"你说什么？你信不信老子扁你！"

"都别吵了，女王回来会不高兴的！"

"关你们如草宫什么事了，劝这劝那的没点立场，滚一边去！"

……

大家都忙着和自己看不顺眼的小圈子混战，连芭斗这么一个大活人进来都没有发现。

芭斗一眼就看到，小蛙被绑在一棵大树上，身上的衣服破破烂烂，一看就是被打过，如今已经昏迷了过去。

芭斗眼眶一热，心疼得想哭。想小蛙跟自己相依为命了五百多年，平时虽然对自己没什么好听的话，婆婆妈妈的，好吃懒做，还经常给点颜色就灿烂，爬到我头上作威作福……可是他的确是一心一意为自己好的。自己都不舍得打他，如今却被这群家伙欺负成这个蛙样！

她潸然泪下，抹了把眼泪，一路拨开人群冲过去："小蛙，你醒醒。小蛙，你没事吧？

"我来救你了，你快醒醒啊。都怪我不好，我应该带你一起去二十四府的，这样你也不会……"

芭斗三下五除二将绑着小蛙的绳子弄断，拉起他就想往背上拖。

"小蛙，你别睡了，我这就带你回去了。你快点醒过来啊！"

芭斗没有往前走几步，就听到一道熟悉的声音。

"想带他走？怎么不问问我同不同意啊？"

芭斗背后一阵发凉，她慢慢地转过身，看到银皎皎一身淡白色的长袍，长发披肩，极尽妖娆地走了出来。

银皎皎一出现，原本还在互相打闹的那些男人，竟然像是见了猫的老鼠一样，瞬间都老实了起来，就是那些五大三粗的壮汉，也是连气都不敢喘一下。

芭斗看着银皎皎，心中复杂万千。

"好久不见，看来你在这儿……过得挺好啊。"

银皎皎这一次面对芭斗，没了以往的故作娇柔，目光中露出浓浓的杀意："我好不好不用你操心，不过你好不好我倒是可以告诉你！"

芭斗警惕地看着他："你想要干什么？"

银皎皎仰天一阵大笑："哈哈哈哈，我要干什么？你不是早就知道了吗？"

芭斗被银皎皎大变的性格和面露无遗的敌意搞得心神不安，但为了小蛙还是鼓起胆子问道："你就算要杀我，也总得告诉我个理由吧？我才不要死得不明不白呢！

"难道是因为我长得比你漂亮，你嫉妒？

"我说，我们远日无怨近日无仇的，我又没吃你家锅底。再说仙妖有别，我就算长得比你漂亮也是不会阻碍你在妖界的桃花运啊,你干吗非得杀我灭口!"

……

银皎皎好像对芭斗这副样子很不习惯,他耐着性子听完后,脸上还意外多了一抹遗憾,手上巨大的能量球早就蓄势待发:"原本你若只是现在的你,说不定我还会放你一马。只可惜,你不是!过去的事,你能忘,我不能。夺爱之仇,我绝对不会就这么算了的!"

对于银皎皎的话,芭斗依旧满头雾水。

夺爱之恨?

难道他也喜欢文华?

不可能啊!

银皎皎作势要杀过来,芭斗见自己躲不过去,索性破罐子破摔,大义凛然地怒喝:"你要杀我,总要知道我抢了谁吧!你说是哪个男人?我还给你就是了!"

银皎皎见芭斗这副模样,更怒:"好,我今天就让你死个明白。五百年前,你勾引——"

"闭嘴!"

银皎皎的话,被凤殊一声大喝扼杀在嘴里。银皎皎看着来人,脸上怒火和醋意更深。

凤殊身后,是火速追过来的树妖,正好和银皎皎两人呈夹击之势。芭斗着急地催促凤殊小心,凤殊却怒道:"银宵,这样的事,不要让我再看到第二次。自己回刑罚阁领罪,百年之内不得出妖界。如若违反,你就也和树妖一样,自生自灭吧!"

后面的树妖,面露讥笑,狰狞地发出咯咯咯的声音。

"二皇子果然还是一如既往的情深意重啊。就是这情是错的,不知道什么时候才能清醒过来。银护法,怎么样,要不要继续留在我这宫殿之中做你的逍遥神仙?"

银皎皎悲愤交加,没有理睬树妖的讥讽。

他深深地看了凤殊一眼,消失在原地。

只有芭斗一个人,还目瞪口呆,对眼前的情况一副不能理解的样子。

凤殊瞥了一眼意犹未尽还想要阻拦两人的树妖,露出警告的目光。

树妖微眯着眼,避过凤殊的眼神,看到趴在芭斗身上的小蛙,轻轻晃悠了一下头,像是接到了什么暗示一般,往后退了几步,绕过两人,冷哼一声左右抓过几个男人,一路淫笑着进了自己的房间。

"既然二皇子亲自来要人,我岂敢不给。

"那个小鲜肉,你们带走就是了。

"不过若是下次银护法再要和我合作,就不是这么好说话了!"

凤殊轻哼一声,从芭斗手中接过小蛙掐了个诀,竟然就让小蛙变回了原形,然后让芭斗抱在怀里。

芭斗亦步亦趋,带着满肚子的疑惑,跟着凤殊一路下山。

3. 你会原谅我吗

一路气氛诡异,难得的安静无话。

芭斗忍了一会儿,还是没忍住,她跟在凤殊身后,看着他的身影,压下心头一直以来都有的那抹熟悉的感觉。

"凤大哥,银皎皎和银宵……"

凤殊脚步一顿,该来的还是会来。

他慢慢转过身,目光深情地看着芭斗:"芭斗,我可以告诉你这一切都是怎么回事,但是在这之前,我能问你个问题吗?"

芭斗点头。

凤殊望着她,目光如水,温柔而缱绻,让芭斗有些不自在。

"芭斗,如果我说不管我做过什么,都是因为我爱你,你会原谅我吗?"

一阵惊雷,在芭斗的脑海中盘旋不停。

她不可置信地望着凤殊,一副你快别开玩笑了的模样。只是,事情并没有如她所愿这样嘻嘻哈哈地过去,凤殊的目光,让她最后避无可避,不得不硬着头皮去面对。

芭斗绞尽脑汁想了半天。

按理说，一个绝美又位高权重的男人向自己表白，她应该心里面美得冒泡才是。

可惜，这个男人，也和文华一样，说是喜欢自己，极大可能是喜欢那个和自己一模一样的阿叶！

越想芭斗越觉得自己这个替身很悲催，尤其是刚刚那个银皎皎，话里话外的意思，又一个把自己当成阿叶，还想要杀人灭口。芭斗觉得世界上再也没有比自己更惨的替身了。

就算是替身演员，还能赚钱啊。

可是她呢，不仅一两银子没看到，还赔了夫人又折兵，小命时时刻刻有风险。想到这儿，芭斗再次悲从中来，忍不住一屁股坐在地上，号啕大哭了起来。

"你们能不能不要逗我了！

"这样有意思吗？

"这张脸又不是我愿意要的，凭什么你们都藐视我的人权，把我当成别人啊！

"那个叫阿叶的，早不知道死了多少年了，先是文华，然后是你……我只是想要简单的做自己，你们欺负人也要适可而止，信不信我死给你们看啊！"

凤殊没想到芭斗的反应会这么大，被她一通质问下来，一时也有些慌乱。他深深地知道，不能现在将芭斗的记忆恢复，否则当年的事会对自己更不利。可是自己之前的一切，又好像做错了，他不应该把芭斗当成阿叶。

应该重新开始才对。

"芭斗。"

凤殊慢慢蹲下来，伸手轻拍着她的背，让她冷静下来。

"对不起，是我没说清楚。你听我给你解释。

"我承认，第一次见到你的时候，我确实把你当作过阿叶。但是后来，我很快就发现你和她是不同的。

"银宵把你当成阿叶，化身银皎皎想要杀你的这件事，我很抱歉。他从小

和我一起长大，我早就知道他的心思，所以当年他确定性别时被我动了手脚，这一点上，我一直对他有愧。

"我不知道文华对你是什么心思。但是我敢保证，我对你是真心实意的。你若是不信，我发誓便是了。"

说着，他竟然举起手发起毒誓来。

"以妖族数万年来的血脉延续起誓，我凤殊今日所说之话，若有一丝虚假，便让我坠入虚无世界，消散灵魂，永世不得复生！"

芭斗脸上还挂着几抹泪珠，她手忙脚乱地拉过凤殊的胳膊，一脸生气："你这是干什么啊！

"你知不知道消散灵魂是多么大的事，你不要开玩笑了好不好！"

凤殊目光深沉地看着芭斗："你觉得我是在开玩笑吗？"

芭斗愣愣着没说话。

凤殊拉着她看脚底下的光晕："这是我妖界誓言落定的规则，你看。"

芭斗闻声低头望去，果然看到复杂的多角形纹路在凤殊的脚底下缓缓而成，忽明忽暗，绕着他的身体转了几圈后冲入天际。

4. 给我一个机会

"芭斗，跟我回妖界吧。"

就在芭斗看着那些纹路愣怔之际，凤殊的这句话，再次惊吓住了她。

她目瞪口呆地看着凤殊，连连摇头。

凤殊没有放弃，而是循循善诱地说道："如今文华突然回天界，你的任务必然不能继续。独自留在这里，不如跟我回妖界。正好也可以看看文华对你是否是真的在乎。

"如果他一路过关斩将来找你，我无话可说。

"只是，在他没来的这些日子，就当是你给我一个机会，让我将我的心证明给你看。"

芭斗听着凤殊的话，不知道该说什么好。

饶是任何女人，被这样一个男人，轻声轻语地说着暖心的话，也忍不住心中一热。更何况，凤殊说的，试探文华的提议，更让芭斗动心。

只不过，她还没有忘记自己的身份。

"可是……我是仙界之人，而你——"

凤殊见芭斗话里行间的语气松动，激动地拉着她的手，连连保证："放心吧，在妖界我说了算，你安心跟在我身边没有人敢伤你一丝一毫。"

事实证明，男人的话还是不能全信的。

芭斗被凤殊忽悠到妖界，确实感觉到了扑面而来暖暖的宾至如归的感觉。可是，第三日，她就被一个貌美如花的小白莲忽悠了。

当她喝下那杯茶水后，瞬间晕了过去。

再次醒来，她已经置身在一处古怪的林子中。

最最重要的是，此时此刻，她的头顶上方一头花斑巨虎正露出锋利的牙齿，咧着大嘴朝她吼吼直叫。

"啊！"芭斗一屁股坐起来。

"吼吼……"花斑虎昂着脑袋，对芭斗随便乱动很是不满。

芭斗小心翼翼地看着花斑虎，它血红色双眼之中充斥着疯狂和迷乱，完全看不出心智。芭斗暗暗思考着自己的法力到底能不能打过这个大家伙。

这是什么鬼地方？我为什么会在这里？

芭斗心中刚刚闪过一抹疑惑，脑海中就听到一道尖锐刺耳的声音："叫你勾引二哥哥，你就在这混沌之林，好好陪这些小伙伴们玩吧！哈哈哈……"

混沌之林？

芭斗皱眉思索着，大脑快速定位到自己曾在书宫之中看到过混沌之林的传说和九荒山的竹简摆放在一块，上面有混沌之林的介绍。

混沌之林同样是上古时期留下的遗迹，也是妖界的重狱之地。和被三界庇护的九荒山相比，这里全年暗淡无光，四周所有草木走兽都冰冷混沌甚至不开，它们只知道进攻绞杀休眠。

一旦有陌生气息出现，混沌之林便会轰鸣震天，所有的飞虫草木都齐头并

进，各凭本领，对闯入者展开无尽的厮杀。

越想，她的脸色越难看。

因为混沌之林，就算是当年天界盛极一时，天帝欲剿灭妖界，派了十方大将军联手，都无法突破这妖界四周的天然魔障，传说天帝曾深陷混沌之林，最后消耗了上千天兵天将才得以被救出。

芭斗从来没有想过，有一天自己竟也会莫名其妙地被关入这混沌之林中。

5. 文华的分身？

她还没来得及理清状况，就看到步步紧逼自己而来的花斑虎，血盆大口之中还散发着阵阵腥燥的气息。

"你别过来，救命！文华快来救我啊！"

"我、我和你拼了！"

芭斗一边叫嚷着，一边挥手用尽自己全部的气力，将法力汇聚朝花斑虎奋力拍了过去，看都不敢看一眼，便赶忙爬起来转身朝着另一个方向速速逃命了。

四周长满锋利的锯齿和硬刺的草木，芭斗逃离出花斑虎的领地后，它们都纷纷疯狂地蜂拥而来。芭斗还没跑几步，脚踝处就传来彻骨的痛意，她身体的重心一时间来回摇摆不定，很快就俯冲跌倒在了地上。

越来越剧烈的桀桀声，好像都在欢欣雀跃地庆贺这一场盛宴。

芭斗感觉快要窒息，脑海中飞快地掠过平生的事，最后紧闭双眼大叫起来："上神，救命啊！呜呜呜呜……"

几乎就在她喊出上神二字的同一时刻，一阵狂啸着席卷而来的风暴，瞬间将围绕在芭斗身边的所有妖兽都吹得头昏眼花，连连后退了去。

芭斗没有感觉到预期中的疼痛和死亡的幻灭，悄悄睁开了双眼，只见眼前大片来回舞动的黑色锦袍下摆，勾芡着一株淡淡奇异的小草图案。芭斗目光好奇地朝上探寻过去，等到她看到那张透露着熟悉怒气的俊脸时，心中所有的惶惶不安，一瞬间烟消云散。

文华浓郁的杀气扫荡全场，周围所有的妖物，虽然混沌毫无心智，却对生死气息异常敏感，都不敢再贸然上前。

第一次穿黑衣的文华，一改白衣上神的淡漠疏离，反而多了一抹肃杀，英挺俊逸的容颜，高大伟岸的身影，看得芭斗双眼发直。

如果说白衣的文华，是皎洁月光如莲；那么，黑衣的文华，反而出尘之中多了一抹尊贵之色，带着睥睨众生的高傲和冷淡，眉宇和骨子里那股无上尊荣尽显。

"呜呜，上神！"

芭斗连滚带爬地冲到文华脚边，紧紧地抱着他的双腿，哭得上气不接下气。

文华轻轻叹息了一声，慢慢俯下身子："好了，没事了。"

他伸手将芭斗拉起来，揽进怀中，脚尖轻点，竟然在混沌之林中如入无人之境般，跟芭斗之前万千猛兽来袭的画风完全迥异。

芭斗怏怏地缩在文华的怀中，眼巴巴地看着文华所经之处，两侧退散开来的草木妖兽，越发觉得可气。

"这些家伙实在是太可恶了！竟然欺善怕恶！还这么赤裸裸！"

"安静点。"

文华一开口，芭斗立马封嘴。

她仰头看着文华，还有些氤氲不真实的感觉。

"上神，我不是在做梦吧，你怎么穿着黑衣服呢，又怎么会听到我的呼唤立马出现呢？"

文华搂着芭斗的手紧了紧，语气肃杀："凤殊倒是越来越会惹风流债了，连个女人都搞不定。还有你，跟在我身边许久情商还是那么低，女人给你的茶，能随便喝吗？"

芭斗一听，明白过来："上神，你是说，那个女人喜欢凤大哥，所以加害我？"

文华飞掠之际，抽空低头瞥了她一眼，看到芭斗无辜又迷惑的神情，顿了顿没有再接这个话题。

芭斗在文华的怀中，原本担忧害怕的心情慢慢平复下来。缓过劲来的芭斗，又活跃了起来，她瞪大了眼睛观察着身边掠过的草木："奇怪，为什么这里的树木都是黑色的啊？"

文华目光微闪了一下:"三界万物,你不知道的还有很多。"

芭斗撇撇嘴,并不被文华的话所影响。

文华紧紧地搂着她的腰,两副身体的贴合,文华能够听到芭斗的心跳,越来越快,越来越快。在混沌之林穿梭中,文华的脸色慢慢变得奇怪起来,突然,带着芭斗在半空中来回翻转,最后强行落下地面。

芭斗狐疑地摇晃着脑袋来回看了看:"怎么停下来了?"

文华将她护在怀中,周身散发出浓郁的杀气:"出来!"

芭斗还在状况外,此时听到文华的话,越发好奇,努力探出头来想要看清楚。

"发生什么事了?"

话音刚落,只见前面一片虚空之中慢慢走出许多的人马,最后一身红衣的凤殊在人群散开处出现,他依旧华丽而尊贵,面上的表情却不似以往的温柔谦谦,反而有着淡淡的焦灼与不安。看到芭斗的那一刻,他心中微微松了一口气,但是在见到兀然闯入视线的文华后,又脸色一变,眸光中浮现出暗红色光芒。

"文华!你是怎么进来这混沌之林的?"

凤殊脑海中的焦虑散去后,立刻冷静下来想到,这混沌之林掩藏在妖界深处,就算文华法力高深,也不可能在他毫无察觉的情况之下闯入,难道是妖界出了奸细?

凤殊狐疑地打量着文华,他的一身黑衣让人更加变幻莫测。

文华衣袍下摆的那株熟悉的小草,让凤殊握紧的拳头,咯吱作响。

文华没有理会凤殊,他低头看着怀中的芭斗,带着一丝暖意和宠溺的意味。

"你乖乖跟凤殊离开这里,我很快就会来接你了。"

芭斗一听立马摇头,她已经知道文华上神是在乎自己的了,没必要再试验下去,虽然她讨厌不起来凤大哥,但是却知道,她对凤殊的感觉只是好朋友,没有喜欢。尤其是在险些被凤殊的桃花债坑死的此时此刻,她更是觉得还是和文华在一起安全系数比较高,从此以后,她只想要待在上神的身边好好地活着。

"我不要!"

芭斗摇头,紧紧抓住文华的袖子不放。

凤殊的目光仿佛要在文华身上看出个洞来，神色转换间终于脸上的笑越来越深，他朝着芭斗伸手哄劝道："芭斗，乖，快过来。"

"你身边的那个并不是真的文华，那只是他加诸在你身上的一道保护分身而已。

"混沌之林是妖界禁地，就算是文华本身也无法进得来，你这样坚持不放他出去，不仅对你不好，对他也有极大的损伤，分身长时间停留在外面，会破坏本来的元神的。"

……

凤殊说话间，目光和文华激烈碰撞，文华充满杀气和警告地看着凤殊。

文华目光微缩，气息越发冷凝。

芭斗没有看到两人的精神激烈厮杀，只是在听到凤殊的话后，将信将疑之间可怜兮兮地向身边的人问道："文华，凤大哥说的都是真的吗？你真的不是真的吗？"

芭斗的话打断了两人的暗中较量。

文华目光缱绻深情地看着她，又好像透过她在看另一个人。

"不错，你的衣袖中藏了一面灵镜，是我放进去的，镜子里有我三分功力的分身，在你危难时刻会自动出现。你现在先跟凤殊回妖界，等我处理完事情马上就来接你。"

芭斗似懂非懂，还抓着他的袖子不放："上神，你记得一定要早点来接我啊。"

文华目光温和地看着芭斗，伸手摸了摸她的头："别怕，我就在你身边。"

芭斗不依不舍地和文华的分身告别，慢慢跟着凤殊离开了混沌之林。

6. 上神很快就来接我了

"这一次是我中了狐女的计，被她调虎离山，才害你被她设计误入了混沌之林。你放心，这次回去之后，我一定会严惩她为你出气的！"凤殊一脸温柔宠溺地看着身旁的芭斗，语气却坚定带着浓烈的杀意。

显然芭斗的心思并没有放在凤殊的话上，一回到宫殿，眼珠子滴溜溜地观

察着凤殊为她重新准备的房间。

"没什么特别嘛!"

凤殊面露不解。

芭斗眨眨眼:"我还以为妖界的房子里应该是黑漆漆,一堆骷髅骨头什么的。没想到你的屋子,竟然是这么古色古香,你要是不说,一点看不出来这里竟然是你妖界二殿下的房间呢。"

凤殊温柔地笑看着,任由芭斗转移话题:"这里不是我的房间,是我吩咐她们专门为你准备的,你看看还喜不喜欢,以后你就安心地在这里住着吧,再也不会有人来伤害你了。"

芭斗摆摆手:"凤大哥,你在说什么啊?我就在这里待几天,上神他说很快就来接我了。"

凤殊脸色一变:"芭斗,那个文华他有什么好的?冷冰冰又不解风情,自恋自大又自以为是,还经常使唤折腾你,难道待在这里不好很多吗?在这里你想干什么就干什么,不管是花仙手册,还是草仙手册,只要你想写,我定帮你在三界扬名。芭斗,留在这儿吧,我会生生世世对你好的!"

芭斗眨了眨眼,看着凤殊:"凤大哥,当日我答应和你回来,其实是存了想要试探文华上神的意思,如今知道文华上神竟然早就对我关怀备至,我又也倾心于他,自然是要——"说到后来,芭斗先红了脸颊。

不过为了打消凤殊的念头,芭斗想了想,还是继续说道:"在天界的时候,我总去偷听他的墙脚,其实我知道,以上神的法力,一定是早就发现我了,可是却没有撵我走。而且我卖他的八卦,他也没有将我五雷轰顶。

"还有一次,胡薇将军纠缠上神,上神烦了,躲到人间,我一时冲动偷偷跟了去,看到上神他悲天悯人,扶助乞丐和穷苦妇人,留下来帮助他们找到营生才离开。

"在天界,大家都说上神冷酷无情,仗着是上古之神的老资厉,不合群,不愿意和众神多走动。但是我知道,其实上神他除了有点小洁癖以及孤傲之外,是个好神。"

……

"够了！"

凤殊再也控制不住心头的怒火，甩袖打断芭斗的动情回忆。

芭斗悻悻地抬眼看着凤殊，有些无措，脸上明显荡漾着不安。凤殊看到芭斗那么维护文华的痴恋样子，心里燃尽了滋味。为什么已经过了五百年，为什么你都已经不记得以前的事情了，还是能这么轻而易举地看到文华的好，却看不到我对你的情？

凤殊努力压下心头的醋意，神色僵硬地看着芭斗："我还有事，晚上再来看你。你先休息吧。"

不等芭斗相送，凤殊已经消失在房间里。

第十一章

1. 只要你们开心就好

芭斗无奈地摸了摸饿扁的肚皮,有些不争气地想着,要是上神的话,虽然冷冰冰,还嫌弃我,但是会知道我饿了,也会吩咐人赏我口饭吧?

算了,我还是自己去找找食物吧。芭斗左右看了看,毫不犹豫地推门走了出去。她一打开房门,这才真正发现,什么叫作妖界。

外面所有的光芒都是红色的,天空中飞来掠去的怪鸟,吼吼的剧烈嘶鸣声,都被凤殊事先的结界隔开了,所以她在房间里才会听不见。

沿着长廊走出院落,偌大的府邸,黑色的高耸石山竟然是府中的观赏景物!芭斗一边咂舌,一边凭着感觉寻找厨房,然而等到她一路七拐八拐来到厨房后,看到那些奇形怪状的小妖正在生吞活剥鸡鸭鱼肉,然后直接装盘,饶是她心理很强大,也忍不住腹中翻涌,连忙离开了厨房。

肚子叫得更加厉害,芭斗怏怏地往回走。

路上,时不时又经过的牛头马面,好奇地看着芭斗,还时不时小声指指点点。

芭斗耷拉着眼皮，有气无力地往回走，突然耳边传来一道置气之声。芭斗立刻警觉地偏过头，一眼发现从假山后面走出来的银皎皎，他的手上还拎着一脸菜色的小蛙。

"小蛙？小蛙怎么在你手上，你把小蛙怎么了？"

那日芭斗和小蛙一块来妖界，风殊以为小蛙疗伤为由将其带走，后来自己又被骗入了混沌之林，竟是把小蛙都险些忘记了。如今见到银皎皎手中的小蛙，芭斗立刻炸毛。

小蛙头疼地瞥了芭斗一眼："我没事，没事。"

"没事？那你怎么越活越回去了，你说你变成小鲜肉容易嘛，我顶着多大的压力才帮你搞定了怪子李千年莲子之仇的追杀啊，可是你呢，这才过去了几天啊，怎么又变成这副蛙样！"

小蛙翻了翻白眼，毫不畏惧地瞪了回去："你你你……你闭嘴！我这是为谁辛苦为谁忙啊，还不都是为了保护你……我那点浅薄的修为在二皇子面前也就只需他动动小手指头……"小蛙意识到银皎皎在场话说得有点多了，连忙改口道，"呜呜，总之，我都是因为你才变成这样的，你还不赶紧以身相许报答我！"

"都给我闭嘴！"银皎皎脸色僵硬，可以看出他在极力克制自己的情绪。

小蛙被他一手丢给了芭斗，他冷声说道："跟上，带你去吃饭。"

芭斗不仅没有跟上，反而后退了几步，警惕地抱着小蛙看着已经背过身去准备往前走的银皎皎。

在妖界的银皎皎，哦，不，应该说是银宵，和在九荒山的完全是两个人。

虽然声音还带着一股阴柔，但是却一点没有在九荒山时一派痴情死缠芭斗的模样，而是摆着僵尸脸，浑身散发冷气，眉宇间的深仇大恨明显放大了级别。

芭斗咽了咽吐沫，蹙眉看着前面的身影，重重地叹息了一声。

果然，爱情会让人盲目。

她虽然不是很懂银宵对凤大哥的感情，但是拜托给她一个辩解的机会好不好，她真的没有要和他抢凤大哥的意思啊，只要你们真心相爱，她真的能接受的啊……嗯，那句话怎么说的来着，对，只要你们开心就好！

还有些力气的小蛙，戳了戳芭斗，小声说道："你想被饿死吗，快点跟上啊，那货不会动你了，是凤殊派他来的。"

芭斗疑惑地对着小蛙反戳回去："不就是吃个饭吗？为什么要派他来，随便吃点不就好了？"

小蛙嘀咕了两句："说你笨你还得意。你知不知道妖界都是吃生食的，凡人进了妖界做生意，都要去平民街那里才有饭吃的！按理说你一个堂堂小仙，不争气到要吃饭已经够丢人的了，现在还这么没常识，真不明白上神和凤殊为什么都喜欢你！"

芭斗整个人都不好了，小蛙一如既往的毒舌让她重新找回了当年肆意潇洒的感觉。

她给了小蛙一个眼神自己体会，然后问道："平民街？是不是和那个西方的唐人街一样？"

"嗯。"

"那我们赶快去吧！"

"那你倒是跟上啊！"

芭斗反应过来，连忙追着银宵的身影，保持着一定的安全距离。

走了一会儿，芭斗又忍不住问道："不对啊，为什么凤大哥会派你来，你们两个很熟吗？"

小蛙无奈地说道："他不是派我们俩来，只是刚好我醒了，所以让他把我送回来！"

2. 你懂不懂怜香惜玉啊

平民街最大的酒楼，外面吊着两盏巨大的红灯笼。因为妖界终年暗淡无日，只有一轮黑月在半空中，所以凡是妖界的商铺，都会在外面挂上灯笼，而只有五星级以上的地方才有资格挂红灯楼，因为妖界受人瞩目的二殿下嗜红如命，红色尤为尊贵。

二人一蛙在靠窗的雅座坐好，正好能够看到半空中悬挂的巨大黑月，旁边有缭绕的云雾环绕，将黑月衬托得越发扑朔迷离。

芭斗对银宵完全没有好感,一进来就抢了菜单大点一通。她敲着筷子,一边和小蛙斗嘴,一边痴迷地看着妖界半空的黑月。

"小蛙,我觉得你最近有点不思进取了。"

"比如……"

芭斗指了指小蛙的身材:"你好不容易修成了人形,却自甘堕落,一副蛙头蛙脑出来晃,你知不知道若是回了天界,是影响市容的。"

小蛙扔了一颗花生米在半空,长舌头一伸一吞便吃了进去。

"你还是操心自己吧。天界的精神文明全被你拉低了,如今是节操满地,根本捡不回来了。"

芭斗瞪眼:"你不吐槽我会死啊!你懂不懂怜香惜玉啊。"

"这个还真不懂。"

芭斗夺了小蛙手中的酒杯,一脸严肃:"这个可以懂。"

"……"

就在两人说得不亦乐乎的时候,一行人从楼上下来,直直朝着芭斗走了过来。

为首的正是那日去请芭斗喝茶的女孩。今日她穿了一件粉色的罗裙,脑袋上还挂着毛茸茸的挂饰,看到芭斗后,脸色变得非常不好。

"小公主,大王还等着呢,咱们先回去吧!"

女孩瞪了身边说话的人一眼,伸手指着芭斗:"你怎么会在这里?"

芭斗莫名其妙,撇撇嘴:"我也想知道啊。"

女孩被芭斗无辜的态度气到,她跺了跺脚:"狐大,狐二,你们上,把她给我扔回混沌之林!"

身后两个尖嘴猴腮的男人一脸犹豫,他们在女孩耳边阻拦道:"小公主,您忘了二殿下说什么了吗?咱们不能再胡乱动手了啊!"

"我不管,我不管!我就是要让她消失!"

芭斗在听到女孩嚣张的命令后,感觉不妙,脖颈后面噌噌地冒凉气:"你、你谁啊?我认识你吗?你凭什么一上来就要将我扔到混沌之林?哦……上次把我扔进那个鬼地方的不会就是你吧!"

女孩轻哼:"就是本公主怎么了?我讨厌你,讨厌你!五百年前,你凭着一张狐媚的脸将二哥哥迷得神魂颠倒,那个时候我就想要除去你了。后来看在你还识相,跑到九荒山勾搭上了天上的男人,我也就姑且放过你了。可是你为什么还要再回来?为什么二哥哥还是喜欢你?你哪里比我好了?白痴愚蠢单细胞的生物,早知道当年我就应该将你斩草除根!"

芭斗忍不住反驳:"你搞错了啦,我不是阿叶。"

女孩像是听到了天大的笑话般,不仅没有相信,反而说得更加难听起来。这让本来就因为混沌之林的事一肚子闷气的芭斗再也忍不住出口反击:"拜托,你自己留不住男人跟我有什么关系?还有啊,死人的罪名,为什么要扣在我头上,我很冤枉啊!"

芭斗不光是对着女孩说,也是在说给银宵听。

"最讨厌你们这种自己不去追男人,反而错怪观众的人了。要是我是作者,一准先弄死你们!"

女孩冷笑:"死的是你才是!"

急切的掌风忽闪而来,芭斗连连后退,心里面想着不知道文华上神的分身还能不能出来。然而还不待她开口喊文华,一直对自己冷冰冰的银宵,突然闪身挡在了自己面前,拦下了女孩打过来的一掌。

"公主,适可而止。"

女孩怒极:"滚开,你这个孬种。你愿意将心爱之人拱手让人,我不愿意。我一定要除了她!"

芭斗忍不住探头出来:"你这女人有病吧,我都说了我不是阿叶!"

女孩冷哼:"黑月之上那片草地又活了,你还敢说你不是阿叶。如果你不是,那些草怎么会醒过来!"

芭斗越发满头雾水:"你说什么草?跟我还有什么关系?草要活要死你也管?未免管得也太宽了吧!"

小蛙和银宵对芭斗的话,瞬间爆冷汗。

银宵更是不客气地将芭斗的头塞回去:"闭嘴。"

芭斗慑于银宵的个人实力比自己强,如今又要靠他保护自己的小命,只能不情愿地站在后面默不作声。

银宵和女孩在半空打了几十个来回后,一掌将女孩打落了下来。早就在地上等着的几个小兵,竟然飞快地扶着女孩离开了案发地。

一切都快得让芭斗有些不可思议。

银宵稳稳落地,也不看芭斗,声音清冷地说道:"吃饱了吧,吃饱了就回去。"

芭斗一肚子疑惑,尤其是刚刚女孩说的黑月的事,让她心里忍不住又多想了起来。

"走走走,回去,回去!"

3. 和阿叶是同一个人

三个人一路沉默无声,回到皇子府的时候,就看到凤殊站在门口等着。

见到芭斗闷闷不乐,凤殊顿时眼风扫向银宵,无声质问到底发生了什么事。

银宵传音解释说遇到了狐族的小公主,也不知道是哪句话触动了她,一路上都这个样子。

凤殊挥挥手,让银宵和小蛙都离开。

他伸手拦下还想往前走的芭斗。

"芭斗,你怎么了?"

芭斗一路上心中惴惴不安,虽然她性格大大咧咧,时不时跳脱又抽线,但是这么多可疑的事情摆在她面前,让她不得不深思。

从第一次被白奕调侃,到五百年来文华身边第一个女人,再到凤殊、银宵,甚至狐族这个蛮横的公主……尤其是她说的黑月一事,让芭斗突然心中起了一个大胆的念头。

会不会阿叶和自己真的是同一个人?!

那为什么我会一点也不记得阿叶的事情呢?如果阿叶真的是上神喜欢的女人,而我又是阿叶的话,他又为什么放我在图书司不闻不问五百年呢?

而我,又为什么会是芭斗呢?

一个又一个古怪的谜题,搅得芭斗的头脑昏昏涨涨的。

"我是谁？"芭斗忽然抬头目不转睛地看着凤殊。

凤殊没想到芭斗会主动问起这个话题，一时诧异不知道该如何回答，只是有些怔忪地看着芭斗："你是芭斗啊！"

芭斗有些迷惑："凤大哥，那你发誓，说我和阿叶真的是两个人！说我真的不是她！"

凤殊语塞："芭斗，你这是怎么了？"

芭斗拉着凤殊的袖子："凤大哥，我到底和阿叶是不是一个人？"

"如果不是的话，你再发个誓证明给我看好不好。"

凤殊被芭斗突如其来的这一手搞得有些不知所措。他只能笨拙地转移话题："芭斗，一定是这些日子你太累了，我带你去休息好不好。"

凤殊的态度，却让芭斗加重了心中的怀疑。

但是，意识到这个可能的同时，她又感觉好像松了一口气。

芭斗没有再为难凤殊，反而拉着凤殊的袖子："凤大哥，我没事。我还有件事想要求你。"

凤殊见芭斗不再纠缠刚刚的话题，心中也跟着松了口气。这会儿听见芭斗有事相求，立马痛快地应允道："什么事你只管说，别说是一件，就是成百上千件也都可以！"

芭斗闻言眼前一亮，支支吾吾地说道："凤大哥，你能不能带我去黑月上面看看啊？我曾经在树上看到过，妖界的黑月上面，有一种草，绝世稀有，每千年发芽，每万年生长，据说记载到现在也不过只有四五株，我很想去看看。"

凤殊听罢芭斗的话，心中松了一口气，然后笑呵呵地宠溺道："这有什么难的，我现在就带你去！"

话音刚落，芭斗感觉自己腰上一紧，耳边传来簌簌的风声。等到她再睁开眼睛时，就已经站在黑月之上了。

脚底下的触感有些软绵绵，好像踩在棉花上一般。

芭斗好奇地挣脱开凤殊的怀抱，放眼望去，一片漆黑，只隐约在边际处好像有一道若隐若现的光波传来。

"凤大哥，那些奇异草在哪里啊？"

凤殊目光如水，温柔地看着芭斗，然后牵着她慢慢往一侧深处走去。凤殊的手中，不知何时多了一颗硕大的夜明珠，能够照亮眼前的路。

脚底下的地面，光滑犹如镜面一般，但是每当她踩下去，却又能深陷进去，非常神奇。

"凤大哥，你知道黑月的由来吗？我翻遍了天界的藏书，好像都没有关于黑月的记载呢。"

凤殊略微想了想，慢慢地说道："那是因为有很多禁书当年神妖大战的时候已经被妖界先王带回了妖界，其中关于三界之中神乎其神的黑月所有古籍记载，自然也都被妖王带回来了。

"黑月之上，据说有上古神祇飞升的巨大秘密。但是天界自从被玉皇大帝掌权后，便声称上古神祇已坐化，来弘扬他至高无上的地位……其实，很多传说都记载着，上古神祇并没有坐化，而是去往更加神秘的秘境之中了。"

芭斗听过忍不住连连咂舌："天哪，这是真的吗？原来这里竟然和上古神祇有关……不过，文华上神不就是上古神祇之一吗？那些人去哪里，问文华上神就可以了呀，为什么会？"

凤殊眉心一跳，随即轻声说道："文华，他确实是上古神祇，但是他只能算是上古神祇的遗孤，因为天生怀有高深法力，玉皇大帝不敢轻易动他，再加上他性情冰冷，对三界之事漠不关心，对天帝来说并没有威胁，自然就将他高高供着了。"

芭斗被凤殊的真相唬住，有些不敢相信。

凤殊拉着芭斗往前走，伸手指给她看："就在那个亭子后面，就是奇异草了。"

芭斗被凤殊拉着，很快看到了黑月之上的奇异草，但是却立刻感到失望。因为那几株形状奇异，枝叶泛黑，全无雅观唯美可言。

"凤大哥，这、这真的是奇异草吗？"

凤殊目光中带着一抹怀念，看着眼前的几株奇异草："不错，之所以奇特，是因为三界之中，也只有它们浑身通透之黑，却又生长在黑月之上了。当年，我偷偷从这里带走了一株刚刚发芽的小草,悉心照料,后来……"

芭斗没想到凤殊竟然还养过奇异草:"后来怎么样了?"

凤殊摇摇头:"后来啊,她成了三界最美的……可是、唉,也不知道当年我到底是不是害了她,如果让她一直无忧无虑地生活在这里,我也不会失去她,也不会有这么多的是是非非……"

芭斗被凤殊的话说得云里雾里,她撇撇嘴,下意识地有股伸手去摸摸的冲动,然而她的手刚碰上一株奇异草的叶子,就感觉一阵冰冷的气流传进体内,然后浑身一痛,昏了过去……

昏迷的芭斗完全无法想象妖界因为她的一场昏迷而造成的盛大慌乱。

烟雾缭绕的房间中,时不时有惊慌失措背着医药盒子进进出出的大夫。但是所有的人都是颤颤悠悠地进来,又面色惊恐连滚带爬着出去。

床边的软榻上,凤殊正襟危坐,艳红色的锦袍,被若有似无晦暗的灯光照射着,越发显现出焦灼之感和愤愤杀意。

他猛地将手中的药碗朝着还在一旁喋喋不休嘀咕着的大夫砸过去。

"滚!"

银宵在一边连连挥手将四五个大夫都丢了出去。

小蛙蹲在床头,有一下没一下地举着一把大扇子帮芭斗扇风。但是床上躺着的芭斗,却脸色苍白,气息微弱,没有一丝要醒过来的意思。

"芭斗怎么还不醒来,不行,我得赶紧把这件事告诉上神。"小蛙忍不住说道。

凤殊杀人的目光,嗖嗖地朝小蛙飞射过来。

小蛙在芭斗安危之机,还是非常有骨气的。蛙形的它毫不相让,瞪着凤殊:"你就算杀了我,我也这么说。芭斗是我最重要的人,我不能眼看着你害她第二次!"

凤殊浑身怒火:"出去!"

小蛙反驳:"凭什么呀,我生是芭斗的蛙,不、不对,芭斗生是上神的芭斗,死……呸呸呸,反正我就要在这里看着,你休想趁芭斗之危!"

凤殊伸手将小蛙拎起来，直接扔出了房门，低声吩咐门外候着的银宵道："不要让它进来了！"

银宵有些担忧地看了凤殊一眼，还是转身离开了房间，拎着还在奋力扒门的小蛙越走越远。

"放开我，我要保护芭斗。"

"我请你去吃虫子！"

"你才吃虫子呢，你们全家都吃虫子，放开我听见了没有，再不放我咬你了啊！我真咬了啊！"

……

凤殊怔怔地看着芭斗，所有的人都以为芭斗是被打伤了。只有他自己知道，芭斗不是被打伤，而是被强行灌注了强大的力量。因为，芭斗她原本就是奇异草。

4. 凤殊回忆之阿叶

当年自己琉璃羽大成，心高气傲，去黑月恣意修炼，偶然发现了生长在上面的奇异草。他被其稀有的黑色特质和简单的枝叶模样吸引，他看过三界最美丽的花，却从来不知道天底下还有默默生长在这里的独特小草。

他忍不住偷偷将一株刚刚发了芽的小草带回了妖界。

那一晚，黑月之上呼啸成灾，就连父王都被惊动，所有人都在猜测是不是有什么大事要发生。只有他知道，是因为自己带走了那株小草，从而引起其他草灵的异动咆哮。

他小心翼翼将那株小草放在自己的床头，给它取名阿叶。可是阿叶却因为突遭生活环境的转换，频临枯萎之灾。凤殊寝食难安想了诸多办法都不见成效。最后终于从守在黑月的幺婆婆口中听到要用冰魄白玉为介，取用原本奇异草生长的土壤培育，每日浇灌露珠，如此持续九九八十一年方能将奇异草在新的地方养活。

凤殊听从幺婆婆的交代，悉心照顾了阿叶一段漫长的时间才终于将它救活了过来。

自此以后，阿叶便成了只属于他一个人的秘密存在。

凤殊本就是身怀琉璃羽降生，妖王子孙众多，却独独偏爱凤殊。虽然有妖王的宠爱和器重，但是凤殊却也因此和兄长、众兄弟无法亲近。王族之中，权力倾轧的纷争无时无刻不在上演。凤殊身边渐渐多了许多唯命是从，一心拥护他的手下，比如银宵，但这些还是无法满足他心中日益增加的空虚和疲惫。

直到阿叶的出现，凤殊在那一刻，无比感谢命运，他觉得这是冥冥之中属于自己的新生，有阿叶陪伴在身边的日子，让他不再一个人，不再清冷乏味、落寞无际。

但是，奇异的事情发生了！

那一年他外出征战西北蛮族，西北蛮族战斗力十分强大，那一场仗非常艰难，等到他得胜归来已是四十九年之后的事了。

回到妖界，他第一时间不是去像父王汇报，而是冲进房间想跟阿叶快乐地分享。然而当他兴匆匆地推开房门，玉盆里面的阿叶却不见了踪影，在他的沉木床上，却酣睡着一个虽稚气未脱，却有倾国倾城之姿的小丫头。

许是他推门而入的动静吵醒了她，小丫头睁开眼，迷茫地看了看他，然后突然高兴地咯咯笑着扑进了他的怀里，脆生生地喊着："凤大哥，凤大哥……"

凤殊从来没有奢想过有一天阿叶能够幻化成人，只因这奇异草的确切来历恐怕六界无人能知。

但是当他看到这样一个鲜活真实的阿叶，兴冲冲地抱着自己，还甜腻腻地一声声叫着"凤大哥"，到了后面还悄悄地学着人间的姑娘绣一首小情诗在帕子上，会大闹厨房，带着灰灰的鼻头，为自己端来黑乎乎、热腾腾的饭菜……

不知不觉，自己对她的喜欢，再也无法控制。

但是凤殊怎么也没有想到，当他毫无保留地付出初恋，提出要和阿叶成婚的时候，却遭到了她的生生拒绝。

"凤大哥，你在说什么啊，你是我的哥哥啊，我们怎么能成亲呢？而且，我已经有喜欢的人啦，我喜欢他好久好久了，我这次来就是为了找他的。"

阿叶一直把自己当哥哥，并且还有了喜欢的人！

这让凤殊一度失控，他逼问阿叶那个人是谁。因为凤殊绞尽脑汁，苦思冥想也无法想象，一向只跟在自己身边，从来没有接触过外面世界的阿叶，除了自己还能喜欢谁？放眼偌大的妖界，凤殊从来不认为还有人比自己更胜一筹。

不想，阿叶却摇摇头，有些伤神地说道："凤大哥，你就别问啦，反正他不是妖界众人，而且我还要再等三百年才能去见他呢。"

自此，阿叶再没有提及和那个人的任何事，无论凤殊如何威逼利诱，费力讨好，也都无功而返。

凤殊并不甘心，他安慰自己，也许是阿叶心智还未成熟，所以是找着这个借口变相地拒绝自己，只要自己一直对她好，三百年的时间，一定会让她意识到自己才是她的真命天子！

然而，凤殊怎么也没有想到，阿叶竟然借口回黑月修炼，还不许自己跟着，美其名曰等到修炼成功再见之时，一定会让自己刮目相看的。而这一去便是三百年！

凤殊按捺住内心强烈的思念，竭力遵守着和芭斗的诺言。可是，三百年后，却并没有等来阿叶顺利出关的消息，而是得知她竟无声无息地离开了妖界，并且不知所终。

5. 芭斗回忆篇：上古（一）

芭斗惊恐地发现，自己失去了身躯，成了一缕被风吹着四处漂泊的魂魄。

她的脑袋沉沉的，感觉总是有睡不完的觉。浑浑噩噩之中，她是被一阵阵软萌清脆的声音吵醒的，她稀里糊涂地抱着一株大柳树，在柳枝下面借着几分阴凉，眼睛渐渐适应了眼前的光线。

入目处波光潋滟，看样子是一处环境幽美的小岛。

一串串清脆的笑声，是从中央湖泊的一隅传来的。一抹鹅黄色的身影，正

在湖面上微波荡漾，凌空踩着微步去捞湖中的莲子。

"恩公，吃莲子。"

穿黄衣服的少女长得只算清秀，但是却贵在眉宇间的气息浑然天成，散发着浓浓的贵气，一颦一笑间端庄大气，仿佛只要你看着她，多乱的心情都能平复下来。

少女很快回到湖对面的凉亭中。

那里有一个白衣男子，青丝飘飘，席地而坐，手中一把木琴，乐音扬扬。

男子慢慢歇了琴声，他并没有伸手接过少女捧来的莲子，而是微微偏过头看着她："你既然已经痊愈，就早日回家去吧。"

少女听到这话，小脸顿时皱在一起，她握紧手中的莲子，使劲摇头："我不走，我要留下来报答恩公的救命之恩。"

白衣男子轻叹："我救你皆是你的命数，仙道之人，兼济苍生，何来报恩之说。"

少女听到男子的话，脸上原本欲语还休的神色顿时变得忐忑不安起来，她亦步亦趋跟在男子身后，止不住地说道："我出来的时候长老曾说过，那火烈兽是我的大劫，我本应该丧身在其腹中，却没想到会被恩公所救……我、我自当留在恩公身边——"

然而少女的话还没有说完，白衣男子就已经足尖轻点，翩然而去。

芭斗缩在大柳树上，越看越觉得男子的身形很是熟悉，但是脑中却一片空白，想不起个所以然。她咂巴咂巴嘴，不改喜好评头论足的性子："这个男人，怎么这么无趣，不用想也知道，定是那姑娘家看上你了，想要以身相许呢。报恩报恩，以身相报嘛！"

岂料，芭斗的话刚刚说完，突然又是一阵大风。

等她再睁开眼，湖边两侧的柳树已经枯黄，少女也穿了更素的杏色衣衫，依旧是同样的凉亭之中，男子的琴声悲怆无力，少女拉着男子的衣袖，苦苦哀求："文华，我求求你，不要去好不好？太危险了，你答应过会陪在我身边的！"

文华！

162

这二字,像是惊雷,瞬间打通了芭斗原本混沌闭塞的神识。

她的脑袋"嗡"的一声,原本浑浑噩噩不知道自己是谁,发生了什么事的困境都恍然而逝。她猛地回味过来,自己现在是陷入了昏迷,而魂魄又不知道到底飘到了哪里。

但是,看着那个被自己想起,早已刻在脑中的男人,她心中便越发觉得,这一切一定和阿叶有关。

文华叹息,白衣如雪,却掩不住他的愁绪:"这是命数,上古神祇的劫难,与其四处逃避,不如利用最后的机会为苍生造福。"

少女固执地拽着他的袖子:"那我呢,我也是苍生的一分子啊,你保护我,陪着我,和我在一起,也是在拯救苍生啊!"

男子慢慢停了琴音,抬起手拍了拍少女的头,略无奈又宠溺地说道:"苍生以众为重,你只要留在这里,我留下的结界自然会保你平安的。"

芭斗虚晃晃的小脑袋从亭子上探下去,她看得清楚文华的面孔淡漠英挺。她摇摇头,散去心头的胡思乱想:"听他说什么上古神祇,莫不是传说中的上古众神应劫的那场大灾难?

"这个黄衣女子又是谁?她和自己,和阿叶并无相似之处,看起来关系不大啊。"

"难道,她是文华的老情人?"

6. 芭斗回忆篇:上古(二)

芭斗的魂魄一直在附近徘徊,日夜交替过去了好几日。

她对黄衣女子和文华观察得细致入微,却越发糊涂。

看起来,文华依旧是淡漠如玉的性子,反倒是黄衣女子,时而娇俏活泼,时而温柔婉转。芭斗看得出来,黄衣女子对文华很是爱慕。

只是……他们每次谈话提到的都是即将到来的灾劫。

芭斗琢磨了许久,最后大胆地猜测,自己很可能是魂来到了上古时期,而

且还是上古灾劫发生前。

只是，不是说文华在上古灾劫中力挽狂澜了吗？

为什么他这会儿一点备战的样子也没有，反而每天和黄衣女子待在一起？

没有人解答芭斗的疑问。

只不过，这样的平静很快被打破。

芭斗被卷入新的场景之前，只记得一声咆哮的嘶吼。

等她再睁开眼，看到的便是到处都充斥硝烟战火的大地，苍生万民惊恐逃窜，无数爆发的火山，许多从大地深处逃窜出来的巨兽，还有在天地间试图耗尽修为拯救苍生的无数神祇。

芭斗被这突如其来的犹如世界末日般的混乱场面吓得不轻，她使劲晃了晃脑袋想证实眼前看到的这一切是梦还是真，然而当她再定眼看的时候，之前那些纷乱的画面却倏尔不见，映入眼帘的是一处漂亮的宫殿，宫殿里面传来剧烈的争执声，那个少女含着泪逃了出来。

芭斗下意识地跟着她一路离开了湖泊，来到了很远很远的地方。

那些地方，满目疮痍。

咆哮着、浑身带着火焰冰霜的巨兽，正在肆意地摧毁着所有的房屋。洪水泛滥，四周可以见到的连绵山脉不断地喷发出火焰。

密密麻麻望不到尽头的黑色大军，咆哮着将寥寥无几的神祇吞噬。

这些，直到少女出现后，一切突然大变。

女子就站在原地，原本轻盈绝美的容貌大变，竟然成了一株深深扎根在地下平凡得不能再平凡的草。

如果非要说有什么特别，那么这株草是黑色的。

女子的原形，再次震惊了芭斗。

芭斗在半空，痴痴傻傻，合不拢嘴。

这、这不是黑月上的草吗？

凤大哥说过，阿叶的原形就是这种草。

这个女人到底和阿叶什么关系？难道是母女？还是姐妹？

或者……她们是同一个人？

可是同一个人就算过去很久，也不应该面容大变啊？

等等！

记得书上好像说过，神仙的重生会改变其原来的容貌，有的甚至还会改变性别。难道……其实阿叶就是这个女子的重生？所以她们才会容貌不同？

那、那……那我呢？

我又是谁？！

芭斗不敢再往下想了。

7. 芭斗回忆篇：上古（三）

女子的本体不断地变大，竟然大有铺天盖地之势。而那些朝着她奔涌而来的邪恶大军，还有不断咆哮的火山和洪水，在她的面前，竟然都那么不堪一击，纷纷倒在她的脚下，就好像成为她的养料。

大军好像也被这看似柔弱的女子的威力吓到。

但是很快，后面的十方凶兽咆哮着，竟然化身为了一个没有头颅的巨大怪兽，手握一把漆黑泛光的镰刀，朝着她的根茎砍去。

女子抖动着自己的叶脉，竟然迎头而上，用无数分支死死地缠绕着那恐怖的巨兽，她的叶脉背面好像多了许多吸盘，正在疯狂地吞噬着怪兽的能量。但奇怪的是，女子的本体和怪兽的身体却是在同时变小，甚至女子变化的速度更加快。

眼看着，还在垂死挣扎的怪兽手中高举的镰刀就要朝女子砍过去了。

突然，黑得发亮的光，从女子的脚下往四周扩散着，飞速地传播。

那光好像有可以禁锢人的动作的能力，所有爆发的火山、洪水、黑暗大军全都静止。

芭斗虚无的意识盘旋在女子左右，高兴地拊掌，就在她以为一切都已经结束的时候，女子却突然低喃了一声，然后身体疯狂地缩小，伴随着一声响彻天地的轰鸣声，江湖河海竟然在瞬间翻腾移位。

这是怎么回事？到底发生了什么？

芭斗眼睁睁地看着，女子刚刚还巨大的身子此刻正在渐渐缩小到了正常人的模样，最后犹如破败的棉絮般，从高空摔了下去。

芭斗急匆匆地追着，好几次，她在半空超过女子，想要拖住女子下坠的身体，但是女子却从芭斗的身体中穿过，继续飞速往下坠去，眼看着她虚弱而苍白的身体就要摔在混沌大地上，芭斗甚至不敢再睁眼去看。

然而……时间慢慢地流逝，芭斗慢慢睁开眼，竟看到了那大抵是红尘俗世中最凄美的一幕。

一袭白衣的男人，在最后一刻拦腰抱住了即将摔在地上的女人。

他的裙裾，被风吹起来，犹如一朵巨大的白莲，怀中的女人，嘴角不断沁出鲜血。

芭斗努力让自己离他们更近些。

女人好像在笑，她努力睁开眼，想要再好好看看眼前的男人，止不住的鲜血却逐渐染红了男人的衣衫。

芭斗不过是稍微顿了一下，却又与两人拉开了距离。

她只能竭力俯视地看到，那简直是她漫长岁月中见到的最美却最疼的一朵白莲花了。

鲜红的血液作蕊，男人央央的衣袂为瓣，四海八荒都是战火之后的废墟，近黄昏的天空，时不时传来垂死的怪兽呻吟，让地下那相拥的男女成为这天地山河间唯一一抹亮色，沉痛悲伤的亮色。

"别、别走。"

男人的声音低沉喑哑，犹如泣血失孤的兽。

"求求你，不要……我后悔了，我悔了。

"什么天地苍生，都不如你，不如你。

"活下来，求你！"

……

男人不断地低语着，沉痛得让空气都凝固了起来。

芭斗看着男人……不，是看着那个时候的文华，陌生而难过。

她心中对那个逝去女人的身份有许多迷惑，也有大胆的猜测。

她的目光交织在文华悲怆的背影之上，眉宇间的沉静让人感到异样的熟悉，这和不久前那个冷静和凶兽对峙的女人神色竟是出奇的相似。

"不要走！"

那是惊天动地的吼声，撕心裂肺。

芭斗被强光带走的最后一瞬，只来得及看到文华满脸悲怆地仰天咆哮，而他怀中的人，却逐渐透明消散在天地之间。

第十二章

1. 醒来

凤殊一直不眠不休地守在芭斗的床边,看着床上一直昏睡的人。

凤殊感觉又回到了五百年前的那段日子。当时,阿叶也是这样,明明在自己身边,却昏迷不醒,最后更是被文华硬生生用天地规则带走。

凤殊紧紧地握着芭斗的手祈求:"芭斗,你快点醒过来吧。"

门外时不时传来小蛙气呼呼的警告声:"我一定要告诉文华上神!当年也是这样,你难道不能放过她吗?你爱她就是让她总受伤吗?你难道都看不出来吗?老天爷都不同意让你和她在一起,所以才会安排这些警告!你快点放我进去,我要带她去找文华上神!"

凤殊脸色非常难看,他奋力向着门外一挥手,只听到一阵扑腾啪嗒摔倒在地的痛苦呻吟。

"哎哟,我的屁股……"

无心理会门外的闹剧,凤殊依旧目不转睛地看着芭斗,心中却因刚才小蛙的话更加彷徨不安。

"难道……你真的不属于我吗？"
……

"不要、不要啊！"
床上的人突然大叫一声。凤殊惊喜地凑过去，期待地看着芭斗。芭斗双手使劲搅着手中的被子，嘴里面一直呢喃着，最后浑身一颤，猛地睁开了眼，入目的便是凤殊的绝美容颜。

芭斗的心中一片余悸，她像是傻了一样看着凤殊，脑海中还在回想着那个真实的梦境。

"我、你、这……这是哪儿啊，我是还在做梦吗？"芭斗有些不确定地开口，心里面却越发震惊。

凤殊紧张地看着芭斗："芭斗，你终于醒了，有没有哪里不舒服？你知道吗，你已经昏睡了整整四天了，要是你再不醒来，我就要——"

"凤大哥，我没事，我昏迷多久？"芭斗下意识地反问道。

凤殊紧张地望着她："你都昏迷了整整四日了，你有没有哪里不舒服啊？"

芭斗摇摇头："凤大哥，我到底发生了什么事，我为什么会突然昏过去？"

凤殊摇摇头，好看的脸上也闪过不解："那日我带你去黑月，你一接触那些奇异草就昏了过去。可能是那些奇异草的能量比较特殊吧……不过芭斗，现在你醒了，我总算可以安心了。你现在感觉怎么样？刚刚是做噩梦了吗？"

凤殊的话，芭斗完全没有继续听下去。

她的脑袋里充斥着许多问题。

奇异草！

芭斗心中很是纠结，奇异草是那个女人和阿叶的本体，而自己又和阿叶一模一样……如果自己和阿叶和那个女人其实是一个人的话，那……她岂不也是一株草？！

芭斗下意识地使劲摆手："不可能，不可能，我才不要做一株草！"

凤殊抓住芭斗在半空乱晃的手："芭斗，你没事吧？"

芭斗连忙缩回来，眼神有些慌乱，对于现在心中想到的问题，她还没有想好怎么去询问凤殊："没、没……就是梦到被妖怪追。"

凤殊眸光暗淡，掩下了一抹失落，他抬手摸了摸芭斗的额头，见没有再高热不退，方才放下心来："你醒了就好了，我叫大夫再进来帮你看看，顺便帮你拿点吃的过来。"

芭斗乖乖点了点头，根本藏不住事的脸上的表情全都被凤殊看在眼中，他默不作声地敛目，没有再追问下去，而是帮芭斗掖了掖被角，转身离开了房间。

2. 一撒谎肚皮就抽搐

都说黄粱一梦，这个词到了芭斗这里，却好像是一梦三生一般。

黄衣女子、阿叶、自己……好像被一条无限绵长的时间线套在了一起。而最强有力的证据，便是那独特的奇异草。

芭斗怔怔地躺在床上，脑袋里闪过各种各样的桥段，脑仁突突疼得厉害。

更不用说，床边还有一个一直在不停地碎碎念的小蛙。

"我说你怎么这么任性呀，说昏迷就昏迷，你、你这样，你娘知道吗？"

芭斗可怜兮兮地望着习惯于蛙身、蹲在自己床头一边吃提子一边碎碎念的小蛙。

"我又不知道我娘是谁。"

小蛙翻翻白眼，将芭斗偷偷伸过来的手打回去："你知不知道，为了你，我差点和凤殊拼命啊！我堂堂一代美蛙骄子，还没有遇见我的公主，就差点为了你这个女人从此和这个世界告别！"

小蛙麻利地又吞了一颗饱满丰润的提子看着芭斗："老实交代，在黑月上到底发生了什么事？是不是凤殊想要强迫你，你誓死不从，以死明志了？"

不等芭斗说话，小蛙又说道："不对，不对，就你的那点节操，见到美色，你不扑过去就是好的了，想要让你为上神守身，不容易啊！"

以前芭斗只当小蛙是自己的死党，但是如今随着自己的身份越来越扑朔迷离。芭斗才突然发现，一直以来，自己都忽视了身边这个家伙。

自己在天界醒来，忘记前尘往事，还可以说是飞升时的天地规则。但是小蛙却不同，它跟在自己身边这么多年，其实还是个小妖，只不过是在天界净化了妖气。所以小蛙绝对不是一个打酱油的角色，它根本就是那个知道大秘密的家伙！

想到这儿，芭斗脸上突然多了几分不怀好意和淡淡的怒气。

这个家伙，明知道自己被文华和凤殊两个人搞得一个头两个大，结果怀揣着真相竟然不告诉自己，这是好朋友应该做的事情吗？！

原本还在喋喋不休的小蛙，也意识到芭斗变得有些不对劲了。

小蛙突然觉得后背一阵发凉，不好的预感让它准备开溜，却被芭斗一把抓了回去。芭斗恶狠狠地瞪着它："说，我是不是阿叶？你都知道什么？你到底是谁派来的？"

小蛙干笑，试图垂死挣扎："哎呀，你快放开我！阿叶可是倾国倾城将百花仙子都比下去的大美人，你再看看你自己，你白日梦做多了吧！"

芭斗却不以为然："嘿嘿，小蛙，你知道吗你每次撒谎的时候，肚皮都抽搐不停！"

说罢，芭斗的目光深沉地盯着小蛙不断抽搐的肚皮。

小蛙一副窘迫的样子，不知该如何是好，内心焦躁一口气没提上来，昏死过去。

芭斗看着小蛙无论怎么都不动弹的身体，暗暗怀疑难道它这回真的有骨气了？

从小蛙嘴里敲不出来，芭斗满腹心事地躺在了柔软的大床上。

她脑子里却不自觉地浮现出了文华上神的脸，冷冰冰的、生气的、无奈的、崩溃的，还有宠溺的……

3. 上元会

第二日，芭斗是被凤殊派来的人吵醒的。

小蛙早不知道溜到哪里去了。

芭斗迷迷糊糊地看着来人怀里的华服。

"姑娘，二殿下说了，今日是妖界的上元会，就像是人间的新年一样，到时候会有很多有趣的节目。

"这是殿下特意为您准备的衣服，请您快点换上吧。

"殿下等着和您一块用餐呢。"

芭斗兴致缺缺："我能不去吗？"

来人一脸为难，当意识到芭斗真不想去的时候，越发惊恐起来："姑娘，求求您别为难小的。若是您不去，殿下会杀了我的呀！"

芭斗一张脸皱得和包子似的，正准备大吼，你们死不死和我有什么关系的时候，猛然想到，自己也许可以去旁敲侧击一下奇异草的事，便没有再说话，默不作声地任由来人帮自己换衣服。

然而事情没有芭斗想的那么简单。

从她见到凤殊那一刻开始，便被热情地招待着在整个妖界游玩了一圈。有好几次，她都想要开口，但是每每触及凤殊宠溺中含带一抹落寞无奈的目光，她又突然间不知道该怎么开口了。

就算是白痴，也能够感受到凤殊对她的好。

可是这份好，让芭斗无所适从。

入夜，妖界四处灯火通明。

妖王会坐在龙撵之上巡视妖界四方各地，各族首领都来到妖宫赴宴。整个宴席上，芭斗都没什么热情，反倒是坐在妖王下手的狐族中，那个曾经几度找芭斗麻烦的小公主，一直用熊熊怒火的目光盯着她，恨不得将她生吞活剥。

期间，有虎族的王子过去搭讪，被小公主毫不留情地拍飞了出去，一时间虎族和狐族差一点打起来。凤殊警告地投射给小公主一个目光，但是小公主不仅没有畏惧，反而好像胜券在握一般朝着凤殊笑得极度灿烂。

凤殊见芭斗闷闷不乐："怎么不开心？"

芭斗放下手中的筷子，欲言又止。

凤殊像是已经明了她想要问什么一般，伸手给两人倒了一杯酒："芭斗，来，陪我喝一杯。说起来，咱们认识这么久，还没有好好在一起吃过饭呢。"

芭斗听到凤殊的话，原本已经要说出口的话又被卡在了嗓子眼里。她接过酒杯，一饮而尽，辛辣的味道直扑口腔，脸蛋迅速红了起来。

凤殊痴痴地看着她。

芭斗借着酒意，忍不住开口道："凤大哥，我有个问题——"

凤殊挥手拦住她要说出口的话："芭斗，等一下。"

芭斗疑惑地看着他。

凤殊嘴角露出一抹无奈的笑，目光中缱绻的深情都被藏下，他苦笑着问道："芭斗，你喜欢我吗？"

芭斗怔了怔，然后说道："凤大哥，你就像是我的哥哥一样，我当然喜欢你啊，不过是哥哥姐姐的那种喜欢。"

凤殊握紧了手中的酒杯，很快白玉的杯子化作泡沫。他伸手拿过酒壶，仰头大灌起来。

芭斗连忙伸手阻拦："凤大哥，你干什么啊？"

凤殊苦笑连连，紧紧握着芭斗的手："芭斗，为什么？你为什么就是不能喜欢我呢？不同于对哥哥的那种喜欢。"

芭斗听到凤殊的话，缩回了原本想要抢下酒壶的手。

两个人因为凤殊痛心疾首的质问和大动作的灌酒引起妖王的注意，芭斗只感觉浑身一室，被一道凌厉的目光盯着，浑身头皮发麻。

凤殊也同样感觉到了来自妖王的关注，他侧了侧身，将芭斗搂在怀里，不顾还在进行中的盛席便带着她飞身离开了大殿。

4. 失去了很重要的记忆

"凤大哥，我是不是丢失了一段很重要的记忆，关于你，另一个我，还有上神是吗？"

芭斗突如其来的问话，让抱着她在半空飞掠的凤殊险些一个跟跄落地。

最终，凤殊携着芭斗在妖界最高的赤月宝塔上驻足，凤殊定定地看着一脸坚定的芭斗，叹息一声。

"你果然还是问了……"

凤殊突然大笑:"呵呵呵……文华真是好算计。他哪是为了给我机会赢得你,根本就是算到了你来妖界,绝对会去接触奇异草,同根而生,怎么会没有感应呢。

"明知道他的提议有诈,可是我却想要赌一把。

"只是……没想到,我还是输给了你。"

……

芭斗听着凤殊的话,虽然有些摸不着头脑,但她却知道凤殊此时的痛苦。当初,她误会文华把自己当成阿叶的替身时,也曾经有过为爱受伤的感觉。

"凤大哥,对不起,我——"

凤殊突然紧紧地握住她的手:"芭斗,就像现在这样不好吗?为什么一定要想起来呢?如果你想起来之后,知道自己一直重视的人伤害了你,你还会原谅他吗?"

凤殊脸上划过浓浓的哀伤和挣扎,心脏像是悬在刀锋上一般,他不知道芭斗会怎么回答,但是他知道,自己的喜乐哀愁全都在芭斗的一句话上。

"你在天界过得并不快乐,生活窘迫,为什么不趁机留在这里呢?过去的事情,既然忘记了,又何必再提起,也许是命中注定的呢?"

芭斗摇摇头:"凤大哥,我不知道当年到底发生了什么事,但是我知道,失去那段生命历程,忘记了另一个我的生命是不完整的。而且既然如今的机遇让我发现自己还有这样一段记忆,我相信这也是老天最好的安排。"

凤殊急急地反驳:"芭斗,你不知道,这哪里是老天的安排,这明明就是——"

就是文华那个家伙的设计!他先是把你抢走,后来发现你失去了记忆,就索性安排了这么一出,他知道,只有我能解开你的封印,所以才会放你到九荒山,才会露出那么多可疑的马脚让你怀疑,这都是文华那个家伙的阴谋诡计!

凤殊没有将这些后话说出口,因为他也曾经做过这样的事,不经过阿叶的同意，随意干涉她的生活，最后不但没有挽回她，甚至一度饱尝彻底失去她的痛彻心扉。

凤殊苦笑了两声，叹息道："芭斗，你一定要想起以前的事情吗？你知道吗，你现在的性子可跟以前完全不像，我不知道后来你又发生了什么事，我不能保证找回以前的记忆后，这五百年的记忆你是否还能记得，也许你记起来之后就不再是芭斗了，又或者阿叶和芭斗无法共存，到时候你要选择谁，这些你都考虑清楚了吗？"

芭斗被凤殊神乎其神的话说得有些愣怔。

她真的没有想过这个问题。

找回记忆，固然能够知道以前的事，但是结局还没有发生，那即将是自己需要作出的选择和道路，她真的做好准备了吗？面对文华，面对那段过去，面对许多自己现在还理不清的真相？

芭斗支支吾吾："凤大哥，对不起，我、我再想想。"

芭斗说完，急促地转身想要离开，她想一个人静一静，安抚下心中的慌乱，还有不知为何而生的慌乱。

凤殊目光中又闪过一抹奇异的亮色，他没有上前去追，看着芭斗渐渐消失在塔下。

5. 文华 VS 凤殊

常年无光的夜色，没有星辰的夜空，四周还在传来欢乐的笑声，巨大的枇杷树后，一抹白衣的男子，神色愠怒地注视着相对站在塔中的人。

直到芭斗完全消失不见，那一抹白色身影才翩然而至。

玉带飘飘，眉目如画。

"凤殊！"

文华的声音透露出森森彻骨的杀意，让他看起来不像是天界的神，更像是从地狱中出来的魔。他飞身入宝塔，毫不留情地朝凤殊出手。没有琉璃羽的凤殊，根本无法阻挡文华释放了足足有六成功力的一掌，他堪堪躲过，却还是被掌风伤到肺腑，迅速地喷出一口鲜艳的血渍。

凤殊连连后退了几步,毫不畏惧地站在那里,一脸肃杀地看着文华:"你怎么会在这里?"

文华翩翩在原地站定,目光流露着浓浓的怒气:"当年你封印她的记忆有什么后果难道现在还不明白吗?如今你又想要用花言巧语来欺骗她,这就是你对她的爱?!"

凤殊抚着胸口,呵呵嘲讽地笑道:"你口口声声指责我的爱只会伤害她,那你呢。当年上古一战,知道真相的人也不是只有你。英雄救美,恐怕这天地间的人都不会想到,这一计的鼻祖竟然会是你文华上神吧!

"当年你可以为了天下苍生负她,谁又知道以后不会这么做呢?!"

文华脸色微变:"上古之事,我从不后悔。"

凤殊冷笑:"你知道吗,我最讨厌你们神这副假惺惺、为了天下大义牺牲的表情了。你们真的牺牲了吗?还不是打乱了一个又一个的轮回,复活这个复活那个,当年的上古之战为什么存在,不就是父神想要复活他的小儿子吗?!"

"上古之事孰对孰错不容你我来分辨。但是今日你欺骗芭斗,和当年欺骗她又有什么区别?"

凤殊想到过去,脸色也变得有些晦暗:"这不一样,我只是想要让芭斗想清楚。更何况,我并没有乱说,搜魂术恢复人的记忆,但是同时是否会让她之后的记忆消失,这件事无人做过,没有人知道会怎么样。怎么,还是高高在上的文华上神,也有不自信的时候?是不是意识到自己这五百年来对芭斗一直不闻不问所以心虚了?难道你就没有错吗?纵使你后来重回天界,知道一切都是我做的,你抢走了芭斗,可是你还是没有完全放下那件事,所以你才对她故作无情。佯装陌路,任由她一个人在天界那么冰冷的地方苦苦挣扎,难道你就真的确定能给她幸福吗?"

凤殊的话让文华眉宇微蹙,随即却又疏散开来,神色平静地回道:"不管你承不承认,这个世界上,只有我能让她幸福快乐。"

凤殊的脸色越发狰狞。

文华不动声色地看着他,声音平淡地问道:"你现在张狂不屑,不知道九星耀日到来时,妖界四族互相残杀,你会不会为今日的决定追悔莫及?

"应运天命而生，终其一生要心怀妖界众生的未来妖王，每次说出不管他子民的逆言后，遭受的天罚之劫，不知道你还能够承受多久？

"还是你真的觉得自己能够战胜苍天？

"抑或，你真的想要那可怜的几日恩情，然后让她承受永远别离的痛苦吗？"

文华的话，就像是一根根尖锐的针，扎在凤殊的心中。

他来不及争辩，就见文华脚尖微点，翩然而去。

6. 天罚之雷

凤殊脸色越发苍白，他慢慢地摊开自己的手心，洁白的玉手突然间迅速变幻，最后变得丑陋而狰狞。那是他对抗天罚的下场，他的手早已经被天罚之力摧毁，如果没有琉璃羽，九星耀日之时，便是最后一波直取他性命的天罚之雷。

凤殊在塔中站了很久，他修长的身子越发孤单。

半空的黑月，是每一年最亮的时候。

凤殊看着下方兴高采烈的妖界各族和那些臣民，心中一片悲凉。

过了许久，凤殊有些狼狈地挥手招了一直守在外面的银宵，声音沙哑地吩咐道："速去查探四族的动向，查清楚他们最近有什么异常！"

银宵听到凤殊的话，脸色一变，想要询问什么，却在看到凤殊苍白难看的脸色后，压下了心头的疑惑。

芭斗手上拎着小蛙，瘪着一张小脸，不复以前的活泼喜乐。

小蛙被晃得头晕眼花，受不了地呱呱大叫："别摇了，别摇了，你到底想怎么样嘛？不带这样残害小仙物的！"

芭斗一副神游太虚的空洞神情依旧晃悠着，好像没有听到小蛙说的话一样。

房门处传来咯吱的推门声，小蛙看到一个倒映着白衣飘飘的影子走进了房间，是那抹熟悉的冷白色。

"呜呜呜呜，上神，救命啊！"

一道光一闪而过,小蛙被重重地丢出了房门。

文华慢慢在芭斗的面前坐下,目光平淡地看着她。他仔细打量了一番,见她没有消瘦,气色红润,原本微冷的气息方慢慢收敛了起来。他挥挥袖子,唤回了芭斗神游的心神。

芭斗看着突然出现在自己面前的文华,被吓了一跳,顿时跳了起来:"你、你是谁!竟敢冒充上神,你等着,我绝对不打死你!"

芭斗说着就抄起一旁的烛台朝文华砸了过来。

文华广袖微动,伸手化开芭斗的手招,将她带到自己身边坐下。

"芭斗,是我。"

熟悉的声音,传进芭斗的耳中,再传进心头,让她忘记了呼吸和心跳。

这么奇怪的感觉,芭斗也是第一次体会,完全不知道该怎么掌控,只能呼哧呼哧地努力想要获得空气,可是却越发觉心口扑通扑通憋闷得更加厉害。

芭斗来回翻了好几个白眼,终于压下了不正常的心跳,她恍若做梦般看着文华,突然像是想到了什么一样:"你、你是真实的上神还是从镜子里出来的分身?"

文华神色平静,将芭斗扯进自己的怀中,宠溺地揉了揉她的头:"你觉得呢。"

芭斗愣愣傻傻的,有点回不过神来。她试探着伸手去摸文华棱角分明的俊脸,感受到淡淡的体温,心头莫名地一暖:"真的是你!上神,真的是你,你来接我了吗?"

文华望着她:"待你记忆恢复后,我们就回去。"

芭斗一听文华的话,心中所有的猜疑都在这一刻落定。狂喜又带着点迷茫的恐惧,喜的是自始至终都只有自己一个人,也就是说她不是替身。却又恐惧,万一失去芭斗的这五百年,又该如何?

"如果我恢复了之前的记忆,却又忘掉了这五百年来的事情,你还会喜欢我吗?"芭斗小心翼翼地问道。

文华看着芭斗一脸纠结的模样,低低地叹息道:"傻瓜,她们都是你,是不断变化成长中的你，只有你们汇聚在一起才是一个整体，才是完整的你。我喜欢你，自然是喜欢你的任何一面，任何一个模样了。"

芭斗似懂非懂，低低地跟着呢喃："所有的都是我？每一面都是我吗？"

旋即，芭斗反应过来，文华上神这是在和自己表白吗？她一时间忘记了刚刚的烦恼和忧虑，小心脏扑通扑通地乱跳个不停，嘴巴也不受控制："上、上、上、上……上神！你刚刚在跟我表白耶！"

看着芭斗双眼放光，眉宇间藏不住的惊心、欢快和满足，文华难得没有一如既往板着脸，反而目光温和地注视着她，轻轻"嗯"了一声，目光深邃地看着她，任由她自己去想明白那些只能自己想通的事情。

7. 凤大哥，我要找回记忆

芭斗不知道文华是什么时候离开的，等她睁开眼醒来的时候，自己躺在柔软的大床上，身上还盖着被子，桌子上也依旧放着昨晚文华喝过的茶杯。文华有轻微的洁癖，被他用过的茶杯，都会在下面垫上一块白色的方巾，往往文华府的下人会自然而然在收拾的时候拿走茶杯，再送来的必是从窑中烧制的新杯子。

芭斗看着茶杯下的那条白色方巾，撇撇嘴，嘟囔着，真是臭毛病，偷偷摸摸来妖界，都改不了他的洁癖！

房门外传来询问声，是凤殊温和的声音："芭斗，你醒了吗？"

凤殊轻柔的声音，伴着房中若隐若现的流光，让芭斗不由自主愣怔了一下，随即耳边回响起文华清冷温柔的声音："傻瓜，那些都是你……所以都是我喜欢的。"

芭斗不自在地咽了咽口水，双颊多了一抹可疑的绯红。直到凤殊的声音再次传进来，她才有些慌乱地从床上跳了起来，一边乱蹦着穿鞋，一边整理好仪容打开了房门。

"凤大哥，你来啦。"

凤殊一改平日大红色的锦袍华服，今日竟然穿得异常简单，金丝边的黑色

湘湖长衫,一头青丝也没有像往常那样随意披散,而是用桃木挽在了脑后,看起来好像是人间的王孙贵胄般,少了几分妖界王者的妖艳和血腥之感。

凤殊藏起目光深处的疑惑和忧虑,眼神温和带笑地看着芭斗:"今天天气不错,带你去一个好地方。"

芭斗看着凤殊,暗自为自己心里面的决定而焦虑着,听到凤殊的话后,有些恍惚地咧嘴笑了笑:"是吗?去哪里?是什么好地方啊?"

凤殊暗暗将芭斗心不在焉的样子看在眼中却没有点破:"去了你就知道了,走吧。"

芭斗被凤殊拉着出了门,她的步子有些乱,目光犹豫地在四周环视了一圈,心里面默默地猜测着,文华上神真的不在了吗?

哼,昨晚那么温柔那么深情一定都是假的,对,是自己的幻觉。不然他怎么会自己离开,不把自己带走呢?

"当年你服下了忘情散,古籍记载,破解忘情散,需要四海八荒的十八颗情珠、应运天地的雷劫和搜魂术弥补记忆碎片。十八颗情珠和雷劫,我都已帮你做过了,如今只剩下最重要的一步——搜魂。想要完全找回记忆,现在只有凤殊能够帮你。"

一道叹息无奈的声音传进芭斗的耳中,芭斗惊讶地轻呼了一声"啊,你——",在凤殊偏过头来疑惑的注视下悻悻地闭上了嘴。

"呵呵,凤大哥,我突然想到昨晚好像把、把小蛙扔出去了,不知道它怎么样了?"

此时伫立在房顶的文华上神微微一笑,身边蹲着毕恭毕敬的小蛙,听到芭斗的话后,嘴角也抽搐了一下。

凤殊带着芭斗出了皇子府,一路腾云驾雾,竟然带着芭斗往西边的荒芜之地而去。

"凤大哥,我们到底去做什么啊?再往前走,就是人烟稀少的荒境了啊!"

凤殊弯了弯嘴角,目光中闪过一抹苦涩,他伸手摸了摸芭斗的头:"乖,马上就到了。"

又在云中行走了大约半炷香的时间，两人已经置身黄色沙尘的龙卷风阵之中，呼啸的黄风和荒凉无际的大片沙石戈壁倒映在眼中。

凤殊带着芭斗，慢慢掠过咆哮而过的龙卷风阵，最后竟朝着一处高高的土坳撞去。

"凤大哥，我们要……要撞上了！"芭斗担心地大喊。

凤殊淡笑着，衣袖一挥，等到芭斗再次睁开眼，感觉双脚已经站在了真实的地面上，眼前的景色也大变。

入目处虽然残垣断壁，但是依旧可以看出昔日辉煌奢华的府邸。

当年文华利用雷劫带走阿叶的同时，还把自己精心为阿叶准备的这座府邸全部毁掉了。

想到这儿，凤殊忍不住攥紧了双拳。

"凤大哥？"

芭斗的叫声，让凤殊从怒气和回忆中清醒过来。他不自然地笑了笑："来。"

凤殊率先走了进去，精准地从废墟之中拨弄出一个沾染了灰尘的玉盆，慢慢走了回来。

凤殊将手上拿着的玉盆交给芭斗："你看。"

芭斗有些回不过神来地看着手中的玉盆，里面有一株黑色的柔弱小草。

"这、这是奇异草？"

凤殊点点头："不错。这是当年我偷偷从黑月之上带回来的奇异草。"

说完，凤殊若有所思地看着芭斗，最终叹息着开口："芭斗，你想好了吗？关于以前的记忆，你真的想要知道吗？"

芭斗不知道为什么凤殊突然将话题转移到解除封印的事情上，但是脑海中不由自主地想起文华的叹息和宠溺。她不由得猜测着，也许文华他是喜欢自己的吧，所以才会费尽心思，极力隐忍着让自己和凤殊相处，就为了让他帮忙解开记忆。

想着文华，芭斗不由自主地点了点头，目光清明透亮了起来："凤大哥，我想好了，我要解开封印，那也是我的人生中的一部分，不论好坏和未来的结

果,那都是我自己,如果连我自己都不愿意面对自己的过去,那又有什么资格让别人喜欢呢?"

凤殊呵呵苦笑,绝美的凤眼之中,一闪而过的泪光眨眼间消失。他看着芭斗,从来没有一刻是这么深沉而真挚地看着她:"小丫头,我就知道……虽然你和阿叶性情大不相同,可是你们的骨子里却是一样的,一样的聪颖,一样的让人不忍拒绝。"

芭斗被凤殊认真而专注的目光盯得有些不自在:"凤大哥,你、你……"

凤殊伸手嘘了一声,脸上带着一抹不甘。他慢慢握紧了拳头,不舍地看着芭斗:"芭斗,如果当你想起一切的时候,发现我曾经伤害过你,你会不会原谅我?"

凤殊的声音带着一抹颤抖,语气之中充斥着一抹祈求。

芭斗想了想,摇摇头:"凤大哥,我知道你是关心我的,不管以前发生过什么事,都已经过去了这么久了不是吗?只要最后我们所有人都能够幸福,以前的事就让它过去吧!"

凤殊苦笑,看着一脸善解人意的芭斗,心中暗叹,若是当你知道,你和文华蹉跎这么多年,受到的这些磨难,都是我一手造成的,不知道你还愿不愿意原谅我?

他没有将心中的话说出来,而是伸手指了指芭斗怀中的奇异草:"芭斗,这株奇异草,其实它就是你的本体,我早就将能够搜寻到的你的记忆都封存在了本体之中,如今只要你将自己的魂识融合进本体之中,封印自然就会解除了。"

"什么?我、我……它、它……我们是一体的?可是,我要怎么将自己的魂识放进去啊?"芭斗震惊而苦恼地看着手中的奇异草,心中却是一阵无力,果然……呜呜呜,我不要做一棵草啊!

"别担心,闭上眼,慢慢放空自己的意识。"

凤殊说话间,手中多了一团来回变换、明灭混淆的火红色能量光球,慢慢地将芭斗包裹起来,芭斗和奇异草都被悬浮在半空。凤殊的动作凌厉而迅速,毫不犹豫地在能量球之中来回动作着。

第十三章

1. 八百年前·阿叶

这是一个非常漫长的梦。

在芭斗还是阿叶的时候,在她混沌地睡在黑月之上时,一直到后来被凤大哥带回妖界变幻成人之前,她一直都在做一个梦,梦中是一个陷入封印之中的白衣男子,衣袂飘飘,清雅出尘。

她的耳边,一直回荡着那个男子的声音:"别走,回来,回来……"

阿叶幻化成人后,偷偷回到黑月之上去问那些成年的奇异草自己的梦何解。那些听到她讲述了梦境的奇异草前辈都一改平日装死的状态,纷纷摇头叹息,直说孽缘啊,孽缘!

还有的说,我们都躲到了这么远的地方,没想到还是不行。

最后奇异草的老族长叹息一声:"罢了,这都是阿叶的命数。这是注定的。"

老族长告诉阿叶,三百年后她梦中的人会出现在九荒山,届时便是她去寻求真相的时候。

被凤殊带到妖宫的那段岁月,凤殊的体贴和关心让阿叶一直心怀愧疚。

她虽然还没有切实地见到那个梦中的男子,却早就不由自主地感受到了相思和喜欢。所以每每当她看到凤殊眉宇间自己不能再熟悉的目光,那抹和自己看向文华时毫无差异的爱恋的目光时,总是飞快地闪躲,最后甚至长久地停留在黑月之上不愿意再下去。

直到族长说的时候到来,阿叶趁着凤殊去平定妖族的战火之际,偷偷去了九荒山。

2. 五百年前·九荒山

五百年前,九荒山脚下的灵虚城中。

阿叶喜欢各种颜色的衣服,也许是自己本体一团黑乎乎,所以在爱美的年纪,阿叶总是喜欢穿粉的、黄的、绿的等各式各样的漂亮裙子。她的性子灵动却温柔,不过分活泼,一个人来到九荒山之后,一路游山玩水,被九荒山的各处奇特的景观吸引。

这天,阿叶终于从九荒山绕了出来,看到了藏在九荒山的包围之中的灵虚城,她准备进城好好休息一番。然而当她经过山脚下的瀑布的时候,却见到一只巨大的鹳在追逐一只小青蛙。

阿叶从旁边经过的时候,小青蛙猛地跳到了阿叶的肩头,祈求地哽咽着:"呱呱……救命!救命!"

阿叶看着扑棱着翅膀逼近的巨鹳,忍不住出声阻拦:"我见你也是有灵气的修行之人,为何对一只小青蛙苦苦紧逼?"

巨鹳尖锐冰冷的声音传来:"它偷了我家主人的玉佩,我并非想要杀它,只是要取回玉佩而已。"

阿叶闻言不由得偏过头看向小青蛙:"你拿了别人的东西?"

小青蛙瞪大了眼睛,想要反驳,可是当它看到阿叶清澈明亮的眸子时,却不由自主地讷讷地不情不愿地从嘴里吐出来一块碧玉的玉环:"呜呜,我、我不是故意的。我就是太馋了,想拿到城里去换一只烤鸡吃。"

阿叶接过小青蛙乖乖递过来的玉环,拿出手帕擦了擦丢给巨鹳:"既然它已经把东西交出来了,你可以离开了吧?"

巨鹳目光中闪过一抹不甘心,却还是抓住半空中飞来的玉环,转身离开了。

阿叶看着缩在自己肩上的小青蛙,不忍心责备,反而点了点它白白的肚皮,笑着说道:"随便拿别人的东西是不对的。别伤心了,我带你去山下吃鸡就好了啊。"

"真的吗,真的吗?哦哦,有烤鸡吃喽!"

小青蛙眼前一亮,崇拜地看着阿叶:"漂亮女神姐姐,你叫什么名字啊?以后我能不能一直跟着你?我决定了,我要跟着你潇潇洒洒走江湖!"

阿叶被小青蛙夸张的表情逗乐:"我叫阿叶,你以后叫我阿叶就好了。"

"阿叶,阿叶真是太好了!"小青蛙欢腾雀跃。

"那你叫什么名字呢?"

"我……我生来就没有名字……"想到自己落寞的身世,小蛙有些忧伤。

"不如……我给你取个名字吧,嗯……小青,以后我叫你小青怎么样?"

"小青,小青……好啊,这个名字我喜欢,哦哦,我有名字喽,谢谢阿叶姐姐!"

……

一人一蛙有说有笑很快进了城,一路上小青给阿叶讲了许多九荒山的传奇事迹,什么"百花仙子的神秘入幕之宾猝死之谜""东大街的人肉包子铺真假判定""九荒山遗世独立的背后真相""从天而降的神秘仙人在九荒山的别墅豪宅"等等,总之在小青的讲述下,阿叶深刻地认识到,九荒山是一片画风丰富多样的风水宝地。

灵虚城中人声鼎沸,半空中的精灵族来回翩翩起舞,时不时会有几个跑出来的巨人在大街上踩得大地轰轰作响,还有衣衫褴褛从人间偶然进来的说书人,喋喋不休地唏嘘感叹着人间话本子状元郎和千金小姐的故事。阿叶在小青的指挥下,直接来到了灵虚城最豪华的客栈,一进去就能够闻到扑鼻而来的菜香和

酒香味。

"小二,我们要烤鸡!烤鸡!"

小青站在凳子上狐假虎威,阿叶则左右前后打量着在旁边坐着吃饭的人。

很快,她的目光在角落里停滞。

因为在那里,她看到一抹熟悉的身影,一身白衣青丝披肩,光是侧脸看上去就已经遗世独立,潇洒出尘。

"主子。"一个穿着藏青色衣服的男子匆匆走进门,在白衣男子身边站定,伸手将拿回来的玉环交过去,"已经拿回来了。"

白衣男子微微转过头来,目光在玉环上停顿了一瞬:"扔了吧。"

清冷的声音,带着一股浓郁的疏离和淡漠,好像全世界都不在他的眼中,这让阿叶忍不住心中一窒。就在白衣男子感觉到被注视转头看过来的时候,阿叶下意识地匆匆埋下了头,胡乱从自己的碗碟中拿起一个东西就往嘴里面塞。

坐在阿叶对面的小青好奇地看着阿叶奇怪的举动。

尤其是见她一直在用力啃手中的鸡骨头,越发迷惑。它伸手掰了一只鸡腿,弱弱地递给阿叶:"阿叶姐姐,你怎么啦?那是骨头啊,不能吃的。"

被小青大嗓门一说,整个客栈的人都转过身来看着阿叶。

阿叶一时间囧得满脸通红。

她佯装生气地瞪了小青一眼,在男子转过身来时,迅速扬起了一抹温柔笑颜。

小青顺着阿叶的目光转了转头:"阿叶姐姐,你是在看那个穿白衣服的帅哥吗?"

阿叶小声地"嗯"了一声。

小青一边啃鸡翅,一边囫囵说道:"阿叶姐姐,我跟你说,那种男人,冷冰冰的,一看就缺少情趣。哪有我好啊,你等着,我会努力修炼的,很快就能成为独一无二的美男蛙,到时候我娶你啊!"

阿叶却没有把小青的话听进去,反而小声地说着:"他就是我梦中的男人,从我有记忆开始,每一晚都会梦到他。果然,幺婆婆说的是对的,来九荒山就能遇到他。我……他……"

小青表示很嫉妒:"阿叶姐姐,你看你长得这么貌美如花,就不要花痴别人了好不好?!"

阿叶脸上一红:"我哪有花痴!你才花痴呢!"

小青一边剔牙一边咂舌:"口是心非的女人,哼哼。你们女人啊,一点都不懂得欣赏我们这些拥有内在美的潜力股!"

阿叶嘴角抽搐,她突然想到那块玉环就是小青拿走的那块。她指了指那个白衣男子,小声向小青询问道:"你知不知道他是谁啊?"

小青打了个饱嗝:"正所谓英雄不问出处,你只要知道我和他都是英雄就对了,干吗非要问得那么清楚。"

阿叶瞥了一眼盘子里的残羹剩饭,故作遗憾地叹息:"唉,可惜竟然没有人知道他是谁。如果有人能告诉我他是谁的话,我一定要好好招待它,不光是一只鸡,想吃什么都随便吃!"

小青一听双眼放光:"这可是你说的哦!不准反悔!"

阿叶连连点头。

小青腹诽,既然得不到美人,那就不能错过美食。它跳下椅子,有模有样地走到白衣男子身边:"咳咳!"

白衣男子坐在那里没有动静,手中一直端着一杯茶,任由水汽徐徐袅袅在眼前犹自盛开。

"这位兄弟!我看你很眼熟啊,咱们是不是在哪儿见过啊?"

文华目光微闪,没有理会小青蛙。

小青却在桌子上蹦蹦跳跳地试图刷存在感:"我说兄弟,不要一直冷着脸嘛,你看那边那个美人,是不是貌若天仙啊。"

"这样吧,你告诉我你家住何处,叫什么,做什么的,我就在她面前帮你美言几句怎么样,这交易很划算吧?"

白衣男子眉头微蹙,顺着小青蛙手指的方向看过去,正好阿叶也朝着这边

看来。

小青朝着阿叶信心满满地一笑,阿叶不疑有他,朝着白衣男子扬唇轻笑,心里面扑通扑通跳个不停。

白衣男子,也是文华,不耐地将目光移开,挥了挥衣袖,等到小青再睁开眼睛的时候,它已经被扔出去,躺在了客栈外面的大街上了。

接近文华的"首战",因为猪一样的队友小青宣告失败。

幸好阿叶也没有真的打算靠小青,她直接去问了客栈的老板,从而得知,文华在此登记的化名是文公子,付下的定金一直可以住到半年之后。

阿叶找到了自己此次来九荒山的目标,遂也跟着投宿在客栈之中。

3. 五百年前·追求

阳光正好,春意盎然,小青趴在床头看着一脸痴痴呆呆笑得傻呵呵的阿叶,忍不住一边在床上乱跳一边吐槽:"花痴!三界无敌大花痴!"

阿叶定定地看着窗外坐在院子中看书的文华,眉宇间喜不胜收。

小青喋喋不休地吐槽:"你都不知道他是人是鬼还是妖,你就喜欢他,你喜欢他什么啊?"

"喜欢一个人哪有那么多理由。我只知道我从出生之日起便梦到他,一日一日,从不曾间歇。那些梦里面,他沉睡在封印之中,神色寂寞,一直在对我说,回来,回来……我这次,就是回来寻他的。"

小青坚决不信:"无稽之谈,我看你是被他的美色冲昏了头脑吧,哈哈哈……"

阿叶抿着嘴不说话。

小青继续上蹿下跳突然正经地说道:"阿叶,说实话,你真的没有觉得刚才说的故事太离谱吗?"

"……其实我还有更离谱的,如果我说我是妖界二殿下的妹妹,你信吗?"

小青直接无视她,翻了个身继续睡。

窗外那个之前跟在文华身边的男子出去回来后回禀了几句,文华点点头,起身竟是要离开客栈的样子。阿叶顿时着急起来,毫不犹豫地从窗户跳了出去,跟上了文华的脚步。

他们已经住进客栈好些天了,这些日子,那个白衣男子每天都坐在院中看书喝茶,这还是他第一次出去呢。

阿叶一路小心翼翼地跟在文华身后,时不时和迎面走来的人撞在一起,她顾不上被撞的疼痛,眼睛一直紧紧地盯在文华身上。

饶是阿叶步子越来越快,最终还是在拐角处,和一个迎面而来的巨人撞在了一起。巨人直接挡住了阿叶的视线,等她好不容易从巨人的脚边挤过去的时候,前面的十字路口处,早已经不见了文华的身影。

阿叶沮丧地在大马路上看着来来往往的人,心里面焦急万分,怎么办,我竟然把他跟丢了,如果以后他再也不回客栈了怎么办?我还不知道他叫什么呢?如果就这样错过了,以后我又要去哪里找他啊?

就在阿叶站在马路上一边呢喃着一边快要哭了的时候,一道清冷的声音从身后传来。

"为什么一直跟着我?"

阿叶猛地转过身,就看到文华居高临下地俯视着自己,他的双眸是暗黑色的,里面好像结着冰霜一般,紧紧地注视着她。

阿叶被文华专注的目光看得越发脸红心跳,眼眶还红红的,挂着刚刚因为担心和焦虑的泪水。此时此刻见到文华竟然又出现在自己的眼前,阿叶不知道自己突然从哪里冒出那么大的勇气,她一下子扑进了文华的怀中,紧紧地抱着他,汲取着他身上淡淡的墨香味:"呜呜,我还以为再也见不到你了,要是我就这样把你弄丢了,以后该去哪里找你啊。"

文华面上一片平静,心中却多了一抹错愕,他伸手想要将阿叶推开,但是阿叶的力气很大,紧紧地抓着他的衣服不松手。

"放手。"

阿叶使劲摇头:"不放,要是放开了,你又要消失不见了。"

文华嘴角抽搐:"你到底是谁?为什么要跟着我?"

阿叶慢慢平静下来,但是她的双手依旧紧紧地抓着文华,她抬起头,看着文华好看的下巴,逆着光,文华整个人被笼罩在一层洁白的光晕之中。

"我叫阿叶,我是特地来找你的。"

文华皱眉,对阿叶的话并不相信,他的目光之中闪过一抹探究,无声地查探着阿叶的气息。

"你认错人了,我并不认识叫阿叶的人。"

文华试图推开她,在没有查探到阿叶体内有妖气之后,他不准备和她继续纠缠下去。但是阿叶却像是牛皮糖一样,死死地缠着他,见文华要推开自己,立马抱住他的腰:"你不能走。"

文华脸色沉了下来:"放手!"

阿叶急促地说道:"你还没有告诉我你叫什么名字呢?我从出生起,就一直梦见你,我的梦中,你被封印在一个巨大的冰块里,你的脸上好忧伤,虽然紧闭着双眼,但是我知道,你的心中一定在流泪。

"在梦里,你一直和我说,快回来,回来……我不知道发生了什么事,可是我知道,你一定是要让我回到你身边,所以现在我来了,我回来了。"

阿叶目光灼灼地看着文华:"现在你知道我为什么不让你走了吧?是你让我来找你的!你不能就这样丢下我不管!"

文华被阿叶说的话震惊,他的眉目之间闪过一抹不可置信,随后目光严肃地盯着她,想要将她看透。

文华长久的注视渐渐让阿叶有些不自在,她漂亮的大眼睛眨了眨,又眨了眨,忍不住悄悄低下头,伸手摆弄着文华腰际的玉佩,来回拨弄着玉佩上的穗子。

最终,文华看着阿叶的动作,目光收紧,然后轻轻放开抓着她的手。

"你认错人了。"

阿叶没有错过文华脸上一闪而过的诧异和僵硬,她肯定地认为文华一定知道什么,或者是想起了什么。她紧紧地抓着文华:"你、你……其实,想让我走也不是不可以,你告诉我你的名字,我就走,不然我就一直跟着你!"

文华极力压住心中的不耐:"文华。"话音落下,他看着阿叶还拽着自己的手,"现在可以放开了吧。"

阿叶却不将文华的不耐当回事,知道了他的名字,一个人开心地笑了起来:"文华,我一定会让你心甘情愿地告诉我以前发生的事情的!"

文华的脚步略顿,径直离开了阿叶的视线。

4. 五百年前·相恋

　　灵虚城的确如外界传言那般，是世外桃源与世无争之地，只要不去招惹九荒山中的凶兽，在灵虚城简直就像是住在了梦想的暖床之上。

　　这里不用自己挣钱生活，每个月会有人固定发生活费，一切看起来像是在挣钱的地方，不过是因为乐趣。

　　喜欢卖包子所以做，喜欢卖糖葫芦所以做。

　　而阿叶，则喜欢跟在文华身后两米之外，悄悄地观察他。

　　每多看一眼，都觉得自己又多爱他几分。

　　早就察觉到后面有个小尾巴的文华，并没有赶走她。

　　反而因为阿叶之前的那番话，在平静的心中激起了许多涟漪，甚至产生了不切实际的奢望。

　　就这样，两个人，一个佯装不知，一个追得不亦乐乎。

　　阿叶或多或少猜出了文华对自己的几分特殊，更加放开了胆子纠缠。

　　她每天叫好饭菜眼巴巴地等在大厅里，等到文华前脚踏进门，她后脚飞奔冲过去，拉着文华坐下深情款待。

　　一开始，文华毫不犹豫地拒绝。

　　而每当这个时候，阿叶就会紧紧地攥着文华的胳膊，在所有人的注视下，嘤嘤地哭诉："呜呜呜，相公，都是我不好，我不应该赶走你新纳入府中的小妾，你原谅我好不好，我一定会把她再带回来的。"

　　"呜呜呜，公子，夫人说了，要是奴婢没有把您伺候好，回去就要大刑伺候啊公子……"

　　"呜呜呜，大人，求求你了，小人冤枉啊……"

　　……

　　这些都是阿叶从大街上那些说书人的故事中听来的，再经过小青的孜孜教诲和无数次试验，从而一路过关斩将，克服了心理上的障碍之后，跟文华哭诉起来得心应手。

　　甚至，阿叶还从明月楼的大妈子那儿苦苦求得了秘术——

夜凉如水，阿叶穿上从城东成衣铺子刘老板那里买回来的薄如蝉翼的纱裙，推开文华上神的房门，小青偷偷看了几次墙脚，险些被震惊。它从来不知道，这个看起来温柔内敛的姑娘，竟然不知何时学会了九荒山明月楼中最最莺歌缭绕的艳舞！

不过，每次文华上神都是冷静如斯地坐在书案后面，一开始会略略皱眉，后来脸色变幻莫测，看向眼前扭动身姿的女人，目光幽暗而深邃。

阿叶浑身汗水，晶莹的汗珠从额头滚落下去，她眼巴巴地停下脚步，凑近了文华，撒娇地看着他："文华，你看我跳得美不美？"

文华眉目无波："从哪里学来的？"

阿叶浑然不觉，嬉笑着说道："这是明月楼的姐姐们告诉我的，她们说我很有天赋呢。"

文华的声音，如月光青霜："回去休息吧。"

阿叶有些失落，一步一回头地看着文华："文华，那、那我先回去啦。我、我真的回去啦？"

文华抬头瞥了她一眼，一手轻轻在半空中滑动，阿叶的肩上多了一件宽厚的披肩，将她包裹在其中，只露出一颗小小的脑袋。

"嗯。"

阿叶紧紧地攥着披肩，心里面欢喜又惆怅，殊不知她转身离开的瞬间，那个冰冷淡漠的男子也从窗边离开。

小青第二日早上看到九荒山的头条——明月楼惨遭强拆！深深地觉得自己罪孽深重！

阿叶对这些并不知道，她又想到了新的办法。

俗话说，征服一个男人，必须先要征服他的胃！

话说当年为了学做饭，阿叶也是下了许多功夫的。

作为第一个受害者——凤殊，在忍无可忍无须再忍后，专门聘请了三界各路的大厨来教阿叶。

当文华从外面回来的时候，阿叶兴高采烈地迎上去，眉眼带笑，伸手抱住文华的胳膊："文华，你回来的正是时候，我今天亲自下厨做了几道小菜，你快来尝尝。"

文华挑眉,不着痕迹地想要将被阿叶抱着的胳膊拿出来。但是阿叶却缠得更紧:"文华,我亲自下厨为你做了一顿丰盛的晚餐!我做饭的手艺可是一流的。色香味齐全。"

阿叶见文华不为所动,继续可怜巴巴地说道:"人、人家这辈子最大的愿望就是能让心爱的人吃上一顿自己亲手为他做的饭。如果你不吃的话,那我的心愿可能一辈子都不会实现了,到时候,我就算是死也不会瞑目的。"

被阿叶死缠烂打已经有所觉悟的文华,没有甩手离开,而是耐着性子跟着阿叶一步步走到已经准备好的桌子旁。他目光瞥了一眼面前丰盛的大餐,心中略略松了一口气,幸好没有看到什么黑暗料理。

阿叶热情地伸手帮文华布菜,然后喜滋滋地双手托腮,就坐在文华身边,看着他轻轻夹起放进嘴里。

"怎么样,好不好吃?"

文华极力忽视嘴里面奇奇怪怪的味道,放下手中的碗筷,没有回答阿叶,而是反手端起了茶杯,无声地喝着茶。

一旁的小青偷偷尝了一口,顿时栽倒在了桌子底下。

等它好不容易爬上来的时候,就听到文华淡淡地说道:"嗯,还行。"

小青再次摔倒在地,内心之中简直是策马奔腾,摩擦摩擦摩擦……它头晕目眩地看着文华以自己并不喜食人间五谷为由,将阿叶带走。

徒留下它自己仰头对着天花板,一番思索。

文华这个男人每天都是冷冰冰的一张脸,可是阿叶这种看起来蹩脚又笨的招数,竟然也能让他坐在这里,到底是阿叶的演技很好,还是这个男人很笨?

最终小青不得不承认,自己还是太天真,白天不懂夜的黑,这个世界上的男男女女,他们之间来电的那一刹那,不是它一介青蛙王子能够理解的。

5. 五百年前·热恋

阿叶和文华,两个人虽然总是你追我赶,闪闪躲躲,但是很快有眼睛的都

能看出来，两个人之间的关系越来越不一般。

比如，文华身上万年不变的白色长衫变成手工拙劣的青色衣衫。

比如，阿叶开始跟在文华身边出入九荒山，有时候甚至彻夜不归。

比如，文华开始和阿叶说话。

"天冷了，回去加衣服。"

"身体不好，不要喝冰的。"

"这个菜不能吃。"

"好了吗？今天还要去见牡丹上仙。"

……

小青像一座雕塑，在客栈的门前凌乱，见证了阿叶在文华身上的逆袭之路。它拿着一个本子，时不时地写上两句，什么"深山孤女逆袭收服冰山花美男""攻占高富帅的甜心宝贝""猜一猜阿叶和文华的那些事"等等。

这一日，阿叶和文华相携从外面回来。她的手上抱着大串的冰糖葫芦还有个小泥人、一些糕点，头上别着一支新发簪。小青敏锐地捕捉到他们两人之间越发暧昧的氛围。

"我送你回房休息。"

文华和阿叶直接忽视了小青的存在，文华的声音虽然很轻，但是对于一直偷偷暗恋阿叶的小青来说，却是晴天霹雳。它眼睁睁地看着阿叶被文华一路送回了房间。

晚上，小青愤愤不平地爬上阿叶的床："你这个丫头，怎么能这么重色轻友呢！你就不能再等一等，等我变成王子帅得惊天动地的时候，让我和他公平竞争吗？"

阿叶将小青的疯言疯语当作笑话，随手挥了挥，拉着小青美滋滋地说道："我就知道，我们一定会在一起的。小青，你知道吗，今天我们一出门就遇到一伙从山上流窜下来的土匪，我一看大惊——"

"所以你就赶紧躲到文华身后去了？"

阿叶摇摇头，脸上闪过一抹红晕："但是我一心想着文华会有危险，所以就赶紧扑过去挡在文华身前……"

小青哑巴哑巴嘴："然后呢？"

阿叶仿佛还沉浸在之前的事情中，满脸神思："文华他好厉害啊！就轻轻那么挥了两下袖子，那些坏蛋就都被打跑了！"

"文华上神扇人的威力我可是深有体会……"小青默默地想起第一次见到文华时为芭斗上前搭讪的下场，一脸深信不疑。

"他、他居然、居然抱了我呢，哇，他的睫毛是那么长那么好看，身上还有淡淡的芬芳之气……"

小青的心情顿时五味杂陈。

阿叶无辜地看着小青，忍不住高兴地继续和它分享："我们之间一定早就认识，只不过是我不小心把以前的事情都忘记了而已。不过文华他一定都知道，从他看我的目光中，我能够感受到，他对我压抑而浓烈的喜欢。

"虽然知道他喜欢的是以前的我，可是有时候还是忍不住嫉妒啊。如果他的那些深情和压抑都是因为现在的我那该多幸福啊！"

小青上蹿下跳："你够了啊！虐单身狗是有罪的！"

阿叶无辜地眨了眨眼："小青，你只能是单身蛙耶。"

小青愤愤不平："你、你、你……我要离家出走！哼，我要和你绝交！我要去寻找我的公主！"

阿叶并没有将小青的话放在心中，她的心中全是文华的一颦一笑。文华走路的模样，文华喝茶的模样，文华讲话的模样，还有文华看着她，抱着她的时候……那么多不一样的文华，让她的心跳越来越活跃，脸颊越来越泛红。

6.五百年前·我们的故事

因为阿叶锲而不舍的追求，更重要的是在阿叶又一次详细地将自己的身世和一直做的梦境告诉文华后，文华对她的态度发生了一些捉摸不透的变化。

不再拒绝她提出的任何要求，目光也温柔了很多，虽然时不时会疑似闪过愧疚……但是阿叶并没有放在心上，她为两人之间关系的升温而激动。

而且，对于文华这次的任务——编修花仙手册，阿叶也抱以极大的热忱，一直都跟在文华的身边。用她的话说就是：百花仙子一个个都比我好看，我要

是不看紧点,你移情别恋了怎么办?

文华对于阿叶的谬论并没有发表见解,只是以后每每出门,总是耐心地等着阿叶一起。每当这个时候,小青蛙总是会伤心地回想起和阿叶初见的那个午后,如果自己当初没有管不住手去盗取文华的玉环,是不是就不会被巨鹳追,不会向阿叶编理由说要吃烤鸡,是不是就不会来到城里……这样的话,也许,阿叶现在就是它的娘子了。

唔,小青每每想到此处总是捶胸顿足,想要对文华大喊,喂!哥们,放开那个女子,让我来!

九荒山没有风雨雷电的天气,永远都是光芒万丈,阳光正好,抑或是星辰乱入迷人眼。

文华的花仙手册就剩下最后两则故事。

里面的主角分别是连翘仙子和玫瑰仙子。因为她们此时均不在九荒山,纷纷投身红尘历劫,所以文华只能滞留于此。

这日,接到牡丹仙子的书信,得知连翘仙子已于昨晚回到九荒山。

阿叶一大早就神采奕奕,特意精心打扮了一番,穿了一身和文华相衬的白色罗裙,嘴里面哼着断断续续不成调的曲子。

文华刚刚走出房间,胳膊上就多了一双难缠的小手,紧紧地抓着他。

"文华,我、我有个想法。"

文华顿了顿脚步,偏过头看着阿叶。

阿叶被文华盯着,脸腾地红了起来,她看着文华的眼睛,厚脸皮地说道:"文华,你不是说花仙手册还有两个故事吗?我在想,今天我们采访完连翘仙子的故事之后,能不能最后一个故事,写我们两个人的啊?我也好想将我们的故事记载下来留念呢!"

文华眼角微动,不动声色地皱了皱眉:"你我均不是百花仙子之中的人物,也没有什么故事可写,不要胡思乱想。"

阿叶一听,急了:"怎么没故事了啊,我追你的历程简直都可以出本书了!"

文华笑了笑,伸手欲拿开阿叶缠着自己的手。

阿叶却缠得更紧了:"文华!你听人家说嘛!"

文华面色低沉。

阿叶不依不挠地说道:"你看嘛,牡丹仙子也说了,她们百花一族,有男有女,不过是男子都热爱自由,不愿意被禁锢在九荒山,所以做了红尘之中的散仙。而女子则修道成仙……可是我觉得那些潇潇洒洒热爱自由的男仙子应该有更多有趣的故事才是!可是你却将采访都限制在了牡丹仙子她们之中,不觉得有些以偏概全吗?"

文华没有说话,面色平静地看着阿叶。

阿叶将文华的沉默当作无声的鼓励,继续央求道:"而且,我们两个前世就已相识,虽然你一直不告诉我梦中的事情到底是怎么回事,我想你一定是有自己的难言之隐。如今,我不顾凤大哥的阻拦,义无反顾地来找你,经过一番努力不懈的倒追,我们两个有情人才终成眷属,难道你不觉得这是一段非常浪漫的故事吗?甚至还是一个两生两世的故事啊!多么值得记录下来留做纪念啊!"

这是阿叶第一次提到凤殊。

文华眉头轻轻蹙了蹙,快得阿叶根本没有觉察到。

阿叶摇晃着文华的胳膊,来回央求:"文华,你就答应我吧,大不了今后我什么都听你的。"

"真的?"

"真的真的!"

文华看着阿叶一副天真虔诚的模样,嘴角处的笑容更深了。

采访完伤心欲绝的连翘仙子后,文华将书册中的最后一章留白,目光缱绻而深不可测地看着一旁欢快说笑的阿叶……

第十四章

1. 五百年前·凤殊

当凤殊征服四海,回到妖界皇城的时候,距离阿叶离开已经过去三年。听着手下人的汇报,还没有来得及脱下战袍的凤殊,眉宇间夹杂着战场上的戾气,好看的凤眼之中,一闪而过血腥的杀意。

妖王派来通传召见的使者还在外面等候,然而凤殊却挥手扫落了桌子上琳琅满目的贡品,风驰电掣之间,犹如一团燃烧的炙热火焰,消失在妖界。

凤殊来到九荒山已经有些日子了,他隐身在暗处一次次看到阿叶抱着那个白衣男子有说有笑。他手上紧紧攥着一张纸,上面记录着文华的身份来历。

上古存留的神,如今天界司管文艺清流,性情冰冷,淡漠如尘。

神和妖是注定无法在一起的!

人来人往的街道上,美滋滋地从二十四府出来的阿叶,闪动着大眼睛,像是一只可爱的小松鼠一样,紧紧地抱着文华的胳膊,好奇地观赏着每一个经过的人。

凤殊远远地跟在后面,清晰地听到阿叶清脆犹如风铃般的笑声,这魂牵梦紫的声音第一次听起来觉得那么刺耳。

"文华，那个泥人好漂亮，我想要。"

阿叶扯了扯文华宽大的袖子，娇憨地仰头望着他。

文华微微侧过头看了一眼阿叶，没有作声，却朝着对面的铺子走过去。

凤殊站在一处卖包子的小摊后面，看着文华伸手拿起阿叶指的泥人，付了银子，然后轻轻地放到阿叶的手中。阳光投射过去，文华俊朗丰逸的侧脸正好映射到凤殊的眼中。凤殊从文华的脸上中，看到了他再熟悉不过的神色。

那抹早已经存在于自己心中百年的眷恋和温柔。

此时此刻，凤殊从文华的脸上看到了。

他原本还信心满满想要等着阿叶自己知难而退再将她带回去的信心被击得粉碎。他知道，如果再不出手，阿叶将要永远离自己远去。

"文华，你说以后我们两个的宝宝会不会也这么漂亮？"

"以后就知道了。"

"文华，你有没有觉得灵虚城好美，以后我们就在这里生活好不好？"

"嗯。"

"文华，我听到了，你答应了哦。"

"……"

阿叶开心地赖在文华的怀里，时不时悄悄抬头看他一眼。

远处传来马蹄声和嘶叫声，文华倏地拽紧阿叶，不等阿叶因为文华第一次的主动而雀跃大叫，就凭空跃起，两人一起消失在了大街上。

等到凤殊摆脱混乱的人群，继续追过去的时候，两个人已经无影无踪了。

凤殊知道，文华一定是察觉到他的存在了。他抬头凝视了片刻，脸上慢慢绽放出一抹罂粟般的笑意，也消失在了街道之上。

文华带着兴高采烈、一直含笑的阿叶回到了客栈，两个人连同小青蛙用过饭后，又带着阿叶来到花园之中坐下。文华一身白色的长衫，目光依旧清澈而莫测。

阿叶察觉到了文华的异样，笑意退去："文华，你怎么了？你带我来这里做什么？"

文华目光灼灼地看着她，朝阿叶伸了伸手。

"你提到的凤大哥是谁？你和妖界有什么关系？"

阿叶半是迷惑半是恍然大悟地说："哦，原来你是想要进一步了解我啊！"

文华没有出声，等着阿叶回答。

阿叶笑嘻嘻地说道："凤大哥，他是妖界的二殿下啊，他很漂亮很厉害的，而且对我也很好。就是他从黑月把我带回妖宫后来又帮助我化形的。没有他我还不知道要自己修炼到什么时候才能化成人形来找你呢。不过我出来的时候，凤大哥打仗去了……也不知道他现在回来了没。唉，要是让他知道我偷偷跑出来，他一定会很着急吧。"

……

话题勾起了阿叶的回忆，她已经好久没有见过凤殊了。

阿叶没有捕捉到文华略微深沉下来的目光，自顾自说："凤大哥简直就是三界最最漂亮的美人，在我们那儿，人人都喜欢他呢……对了，文华，你今天怎么想到问这些？"

文华盯着阿叶看了许久，最终心中的关心战胜了以往的冷漠，他摇摇头："没什么，只是想到了随便问问。"

阿叶看着文华，越来越觉得事情不对劲，她好奇地看着坐在原地闭目养神的文华："文华，你是不是有什么事？"

过了良久，阿叶才听到回话。

"没事，你早点回去休息吧。"

"可是我想在这里陪你。"

"去休息。"

最终，阿叶还是不情愿地回到了自己的房间。

看着阿叶渐渐消失的背影，文华的目光中闪过剧烈的挣扎和矛盾，一向平静淡雅的脸色，也因为内心的交战而显得更加苍白和冰冷。

阿叶一边走，一边小声地嘟囔着，哼，文华一定是有事瞒着我！不行，我一定要知道到底是什么事！

想到这儿，她又毫不犹豫地从即将走到房间的走廊尽头转身往回走，准备找文华好好地问清楚。

2. 五百年前·相见

阿叶刚刚经过走廊，就突然被一阵急促夹杂着香气的气息扑面而来，腰间也突然多了一只手，紧紧地扣着将她带进了旁边的一个房间里。

阿叶被吓了一跳，随即开始挣扎起来。

"啊！你……"

"嘘，阿叶，是我。"

熟悉的轻柔富有磁性的声音传进阿叶的脑海之中，她顿时明白过来。

"凤大哥？"

阿叶感觉到腰间的手松开了，她又惊又喜地飞快地转身想要看清楚对方。

凤殊含笑站在一旁看着她，然后朝她张开双臂："阿叶，是我。"

阿叶开心地看着凤殊，却没有向凤殊期待的那样冲过去投进他的怀抱。她没有被喜悦冲昏头脑，她时刻记得自己喜欢的男子，是白衣飘飘的文华。

阿叶有些愧疚地看着凤殊："凤大哥，你怎么来了？"

凤殊苦笑着放下双臂，目光贪婪地盯着阿叶，好像要将这么长时间的分别都补回来一样。阿叶不自在地咳嗽了两声，目光打量了一圈房间，然后拉着凤殊坐在一旁的茶案旁，帮他倒了杯茶水。

"凤大哥，你远道而来，一定渴了吧，来喝茶！"

凤殊接过阿叶递过来的茶水，眉宇间多了几分苦涩："阿叶，你在防备我。"

阿叶刚刚喝了口茶水，听到凤殊的话，顿时被呛到了，面色通红，连连摇头："凤大哥，你说什么呢，我怎么会防备你呢？"

凤殊低低叹息了一声："阿叶，你过得好吗？"

阿叶点点头，因为想到文华，脸上浮现出幸福的神情："很好啊。凤大哥，我如今已经找到了自己喜欢的人，决定以后都要和他在一起。你、你还是忘记以前的事吧。"

说到后来，阿叶有些气短。

凤殊不动声色地看着一脸幸福模样的阿叶，原本想要趁她过得不好的时候带她走的心思因此而幻灭，他陷入了矛盾之中：一方面想要阿叶幸福，一方面又想让阿叶和自己在一起。

凤殊放下手中的茶杯，有些失落地看着杯中淡青色的茶水，他从来不喜欢喝这种苦涩的东西的。阿叶以前总是给他准备泛着清甜气息的柠檬茶，但是现在，因为文华喜欢这苦涩的茶水，所以她也只记得苦涩的茶水了吧。

"阿叶，你真的不再考虑了吗？你甚至连他是谁都不知道！"

"凤大哥，你在说什么啊，我怎么会不知道文华是谁呢？"

凤殊冷笑："你真的知道他是谁吗？那你知不知道，他是天界的上神，是上古劫难之后唯一留下的神祇，是冷冰冰无心无情的神！"

阿叶有一瞬间的吃惊和怔忪，随即又开心地笑了起来："原来，他竟然是这般神圣的存在，怪不得我第一眼看到他的时候，就觉得他犹如高耸的雪山，让人敬仰。"

凤殊恨不得将阿叶摇醒："阿叶，难道你还不明白吗？你是妖，而他是神，你们两个是不能在一起的！"

阿叶瞪大了眼睛反驳："我不是妖！"

"你确实不是妖，你和黑月上那些长老，你们都说不清楚自己到底是什么，是妖倒还好说，尚有历劫成仙的机会。可是你这样来历不明的情况，根本无法冲破阻碍和他在一起，你觉得天界众人，能够接纳你吗？"

阿叶从来没有想过，两个人在一起会这么复杂。她有些怀疑地看着凤殊："凤大哥，你是吓唬我的对不对？"

凤殊苦笑："阿叶，古往今来，有太多神妖之间因为互生情愫而灰飞烟灭的事。你还记不记得妖宫里有一处宫殿被父王封存为禁地，不准任何人进去？"

阿叶点点头："当然记得，我一直都想进去看看里面到底有什么，可是却从来都没有成功。"

凤殊叹息："那里面，什么都没有。只有一个人的骨灰。"

阿叶："什么？"

凤殊："那是我的姑姑，一个出色的妖族公主，却在外出历练的时候，喜欢上了天界的一位将军。他们誓死捍卫自己的爱情，为妖界和天界所不容，两人被驱逐到了天地的尽头，遭受穿天之巅的诅咒，褪去仙骨，法术散尽，扔在天之海角，到死都未见对方一眼！"

阿叶忽然觉得浑身发冷，她努力摇了摇头："凤大哥，我知道你是为我好，但是……我相信文华，也相信自己，更加相信我们一定会在一起的！"

凤殊静静地看着阿叶："算了，我现在说什么，你都不会相信的。我会留在这里一段时间，阿叶，你记住，你有任何委屈难过，就来找我，知道吗？"

阿叶被凤殊如此真挚担忧的眼神注视得略微乱了心神，她不知道该说些什么，只是轻轻地点了点头。

3. 五百年前·不安

自从那次和凤殊见面后，阿叶慢慢地也有些惶惶不安了。

世人都说，若然患得患失，都只因太过深爱。

如今，她可算是体会到了这并不好受的滋味。

阿叶看着坐在身边的文华，青丝白衣，拿着一本书册静静地翻看，干净出尘得好像梦境般。

阿叶忍不住抢走文华手中的书册，有些哀怨担忧地望着他："文华，你说，我们真的能够永远在一起吗？"

文华挑眉，看着惴惴不安，还带着黑眼圈的阿叶，沉默了半响才开口："为什么这么问？"

阿叶看着文华，有些纠结，来回张了几次嘴，也没有说出话来。

文华皱眉，波光微动，静静地看着阿叶。

阿叶犹豫了半响，终于还是开口问道："文华，你是神仙吗？"

文华眸子深处有一瞬间的颤动，轻轻点头："嗯。"

阿叶一听，心中一沉，着急了起来："文华，你真的是神仙吗？那你是不是总有一天要回天界？是不是回天界后那些神仙都不会接受我？我们是不是就不能在一起了？"

文华看着阿叶拉拽着自己的衣袖，小脸上满是慌乱，他轻轻叹息了一声，将人带入自己的怀中："胡思乱想什么呢。"

阿叶紧紧地贴着文华的胸口，甚至能够听到他的心跳声。她担忧紧张的心情稍稍缓解，仰着头，直视着文华："我们不会分开的对不对？"

文华低头看着阿叶，她脸色略白，此时此刻更显得有些憔悴。

文华心神一动，低下头覆住那张微微张开的小嘴，然后挥手轻轻拂过阿叶还震惊瞪大的双眼。

"闭上眼。"

阿叶仿佛感受到一阵清凉的薄荷香气，然后唇瓣之间传来火辣滚烫的热度，双颊一时间也羞得绯红，傻傻地仰着头，任由文华予取予求。

文华将阿叶紧紧扣在怀中，她的身形娇小，犹如羽毛般轻盈。他的唇在她的唇齿间流连忘返，清甜微凉的气息，还有唇齿间轻轻的颤动，都在敲打着他万千年不曾恍惚过的心神。他觉得自己从上到下，好像在她的唇齿间迎来了新生，颤抖酥麻随之而来的是心灵和脑海之中的愉悦与眷恋。

从不曾心动过，从不曾冲动过，从不曾有过任何时刻像现在这样，让他的心无比清晰地知道自己的欲望和所求，他要这个女人，要这个大眼睛清澈单纯的女人。他的脑海里甚至不断地翻腾着，如果以后的人生不能和这个女人在一起，他觉得死亡都无法让自己解脱，那是一种无法想象也不能承受的空寂与可怕！

阿叶的惴惴不安，被一记深长而美味的吻安抚。

两人之间的情愫也因此更进一步。文华不再面无表情，会对着阿叶舒心宠溺地笑，也会佯怒，还会送一些小玩意儿给阿叶惊喜。

每每这时，小青都会无比后悔。当初自己为什么要被美食诱惑要拉着阿叶进那家客栈呢。它的女神姐姐，眼看着要成为别人家的了。而且，还又多了一个妖孽绝色美男的情敌，天哪，自己什么时候才能长成惊天动地的美男蛙然后把女神姐姐抢回来啊!

然而,就在小青独自伤怀的时候,阿叶却和文华一起搬进了在九荒山脚下新建的小筑,大有一副从此恩恩爱爱幸福快乐地生活在一起的意思。

而小青并没有跟着他们一块搬往小筑,它说自己想要静静⋯⋯

等到它再出现的时候,正是灵虚城戒严厉害的时候。

就在阿叶的幸福生活才刚开始不久,灵虚城突然遭受了有史以来最严重的一次灾难。不断地有人失踪,男女老少,妖魔鬼怪,只要是灵虚城中的居民,每天都会失踪。一开始,因为灵虚城中每天都会接纳许多的新住户,所以并没有引起人们的重视。

直到后来,越来越多的人不见了,直到灵虚城城主也消失不见的时候,大家才开始意识到事情的诡异和严重性,一时间人心惶惶,大街小巷,每个地方都在谈论这件事情。

小青带着无数版本的传说回来,它坐在桌子旁,告诉阿叶和文华:"有人说,灵虚城中有一个大魔头,在偷偷修炼禁术,吸收别人的修为来提升自己的实力,从而渡过雷劫!也有人说,是有一个被驱逐的神仙,为了救自己的亡妻,在织布灵魂。还有人说⋯⋯"

"停停停!"阿叶一脸惊恐地瞪着小青,伸手摸了摸它的额头,"没发烧啊?怎么这么大孩子了还胡言乱语啊!"阿叶说完,毫不掩饰地咯咯笑了起来,最后歪倒在文华的怀里。

文华温柔地揽着阿叶,目光复杂地看着小青,没有出声。但是这天,他却没有如往常一样在家中抚琴煮茶,而是踏出了许久不曾离开的院落。

"乖乖在家里等我,我去看看城中到底发生了什么事。"

但是,谁都没有想到,一次看似寻常的离开,竟然会生出那么多的离奇事!

4. 五百年前·忘情散

阿叶乖乖留在家中听小青讲述它流浪这些日子里的故事。

"你猜我看到谁了?我竟然看到斯巴达了!他脚踩着罗马鞋,手握长矛,还要教我把妹呢。"

小青蛙一边说一边手舞足蹈:"你知道我怎么跟他说的吗?我说我和乔布布有个约会,不能迟到!"

阿叶佯装配合地问道:"之后呢?"

小青更加得意,笑哈哈地说:"然后啊……然后他当然是托我让乔布布走后门也给他搞个'爱疯'喽。"

阿叶面上和小青一起嘻嘻哈哈,心中却越来越莫名地慌乱,总是忍不住去看窗外,想要见到那抹白色的身影。

然而,她并没有等到文华,反而见到了浑身是伤的凤殊冲了进来。

"凤大哥?"

凤殊一手撑着胸口,嘴角还挂着血渍。他朝着阿叶笑了笑,被阿叶搀扶着坐下来。

"凤大哥,你怎么了?发生了什么事?"

凤殊摇摇头,他从怀里掏出一粒药丸,递给阿叶:"阿叶,快吃了它。"

"凤大哥,这是什么啊?我又没有生病,为什么要吃药啊?"

凤殊紧紧地抓着阿叶的手:"阿叶,你听我说。你不是想要和文华在一起吗?吃了它,你就能永远和他在一起了。"

阿叶坚持追问:"凤大哥,这到底是什么?是不是和你受伤有关?"

凤殊摇摇头,他的嘴角掀起一抹笑意:"这是化骨丸,能够帮你重塑仙骨。是我前些日子征战蛮夷之地时偶然得到的。我的伤是因为来的路上被仇家追杀,和你无关。阿叶,你若是还当我是大哥的话,就接受我的这点心意,吃了它。"

阿叶脸上一喜,但是随即却有些犹豫不安,愧疚地看着凤殊:"凤大哥,你——"

凤殊摆了摆手:"阿叶,你要记得,我只是希望你幸福。"

阿叶最终无法拒绝凤殊所说的重塑仙骨,永远和文华在一起的诱惑,她将凤殊交给自己的药丸吞了下去。

药丸带着一股淡淡的涩味,让阿叶忍不住直皱眉头。

"凤大哥,这药丸的味道好奇怪啊。"

凤殊的双手一直紧紧地握成拳头,他目光微缩面部肌肉紧绷着,直到看见阿叶将药丸完全吞咽下去,才松了一口气,然后故作轻松地道:"这化骨丸融合了天地间八十一道至宝,当然味道不像什么排骨汤那样随便了。"

阿叶似懂非懂地点点头,正准备好好地问问凤殊他这一身伤到底是怎么回事。然而就在这时,一道凌厉的气流席卷而来,夹杂着令人不寒而栗的冷气,直接冲进了房中。

"你吃了?!"

文华杀气逼人地望着阿叶,脸上浓郁的愤怒几乎让他失控。

阿叶被吓了一跳,但是她马上镇定下来,上前想要问清楚文华发生什么事了。

凤殊悄悄做好了防御的准备,目光毫无闪躲地看着文华。

"文华,你怎么了?哦,对了,这是凤大哥,他就是我一直和你说的——"

"闭嘴!"

阿叶的话被文华冰冷而愤怒地打断。

文华努力克制着想要暴走的怒火,二话不说朝凤殊打了过去。

"你练禁术,制忘情散,就不怕天打雷劈吗?"

"呵呵……你说什么?我怎么听不懂呢。"凤殊并不想让阿叶知道自己欺骗了她。

"什么忘情散,文华,凤大哥,你们在说什么呀?"

阿叶终于察觉到两个男人之间的不对劲,尤其是忘情散,光是忘情二字,便已让阿叶察觉到不对劲。

两个男人激烈地交手,你来我往之前全是想要置对方于死地的杀招。

阿叶看得触目惊心,最后忍不住冲上去准备拉开两人。

文华的攻势、凤殊的攻势,都因为这个突然冲进来的女人,不得不堪堪收回去,一个打在了外面的大树上,一个打在了一侧的窗口,顿时精致的屋子变得全是灰尘和硝烟。

凤殊顺势想要将阿叶拉到自己身边。

文华站得稍微远了一些,发丝因为刚刚的打斗微微凌乱了几分,他目光清冷而蕴含着怒火,低沉的声音警告地对阿叶说道:"阿叶,过来。"

阿叶将文华对凤殊的杀气看得明明白白,她没有依言过去,而是悄悄挡在

凤殊的身前:"文华,你怎么了?你和凤大哥是不是有什么误会啊?"

被阿叶挡在身后的凤殊轻笑了两声,他慢慢站起身子:"呵呵,天界的上神和我这个妖界之人,当然是有重重的矛盾了。阿叶,你让开。"

但是阿叶却没有听凤殊的话,她慢慢地走到文华的身边,伸手拉住文华的双手,然后扭头朝凤殊说道:"凤大哥,你先回去吧。等过阵子,我再去看你。"

凤殊皱眉,他能够看得出来,文华克制的杀意,纵使是阿叶在他面前,也没有就此消散。

文华冰寒的声音传来:"他在灵虚城修炼禁术,不能轻饶!"

阿叶抓着文华的手,低低地祈求:"文华,凤大哥他一定不是故意的,这一次,你就原谅他吧。"

"阿叶,你不要向他求情,我没事,纵使他文华是上神,我也不怕他!"

阿叶使劲摇头,趁着文华还没有发难的时候,祈求地看着凤殊:"凤大哥,我求你了。你快走吧。我真的不想看到你们两个人在我面前互相残杀,你走啊!"

最终,凤殊拗不过阿叶痛苦的祈求,在文华饮恨的注视下,转身离开。

5. 五百年前·吵架

凤殊走后,阿叶松了一口气,放开了抓着文华的手。

却又马上被文华紧紧地攥住,将她整个人拉进了自己的怀里,死死地扣在自己身前,他冷声质问:"你知不知道自己在做什么?他在灵虚城肆意屠害生灵,修炼禁药,你竟然放他走,你在想什么!"

阿叶被文华突如其来的雷霆骤雨惊愕,她讷讷地说:"不会的,一定是弄错了,凤大哥他不是这样的人。"

文华紧抿薄唇,目光更冷:"上古流传一种秘术,通过织补别人的灵魂和五识,可以修炼一种忘情散,让你忘却前尘和所爱之人,而今天,他给你吃的……便是忘情散!"

犹如一道惊雷。

阿叶被文华的话打得惊慌不知所措,她只剩下使劲摇头:"不可能,凤大哥不会这么做的,他说他希望我能幸福,他是想要帮助我们。"

文华："帮助？我什么时候说过需要帮忙？"

阿叶看着依旧一脸清淡带着几分薄怒却毫无担忧的文华，突然像是明白了什么一样："不会的，这不是真的。凤大哥不会害我的。他只是担心我的身份没办法和你在一起，他只是为了让我幸福。他给我的不是忘情散，是化骨散，他说了，只要吃了化骨散，就可以重塑仙骨，这样我们就能永远在一起了！"

文华毫不留情地戳穿凤殊的阴谋："世上根本没有重塑仙骨的说法。"

阿叶踉跄后退了几步，意识有些混乱。

这段日子，心中所有的惶恐不安，一下子突然都爆发了出来，阿叶抓着文华，哭号着："文华，你到底爱不爱我？如果你爱我的话，为什么你从来不为我们的将来担心？你知不知道我每天都在害怕，怕有一天你终究要回到九天之上，我就再也找不到你了！"

……

文华听着阿叶哽咽的指责，心中忽地想起了当年怀中那个受伤含泪消散于天地间的人……深陷于不能保护心爱之人的痛苦回忆之中。

"够了！是你一直都不曾真的相信我，你口口声声说喜欢我，却不相信我能够保护好你。"

"你更愿意相信凤殊是不是？"

"否则你怎么会毫不犹豫地吃掉他给你的忘情散？"

"相传忘情散只有拥有琉璃羽的人才能够炼制，因为忘情散有一味入梦的引子，是琉璃羽的华光万丈。"

"如果凤殊真有你说的那么好，那你就去将他的琉璃羽要来好好看看，是不是已经暗淡无光了。"

6. 五百年前·琉璃羽

虽然阿叶嘴里说着不相信文华说的话，但是心中却越来越惊恐。

忘情散是什么东西，就算她以前不知道，现在听名字也能够想到。自从那日之后，文华每日都匆匆出去，回来后便让她服下各种奇怪的丹药。她知道，凤大哥给自己的，十有八九是忘情散。

而如今，文华想方设法想要解了忘情散的药效却不得其入。

如果是这样的话，那自己又还能坚持多久呢？

是不是很快就会失去记忆，是不是就会忘记自己爱这个男人爱到撕心裂肺，惶惶不安？

所有的一切都会消失，到时候自己又要怎么活下去？

想到这儿，阿叶再也忍不住，她去找了凤殊。

在妖界的二皇子宫，阿叶堵住了刚刚从大殿出来的凤殊，冷冷地看着他。这是阿叶有生以来，第一次用这样冰冷而痛苦的目光去看一个人。

"凤大哥，你给我吃了忘情散对不对？"

凤殊原本见到阿叶的欢喜，瞬间变成震惊，随后是变幻不定阴晴。

他慢慢走到阿叶身边，想要伸手碰触她。

阿叶却迅速躲开："凤大哥，你怎么可以——"

凤殊绝美的脸上划过伤心："阿叶，你已经被文华迷得失了心智你懂不懂！现在他说什么在你心中都是对的，是不是如果有一天他说我会杀了你，你也信！"

阿叶脸上闪过一抹悲戚，她直勾勾地望着凤殊。

"凤大哥，不要逼我恨你。如果你没有，那就拿出琉璃羽来证明你的清白。"

……

一片静默。

跟在凤殊身后的银宵想要上前帮忙，却被凤殊挥手斥退。

凤殊目露妖冶的红色，突然疯狂地哈哈大笑起来。

"是，是我给你吃了忘情散。琉璃羽的万丈华光已经被我用了，给你看又如何，我认了！"

凤殊竟是直接祭出了琉璃羽，一片七彩的羽毛，慢慢落在阿叶的手中。他甚至嚣张地大笑着："就算这样又如何，还有三日，三日后你就会彻底忘记文华，忘记所有和他有关的一切事。到时候，你自会乖乖地回来。你是属于我的！"

阿叶紧紧地握着手中的琉璃羽，不可置信地看着凤殊，转身狂奔离开了妖界。

凤殊双眼通红，绝望而痛苦地看着阿叶消失的身影，突然猛地喷出一口血，刚才因强行召出琉璃羽而遭受的内力反噬让他面色十分难看。

银宵飞快上前："殿下，你没事吧？"

"她拿走了琉璃羽，属下这就派人去追回来！"

凤殊摆摆手："不用。她会回来的。"

阿叶回来的时候，正好看到外出归来的文华，两个人在小筑的院子里碰上。文华顿住了脚步，目光如水般打量着她。

阿叶浑身都在紧张、发抖，她的袖子里揣着凤殊的琉璃羽，一片暗淡无光的琉璃羽。

阿叶张了张嘴："对不起。"

文华气息沉静地看着她，看到她微微低着露出的细白脖颈，犹如天鹅般动人。

阿叶见文华久久没有说话，心中越发不安起来，她偷偷瞥了一眼文华的脸色："文华，我、我……"

文华看着她一副可怜兮兮的模样，心中原本的那些怒火和受伤一瞬间都烟消云散。

他挑眉，接过阿叶手中的琉璃羽："你去找他了？"

阿叶低着头不说话。

文华心神微动，琉璃羽四周笼罩起一团光晕："琉璃羽本是凤殊降生时伴生而得的神物。凤殊用它随意启用禁术，有违天地规则，既然被你得来，便由你将它封印吧。"

"封印？那……如果没有琉璃羽，凤大哥不会有什么事吧？"

文华目光微闪，淡淡地回应道："不会。"

阿叶欲言又止，她很想问问文华，万一自己将一切都忘记了，他会怎么做？

但是看着文华眉眼间淡淡的黑晕，她知道，这些日子，文华一定是拉下了脸面，去向每一个可能的人求助。一时间，又不忍心再逼问他了。

灵虚城四周的九荒山是伴随上古灾劫而生的神山，里面花草走兽无不在三界称奇。

阿叶站在山脚下，目光一直焦灼地盯着从山顶奔腾而下的瀑布。文华孤身

一人带着琉璃羽入山封印已经过了两个时辰了,但是里面却一点动静都没有。

阿叶的手心全是汗,小青安静地蹲在她的脚边。

"我要进去。"

阿叶目光灼灼地看着前面奔腾的瀑布,抬脚就要往里面冲。

小青仰头看着她:"你忘了文华进去之前说过什么吗?封印琉璃羽需要耗费极大的功力,你贸然闯进去只会影响他,甚至害了他!"

"可是这都过去好久了,文华他怎么还没有出来啊?"阿叶脸上的焦急藏不住。

小青摇摇头,刚想说也许马上就出来了,瀑布里面却突然间传来惊天巨响。

一人一蛙对视一眼,这一次阿叶不管不顾地冲了进去,徒留下同样跳进瀑布却因为力气太小被冲走的小青在下游的河水中挣扎。

瀑布里面是一处天然的洞穴,阿叶进去的时候,里面晃荡不止,好像山崩地裂一般。还不等她看清楚眼前到底发生了什么,她就感觉腰间一紧,熟悉的大手揽着她再次冲出了瀑布。

文华的身上泛着光晕,越来越厉害,他刚刚带着阿叶冲出瀑布,就已经感受到天地桎梏要将他带走的力量。

阿叶身上都被瀑布水淋湿了,她睁开眼的时候,就看到半透明的文华,正努力朝自己说着什么,但是还不等她看清楚,文华却已经消失不见了。

阿叶震惊地呆在空无一人的瀑布前。

"文华!文华……"

第十五章

1. 五百年前·妖界

琉璃羽是妖界二皇子凤殊降生时伴生而入的神器,百年来在妖界一直是和黑月同等重要的宝物。然而阿叶不知道的是琉璃羽和凤殊的法力虽然相互连接,但是琉璃羽并不存在于凤殊体内,而是被奉在历代妖王的宗庙之中。

先前阿叶怒气冲冲而来,质问凤殊,凤殊意气用事强行用法力召回琉璃羽,遭到琉璃羽的反噬已身受重伤,还任由阿叶带走了琉璃羽。却不料,阿叶拿着琉璃羽离开时正好和入宫的狐族公主擦肩而过。

等到凤殊等人醒来,琉璃羽失踪一事已在妖界传开了。狐族小公主第一个就想到了当日匆匆离开妖宫的阿叶。她利用这件事要挟凤殊,最终凤殊为了保护阿叶,不得不答应狐族公主,以迎娶她为代价,让她保守秘密。

然而就在凤殊忙着平息琉璃羽之事时,阿叶却失魂落魄地再次回到了妖界。

她神色憔悴,脸色苍白:"凤大哥,我求求你,你帮帮我,文华他不见了,他消失了。你帮我找到他好不好?"

看到阿叶消瘦犹如羽毛般的身子,原本因她拿琉璃羽给文华的怒火顿时化

为虚无,他将阿叶带回妖宫。

"你仔细说来,到底发生了什么事?"

阿叶泪眼婆娑:"文华在封印琉璃羽的时候,突然一阵光将他带走了。我找了好久,也等了好久,他都没有回来。我实在是没有办法了只好来找你帮忙。凤大哥,你说他会不会是出什么事了?"

凤殊面色阴沉,目光闪过深思,他一边安抚阿叶,一边派人到天界打探消息。

"阿叶,你放心,我会帮你打探出他的下落的。"

凤殊的内心无限纠结,妖界的王族势力很快就查到文华并没有回到天界,而是因为封印琉璃羽,提前了他的历劫之日,如今他已经投生人间经历红尘劫难。

但是凤殊并不准备将文华的下落告诉阿叶,他觉得这是老天给他的机会,阿叶和文华之间的缘分应该就此停止。

"那个女人为什么会在你的房间里?她不是去了九荒山吗?为什么又回来了?凤大哥,你不是说过会娶我的吗?你是不是后悔了?"

狐族的小公主偶然发现阿叶的存在后,每天都要缠着凤殊追问。

这一天,手下向凤殊汇报文华下落的时候,正巧被准备推门而入的小公主听到。她顿了顿伸出去的手,一改每日推门而入的常态,目光之中闪过一抹光亮,转身离去。

阿叶每天都出去疯狂地寻找文华,找遍了九荒山,她便徘徊在南天门下面,试图找机会溜进天界,然而四十九重天的云层,她一直都无法飞越上去。

小公主找到阿叶的时候,她正浑浑噩噩被凤殊派去的手下带回妖界。

小公主飞身拦住了阿叶的去路,仰着头,趾高气扬地看着她:"你的上神消失了,你怎么不跟着他一起消失!为什么就偏偏来找我的凤大哥,你自己的幸福没了,难道还想破坏别人的幸福吗!"

阿叶像是没有听到她的话一样,见前面的路被挡住,又转身离开想要继续去找人。

"你是不是想知道文华的下落?"

文华二字,让阿叶身子一震,她像是疯子一样转过身,朝着小公主扑过去:

"他在哪里？文华他在哪里？"

"你发誓以后再也不踏进妖界一步，我就告诉你。"

阿叶不明白狐族的小公主为什么要让她发这么奇怪的誓言，但她并没有多想就准备起誓。

"你疯了吗！"

凤殊气急败坏地赶到，拦住了阿叶。

他眸子泛血，恨不得将她狠狠摇醒，但是他却又不舍得动她一分一毫。

凤殊将所有的怒火和狂躁都发泄在狐族的小公主身上，狠厉地瞪着小公主，手在空中虚无一抓，直接将人吸了过来，狠狠地掐住了小公主的脖子。

凤殊浑身上下充斥着盛怒的焰火，他一字一句对着此时已经脸色泛白的小公主说道："下次再让我见到你在妖宫肆意妄为伤害我的人，你们狐族一定会因为你而从此消失在妖界！"

"你、你……咳咳……你敢！"

小公主在凤殊的手中，就像一片羽毛一样，被他随手一挥，急速朝着后面跌落下去。凤殊目光暗红，长发在半空中舞动着，整个人看起来妖冶而邪魅，满是戾气。

小公主又惊又怒，脸色因为呼吸不畅而惨白，又见到此刻暴戾血腥的凤殊而感到后背发冷。

凤殊转身朝一旁脸色苍白恍惚的阿叶微微笑了笑，伸手想要揽住阿叶，却被阿叶下意识地闪躲过去。

"凤大哥，要不我自己——"

阿叶的话被凤殊打断，他掩下眉宇间的失落："走吧，刚刚他们已经打探到文华的下落了，我带你去见他。"

阿叶想要拒绝凤殊的同行，凤殊却不容置疑地看着她："阿叶，你一个人，我不放心。"

最终凤殊亲自带着阿叶去人间寻找文华，然而等到两人见到文华的时候，却竟是他的大婚之日。

2. 五百年前·婚礼

这是阿叶第一次来人间,人间北方一座雄伟的城。

据说,今天是城主迎亲。

自从二十年前城主出世至今,不仅是神童、天才,更带领整座城市发展得迅猛而繁华。

而今天,城主要迎娶他从小喜欢的姑娘为妻。

根据打探的消息,文华封印琉璃羽被反噬,坠落到人间渡个小劫,很快就会回天界。

饶是如此,阿叶还是不能忍受自己喜欢的男人去娶别人,她要将他带回来。

和凤殊一落到城主府,阿叶不管不顾地朝着新房闯去,然而当她揭开新娘的盖头后,却被震惊了。

那是一张和她一模一样的容颜。

可是,却又不是她。

凤殊跟在阿叶的身后,手心中的冷汗冒个不停。他不像以往,迫不及待地冲上前去拉着阿叶就准备离开,反而静静地站在门边,看着阿叶和那个坐在床上的新娘久久对峙。

"你是谁?"阿叶颤声问道。

新娘大大的眼睛里闪过迷茫,甚至连震惊的表情都和阿叶一模一样:"你、你怎么会和我……啊!"

新娘没有沉住气的尖叫声,引来了文华。

在人间历劫的文华,不像在九虚山的时候,只着白衣,此刻身上一抹大红色的喜袍,穿起来也是熠熠生辉。

比起将红色穿得风姿卓越的凤殊来,更多了一抹清冷之艳的风情。

文华将房间中的一切尽收眼底,他快步走到新娘身边,单手搂住女子的纤腰,不受一丝迷惑地看着愣在原地的阿叶和凤殊。

"你们是谁?"

清冷一模一样的声音和语气,阿叶被文华的质问惊得连连后退。

她瞪大了眼睛看着文华:"你、你真的不认识我了吗?是你让我等你的,为什么……她是谁?为什么会这样?"

文华面色微沉:"你是谁?为什么伪装成我家娘子的模样?到底有何居心?"

"文华,我是阿叶啊!她才是冒充我的人,你看清楚啊——"

阿叶目光灼灼直逼文华的双目,但是她却并没有从文华的眼中看到分毫的波动和熟悉之感。站在阿叶身后的凤殊,慢慢走来,他目光不曾因这突来的变故而有丝毫闪烁,在阿叶再也受不住打击昏倒过去的时候,适时地抱住了她。

凤殊似笑非笑地看着傲然站在原地的文华和新娘,目光中一闪而过满意的浅笑,抱着阿叶一句话没说抽身离开。

就在两人离开后不久,原本喜气洋洋、宾主尽欢的府宅,却被突然出现的一位气势森然的白衣男子搅乱了一切。

当众人清醒过来,发觉白衣男子竟然和新郎官一模一样的时候,已经为时已晚。

一切犹如梦境般亦真亦幻,被有心的人导演着,没有谁能够打破。而命运的交叉与重叠,也在这一刻,发生了多舛的变化。

3. 五百年前·走马观花

后来的事情,犹如潮水般涌进芭斗的脑海中。

阿叶被凤殊强行带走,在路上因为悲痛欲裂,牵动了忘情散的提前发作。当她被凤殊带回妖界时,已经忘记了和文华有关的任何事。她感觉自己像是做了一场很累很累的梦,醒来后整个人都不容易回过神来。

那段日子，凤殊整日整日地陪在她身边。阿叶却觉得自己好像失去了笑的本能，对什么事都兴致缺缺。于是远离尘世，重新回到黑月开始潜心修炼。

凤殊派树妖在黑月保护自己的事，阿叶也很快就发现了，只不过那个时候的她忘却了文华已心如止水，所以对这些事没有任何表示。

原本按照凤殊的打算，总有守得云开见月明的那一天。

却不料，树妖为了找到那爱人书生的转世，竟放文华上了黑月，文华渡给阿叶三万年的功力，直接导致阿叶功力圆满，到达了承受雷劫飞升成仙的地步而被天地规则卷入沉睡之中。

对于天地规则下的飞升，凤殊无能为力。

至于阿叶，再次醒来便是在天界云雾缭绕的彼端。

飞升之后，阿叶更是将凤殊、小蛙等人有关的事忘得一干二净，如一张白纸的记忆般从此开启了芭斗的人生。

芭斗在天界厮混的五百年记忆并没有如凤殊所说的最坏的结果会消失，它们还都在脑海中。

芭斗又惊又喜，大呼自己没有将这五百年的记忆忘掉，而且还想起了许多这些年被自己刻意藏在心底深处的事。

4. 五百年前·天界

天界就像是一座大观园，对于失去记忆，性格设定为中二病的新人物芭斗来讲，是一处混吃等死的好地方。

刚刚来到天界的芭斗，被分配在图书司做一名看管图书的小仙。在报名登记的那一日，芭斗第一次见到文华，冷冷清清，睥睨众生，来给她们这群新进的小仙子训话，文华只在图书司坐了坐，喝了一盏茶，就转身离开了。

离开前，他转头瞥了一眼芭斗，目光中波澜万千，直接被心高气傲的芭斗视为鄙视和挑衅，也是从那一刻起，芭斗忍不住对文华产生好奇，并在逐步的了解中知道他是三界强人，在忘却前尘的芭斗心中，尚还没有喜欢的概念。在乎一个人，就是要打败他，超越他，传他的八卦，诋毁他，总之就是做一切笨拙却又和他有关的事情，来填满自己有些莫名不是滋味的空空内心。

世人都说，大梦一场，如人生一世。

解除封印的芭斗，不过短短几个昼夜的昏迷，却想起了当年无数个昼夜的事情。

她慢慢睁开眼，傻傻愣愣的，脑海里还不断地闪过一个又一个画面。

不喜欢吃青菜的阿叶，偷偷将青菜放进文华的碗中，然后恶作剧般地看着那个白衣飘飘的男子淡若无事地夹起那片翠绿细细咀嚼。

悄悄拽着文华的袖子，亦步亦趋地跟在他身后，踩着他的脚印，一块去看日出的日子。

还有是芭斗的时候，故意去偷听文华墙脚，因为嫉妒胡薇敢勇于追求文华，而忍不住写八卦乱传他们的绯闻，却找借口说自己是为了挣钱。

……

泪水猝不及防地从眼角流出来，芭斗呜呜呜地哭了起来。

她的心里，不知道为什么，一阵阵甜蜜和空荡互相碰撞，一边哭一边撸着袖子抹眼泪。

"都说女人是水做的，我今天总算见识到了。"小蛙的声音，让芭斗顿了顿，猛地打了个嗝。

她从袖子中露出水汪汪的大眼睛，来回闪动着，就在床头看到了一脸又急又气的小蛙正目不转睛地看着她。

想到当年的小青，现在已经是小蛙仙，芭斗又是一阵悲从中来，她伸手一把抱住小蛙，哭得更厉害了。

"呜呜呜哇，小青、小蛙、小青蛙……我怎么会把你忘了呢？我明明不爱你的啊，怎么也不记得你了呢。一定是你变丑了！"

小蛙佯装嫌弃地撇撇嘴："我说你也没发烧啊，怎么还是笨笨的。我当年的女神姐姐啊……唉，岁月这把杀猪刀啊！"

芭斗抽了抽眼角。

小蛙一副好心帮她解惑的样子："你吃了忘情散，忘记的是对文华的爱。但是你飞升呢，天地规则则是会让你忘记前尘往事，所以你不仅不记得我，也不记得凤殊和银宵……"

它说到一半，突然顿住，像是想到了什么一样，突然抓着芭斗就准备带她往外走。

"我说，现在不是解释的时候。你要是再不快点出去，文华上神和凤殊又要掀起世界大战啦！"

芭斗惊："什么世界大战？"

5. 如梦初醒（一）

小蛙一边拽着芭斗往外跑，一边飞速地说道："你既然已经想起当年的事情了，自然也知道那场婚礼是凤殊制造了假象骗了你是吧！

"文华封印琉璃羽的时候，发现琉璃羽中记载了许多上古秘法，他耗损修为竟然得知了破除忘情散的方法。只是琉璃羽的反噬很强，文华重伤昏迷了许久。等他醒来后，便得知你回了妖界。文华知道凤殊不会伤害你，干脆佯装失踪偷偷去收集情珠。

"可是你这个笨蛋，当初竟然信以为真，从而触发了文华上神好不容易帮你压制住的忘情散药效，真的忘记了一切。文华上神为了解除你的忘情散，去四海八荒和凶兽抢夺十八颗情珠，好不容易活着回来了，竟然听说你和凤殊去了人间——那场婚礼啊，是凤殊专门做给你看的，男主角根本就不是文华上神本人。

"触发了忘情散的你，忘记了和文华有关的一切，开始痴迷于修炼，重新回到黑月。文华上神干脆策反了被凤殊派去看守你的树妖，将情珠给你服下。解除忘情散还需要雷劫和搜魂术。可是雷劫只在渡劫的时候才有，你也知道你是草根一族嘛，想要靠自己的修炼那简直是遥遥无期，文华上神只能自己渡给你了三万年的修为，助你引雷劫飞升。

"可惜，就连文华都没想到，忘却前尘飞升后的你竟然性情大变，整个人都变了，时刻一副找文华上神麻烦的架势，一点都看不出来还有一丝深情款款的旧情！上神心闷郁结，也不敢随便招惹你，只能将我也带进了天界，让我陪着你，照顾你……呜呜呜，我自诩一直喜欢你，自问也做不到文华上神这种地步。我不管你现在是女神姐姐多一点，还是女神经病多一点，总之，你以后可要好好对文华上神啊！"

"虽然那个凤殊也不差，为了你失去了琉璃羽，五百年每到月圆之夜就饱受天罚之雷，还不得不修炼禁术……不过，当年如果不是因为他，你和文华上神的孩子都能打酱油了。"

饶是已经恢复了记忆，但是这么多她从不曾知道的真相，还是让芭斗心里抽痛。

芭斗着急地催问："凤大哥和上神在哪里？别说了，快带我去！"

小蛙哼哼两声："这不是正去嘛。"

然而两人刚刚出门，就被一条白晃晃的长鞭拦住了去路。

狐族的公主浑身戾气，偌大的九条尾巴在身后张牙舞爪，她手中的长鞭像是有生命一般，瞬间将芭斗和小蛙紧紧困住。

"放开我！"芭斗急急地大喊，"我要去见凤大哥，你也不想他出事的对不对，快放开我！"

狐族小公主目露阴寒，冷笑着拎着芭斗和小蛙在半空中掠过。

"你闭嘴！说得好听，不想凤大哥出事，可是自从你出现之后，凤大哥被你连累了多少次？你偷走了凤大哥的琉璃羽，害他险些魂飞魄散不说，竟然还阴魂不散，都已经这么多年过去了，没想到你竟然又出现了，而且还招来了天兵天将来围困我妖界！今天我一定要杀了你，为妖界除害！"

小蛙被晃悠得直翻白眼，它呱呱叫着："咳咳，我劝你还是不要杀她的好。别忘了，如今你们二殿下还被文华上神困在阵中呢，若是没有她，你们妖界真的会玩完的。"

小蛙一边说，一边瞪了芭斗一眼，让她放聪明点。

芭斗再也没有任何时候比现在更清醒，她连连点头，一改平日里找不着调的属性，认真地说："你带我去见文华，我保证凤大哥和妖界都不会出

事的。"

"哈哈哈，你以为我会相信你们的花言巧语吗！"狐族公主森森冷笑。

芭斗连连挣扎："你冷静点，我一定会劝文华收手的，而且、而且，我能帮你们拿回琉璃羽，我保证以后再也不会出现在妖界打扰你和凤大哥了。"

芭斗咽了咽吐沫，努力让自己镇定："可是如果你现在杀了我的话，不仅妖界会出事，就算侥幸没事，你觉得凤大哥会原谅你吗？"

狐族公主目光不耐，夹杂着暗红的血腥之气，盯着芭斗犹豫不决地看了良久，最后语带杀意地警告她："我姑且信你一次，如果你做不到，就是死，我也不会放过你的。"

芭斗和小蛙被狐族公主粗鲁地带到了妖界的修罗战场之中。
密密麻麻黑压压一片的人山人海。
文华面露寒意，目光凛冽地和一身大红色锦袍的凤殊对峙在半空中。
下方，胡薇手握鎏金大锤，身后成千上万白茫茫一片银色铠甲的天兵天将，和对面三四个虎背熊腰的妖族大将还有众多妖界爪牙势均力敌。

"交出琉璃羽，否则我就杀了这个女人！"狐族公主一副气势恢弘的姿态。
芭斗被拽着出现在战场之中，所有人，因为这突如其来的要挟停下了手上的动作，都纷纷抬头看向发声源处。
文华和凤殊同时看到芭斗，眸中都闪过一抹厉色。

文华广袖长挥，避过凤殊的进攻，先一步缓缓落在地上，挥手想要将芭斗救回到自己的身边。
凤殊却还带着一抹躲避和担忧。他知道此时此刻，芭斗一定已经想起了以前的一切，他挥动衣袍，也紧跟着降落，在文华抢人的同时，拦住了他的动作。

"阿叶！"
"芭斗！"
一热一冷，两道同样深情的声音传来，芭斗下意识地先朝着文华望去，她没有听错，他喊的是芭斗，不是阿叶。

不管曾经的自己是不是自己的一部分，但是此时此刻，在文华的眼中，自己依旧是芭斗这件事，却让她心中一阵欢喜。

芭斗递给文华一个我没事的眼神，又慢慢地收回目光，愧疚复杂不知所措地看着凤殊。

"凤大哥。"

凤殊眉头紧蹙，趁对方不备挥手拍开狐族公主对芭斗的钳制，将绑在芭斗身上的鞭子打落。

芭斗瞬间被凤殊拉住护在身后，转而分毫不让冷凝地看着咬牙切齿叫嚣的狐族公主。

"凤大哥，你！"

"我说过，不准任何人伤害她一分一毫，你是不想活了吗！"凤殊的声音喑哑带着摄人心魄的幽冥彻骨之感。

芭斗无心理会在旁边叫嚣的女人，而是既心痛又无奈地看着凤殊："凤大哥，你为什么要那么做？"

凤殊的目光顿时苦涩起来："阿叶，只要你好好的，做什么我都愿意。"

芭斗使劲摇头："凤大哥，我不是阿叶，我是芭斗！凤大哥，我会让上神将琉璃羽送回去的。以前的事，都过去了，我伤害过你，你也伤害我……就让那些事，在今日过后，全都翻过去吧。"

凤殊不甘心地低吼："阿叶，阿叶！你说得轻松，那是我最爱的人啊，我用生命爱着的人，难道在你眼里，就可以像看书一样随便翻过去的吗？"

凤殊突然间将芭斗拉进自己的怀里，紧紧地抱着她，一遍一遍不甘心地质问着。

芭斗被摇晃得有些头晕目眩，她努力找回自己的声音："凤大哥，我一直都把你当作最好的哥哥，我——"

凤殊听到芭斗的话，深受刺激突然发狂，他哈哈大笑，绝美的脸上浮现出疯狂和决绝："我不要做你的哥哥，我爱你！我想要和你长相厮守，你知不知道？！"

芭斗被突然狂躁的凤殊震慑住，一时间不知道该说什么。

凤殊青丝披散在身后,好像早已经将妖界和身后的万千将士忘得一干二净,他带着芭斗准备离开。

"跟我走,我们去一个谁也找不到的地方,没有三界,没有文华,只有你和我,你忘了他好不好?"

"凤大哥,我……"芭斗有些愧疚,却还是摇头。

"阿叶,你看看他,你知道吗,他已经中毒了,三界之中只有我能够解。你若是想要让他活下去,就忘了他,跟我走!"

听到凤殊堂而皇之地威胁芭斗,文华脸上的怒杀之气再也克制不住。

"凤殊,你不要得寸进尺!"

凤殊挑眉,望向文华,目光中闪过一抹绝望的挑衅。你不是说信誓旦旦胜券在握吗?那你就再和我赌这一次啊,看一看,这一次你是否让阿叶有足够的安全感去相信你?

没有人能够阻止文华和凤殊之间的暗潮涌动。

6.如梦初醒(二)

芭斗听到凤殊说文华中毒的消息后,神色大乱,一脸担忧地看向文华,对上文华也正在注视自己的清冽双眸。

真的吗?上神他真的中毒了?

文华的身边,是胡薇和小蛙,两人正挤眉弄眼朝着芭斗暗示,但是她们过于夸张狰狞的表情,却让芭斗越发相信了凤殊的话。

短短的一瞬间,芭斗心中百转千回。

文华中毒了!

可是神仙也会中毒吗?也会死吗?三界宝典里面没听说过啊!

他死了我怎么办?

神仙的死是不是就是去凡间走一遭,然后百年之后再回来?

……

唔……都怪书读得还是太少。

如果是当年的阿叶抑或上古之时的那个自己，一定会想出对策，应对眼前的困境，但是现在的芭斗却是慌乱不知所措……

文华傲然笔直地站在原地，目光痴缠在芭斗身上，未露担忧之色，好像天地万物都在他的掌控一般。

芭斗终于从自己的思绪中回过神来，她弱弱地看着文华，最终咬咬牙："凤大哥，不管上神出了什么事，我都愿意和他在一起，不就是死吗，大不了十八年后还是一个，哦不，是一棵顽强的小草，我情愿跟文华上神一起赴死！这一次，我再也不要跟文华分离！"

芭斗的话，彻底幻灭了凤殊最后的希冀。

他不可置信地看着芭斗。

"阿叶，你……为什么会这样？当年，你宁可和他争吵，也愿意相信我的，为什么现在……"

芭斗仰起头看着凤殊那张绝美的、忧伤心痛的脸。

"凤大哥……当年，我一直把你当作最亲的哥哥，我从来不会去想你会害我，你为我做的一定都是为了我好，不管我和上神之间的感情如何，我相信你对我的好。

"但是信任和爱不一样，哪怕现在你告诉我，上神他身中剧毒，我信，只要是你说的话，我都信。可是你不能利用我的信任而要我根本给不了的东西。爱是独一无二的，我只爱文华一个人。

"如果为了让上神好好地活着而跟你离开。那么这么多年的寻觅和如今的一切又算什么，如果爱可以用生命来要挟，可以和任何事情做交换，那又算什么唯一？

"所以，这一次，凤大哥，我不求你为了我放过上神，但是我愿意陪他一起死。"

凤殊原本脸上的喜色因为芭斗的话一点点变为不可置信，最后成了执拗的疯狂。

另一旁的小蛙，因为骤然听到芭斗这一堆从来没有听过的肺腑之言，被感

动得稀里哗啦的："哎呀，这话说得比阿叶还好，要不要这么煽情啊。眼泪不要钱啊！"

芭斗脸色有些苍白，目光却一如既往的清澈并散发着浓烈坚定的光芒。文华目光深处浮现出浓烈炙热的欣喜，他灼灼看着芭斗。

"不、不、你是我的！"

凤殊紧紧地抱着芭斗。

文华目光沉了下来，身形在众人面前突然无声地消失，一个愣神的短暂时间再次出现时，芭斗已经安稳地靠在他的怀中了。而凤殊，则口吐鲜血，跟跄着摔倒在地上。

"凤大哥！文、文华，凤大哥他没事吧？"芭斗缩在文华的怀中，有些担忧地轻声问道。

文华皱眉，目光警示地低头看着芭斗。

芭斗有些晃神，越发小心翼翼地问道："上神，刚刚凤大哥说你中毒的事，是假的吧？"

文华挑眉，默不作声地看着她，多了一抹若有所思的神情。

芭斗自顾自话："上神你这么厉害，又怎么会中毒呢！凤大哥他以为我好骗，哼，神仙怎么会中毒呢！"

文华听到芭斗的自言自语，原本还在为她终于开窍选择相信自己而欣喜的心情荡然无存。

还不等他说话，芭斗又噘着嘴，在文华的怀里噌了噌："我不想凤大哥出事，他就像是我的亲哥哥一样，上、上神，你能不能把琉璃羽还给他？"

芭斗的求情让文华的气息越来越冷，脸色也越来越臭。一旁的胡薇和小蛙，皆是一副无语凝噎的模样。

7. 如梦初醒（三）

原本剑拔弩张，史诗级别的仙妖大战，因为芭斗的乱入，画风越来越凌乱。一会儿说和文华共赴死，一会儿又拽着文华的衣袖为凤殊求琉璃羽。

把一旁的观众看得云里雾里的。

不知是谁喊了一句:"二皇子被他们重伤,报仇啊!"
原本因为芭斗的出现而缓和的气氛瞬间又变得紧张起来。
胡薇挥舞着鎏金大锤,打退三四个叫嚣着要为凤殊报仇的妖兵。
狐族的小公主和银宵瞬间都冲到凤殊的身边,小心翼翼地将他扶了起来。
"凤大哥,你没事吧?"
"二皇子!"
凤殊想要推开狐族小公主,但是失去琉璃羽之后,逆行倒施苦苦支撑了五百年的身体,已经千疮百孔,他一阵剧烈地咳嗽,鲜血像是源源不尽般喷涌而出。
芭斗有些担忧地看着凤殊,她执拗地抓着文华的袖子:"上神,凤大哥他不会有事吧?"
"你要救他?"
芭斗被文华的目光看得有些心里发毛,但是最后还是乍着胆子点了点头:"嗯。"

文华叹息了一声,抱着芭斗腾空而起,背在身后的手,在半空中来回划动了两下,顿时妖界泛着妖异红色的天空中拉扯开一道剧烈的裂口,巨大闪动着光芒的琉璃羽缓缓降落下来。
在所有妖界中人和仙界中人都沉浸在琉璃羽出现的惊喜之时,文华挥手将琉璃羽打进了凤殊的体内。
一时间,风云变色,剧烈的轰鸣声源源不断。

"上神,你这是在做什么?!"
胡薇身后一些有官衔的天兵天将忍不住出声质问起来。
妖界众人则欢欣雀跃,毫不犹豫地哈哈大笑:"傻子,这都看不出来吗?你们上神怕了我们妖界,所以归还了琉璃羽!"
然而很快,妖界众人的欢呼声就在文华若有似无扫射过去的冷意中消失殆尽。
每个人都紧张地看着文华,猜不透他下一刻的心思。

尤其是在琉璃羽入体后，凤殊陷入了昏迷之中的状况下。

"还不走。"

清冷的声音传进芭斗的耳中，她腾地将看向凤殊的担忧目光收回，一脸真诚地看着文华。

芭斗的心中还有很多疑问想要问，但是看到文华上神明显不耐烦的脸色，她选择暂时闭嘴……嗯，闭嘴之前，她还是忍不住问了一句："上神，风大哥他不会有事吧？"

文华瞪着她看了好久，然后松开了揽着她的手，转身就走。

"不放心就留下。"

明显听出了文华的怒气，芭斗一刻不敢多做停留，朝着正在和狐族小公主争夺凤殊的银宵挥了挥手，一路小跑赶上了文华上神的脚步。她一句话不说地一步步跟在文华身后，照以前一样踩着他的脚印，偷偷伸出手拽着文华的衣袖，轻轻摇晃着，时不时探过头去瞥一眼文华如玉般的面色。

一直走在前面脸色沉闷的文华上神终于顿住了脚步，将那个拽着自己衣袖的小手握在手中，足下一点，两人消失在了人群面前。徒留下胡薇和小蛙带着一众天兵天将大眼瞪小眼。

"大将军，你得管管啊，上神他把琉璃羽给了妖界中人，咱们回去怎么向天帝交代啊？"

"就是啊，大将军，你说你追求文华上神几百年了，现在竟然被一个默默无闻的小姑娘抢了先，你得发威啊！"

"……"

手底下的人都纷纷为胡薇打抱不平。

小蛙懒洋洋地躺在草地上晒太阳，时不时在随身携带的小本子上，将那些说芭斗坏话的人的名字记上，然后嘴角带笑。它都能够想到，如果把这个本子交给文华，那么它一直垂涎的怪子李的另外半池塘的莲子，一定也是它的盘中餐了。

然而还不等它幻想完，手中的小册子就被胡薇抢了去。

胡薇随意翻了翻小册子，双手叉腰，怒瞪着那些还在为自己打抱不平的兵将们。

"都给本将军闭嘴！你们自诩为天界最优秀的兵将，那么不知道你们对上古神将世家了解多少啊？"

胡薇若有所思地看着众人。

有一个看起来面若桃花的年轻男子走出来弱弱地说道："传说，上古时代，众神之中，最厉害的神将世家全是女子！"

胡薇满意地点点头："那你们知道，她们的来历吗？"

第十六章

1. 上古战神

众人都满头雾水，甚至不明白胡薇为什么会将话题带离跑偏。

胡薇看了看已经消失的两人刚刚走过的方向，一脸敬畏地说道："上古时代，神将世家的女子真身，是奇异草一族。

"这世间万物，唯有普通平凡的小草最先生长，也唯有普通平凡的小草，野火烧不尽。当年奇异草一族随上古神东征西讨，后来天下大定之后，她们一族却损失惨重。百花诞生，奇异草一族凋零，当时的族长带领族人选择离开神界隐世。

"然而，上古神界浩劫，无人能挡。文华上神专思上天入地天文地理，预言之中，奇异草一族将有人可以力挽狂澜。"

……

为了拯救上古灾劫，文华上神平生第一次做了为自己所不齿的事情：接近神将一族的传人，设计了最老套的故事，英雄救美，获取芳心。

那一场算计之中，文华时时都在饱受内心的煎熬。他不知道，是算计了那个单纯的女子，最后为了天下而陨落；还是算计了自己，郁郁寡欢，用尽一切努力，几度丧失修为，就是为了弥补当初的过错。

……

胡薇的故事，虽然没有明说，却让原本一直愤愤不平的人鸦雀无声。虽然都是武将，但是天界往复轮回的事情，大家比谁都清楚。那场上古浩劫，大家更是时刻铭记在心中。

"真没想到，那个姑娘，看起来傻乎乎的，怎么也不像是本座的偶像啊！"

"偶像？你那是幻象！"

……

阵阵议论声中，小蛙若有所思地抬头望着蓝天白云，最后啧啧两声："唔，和平的世界，天真美呢。"

2. 约战

芭斗从来不知道，小筑后面的紫竹林里面竟然藏着一家别具风格的酒馆，更让她想不到的是眼前发生的这一幕！

房间里挤满了在天界一向不苟言笑、手握各类冷兵器的士兵，他们端着酒杯，脸颊微微泛红，甚至有三四个人竟然胆大包天，跑到文华的面前，想要向芭斗敬酒。

又一个士兵，醉醺醺地冲了过来，他打了个酒嗝，含情脉脉看着芭斗："我、我能敬您一杯吗？"

芭斗有些受宠若惊，她飞快地站了起来，双手端着酒杯正欲一干为净，一只如玉手突然伸了过来，劫走了芭斗手上的酒杯。

芭斗下意识地循着那只手想要张嘴要回酒杯，就看到文华脉脉地看了她一眼。

"她不能喝酒。"

"谁说我——"

芭斗愤愤然开口，却在文华若有所思的目光中悻悻地闭嘴。

"啧啧，就知道你没胆子，嘻嘻。"小蛙在一旁敲打着筷子，幸灾乐祸地朝着芭斗挤眉弄眼。

同坐在一张桌子上的胡薇，豪爽地干了一碗酒，站起身来，拍了拍还傻站在原地不知所措的士兵："她已经是名草有主了，收起你的小心思吧，改天我介绍嫦娥给你！"

士兵被胡薇说得更加面红耳赤，堪堪逃跑了。

文华轻轻一捻，手中的酒杯顿时化成了粉末。

小蛙和胡薇同时互看了对方一眼，非常有默契地举起酒杯，互相你好我也好的喝起酒来。

芭斗有些不明所以，她看看胡薇和小蛙，再看看文华，想到胡薇追了文华那么多年，突然心里面不是那么美妙起来了。

到底要不要就这样不尴不尬地坐下来，像是什么事都没有发生一样，还是主动和胡薇摊牌！

她的手，突然被人攥住。

她连忙抬头，看到文华白色的袖子和平静的俊脸后，并没有因此变好，反而更加慌乱，使劲地挣扎想要挣脱开来。

芭斗面红耳赤，当看到胡薇和小蛙都在偷偷瞥他俩的时候，心乱如麻起来。

她扪心自问，可能任何一个女主角，有一天发现自己喜欢的男人，突然和一个一直坚称要为自己助威并报道自己爱情事迹的编辑在一起后，都不会那么变态地微微一笑，说一句祝你们幸福就自动撤退吧。

在芭斗看来，属于她的战场才刚刚到来！

所以，就在文华、胡薇和小蛙都恬淡风轻的时候，芭斗突然鼓起勇气，大吼一声："来吧，要杀要剐，要撕逼要扯皮，要卖萌要撒娇……只要不是武斗，我都愿意和你PK！"

她的突然一声怒吼，诧异了酒馆里所有的人。

"哈哈哈……逗死我了！"

一直藏在暗处，佯装自己不存在的酒馆老板——白奕王爷，也忍不住哈哈哈大笑得太厉害，暴露了身份，被胡薇一个眼神揪了出来。

文华慢条斯理地给芭斗倒了一杯茶："你在说什么？"

芭斗把头低得要埋到地缝里去了，她闷闷着不知道该怎么说。

小蛙乐翻天:"哈哈,是有人觉得自己抢了别人的男人,感觉羞愧,准备公平一战,用自己的实力说话呢!"

小蛙的话刚说完,另一个还满头雾水的当事人立马顿悟过来。胡薇收回阴恻恻想要秒杀白奕的目光,豪爽地一拍桌子:"哦,原来你是有愧于我啊!"

"呼呼,不过你要和我比试——"

"哈哈哈,真是笑死本王了!人家俩都你侬我侬了,我说暴力女,你这再接战不觉得会掉粉吗?"白奕截断胡薇的话。

文华瞥了一眼白奕:"你重开酒馆的事,百花仙子知道吗?"

文华简单的一句话,成功让白奕收声。

没办法,自诩为风流倜傥的白奕二王爷,把妹把遍天界无敌手,自然也对百花仙子展开过猛烈攻势,最后将人全都得罪了个遍,甚至对他下了禁令,不许出现在九荒山。

白奕悻悻地闭嘴,眼观口鼻地看看芭斗和文华,再略带同情地看着胡薇:"早说文华不喜欢你的,现在失败了吧……唔,要是真的想哭,本王的肩膀,看在以往的情分上,可以借你靠靠。"

胡薇一个眼神过去,风流鬼,翻滚吧!

小蛙敲敲筷子:"胡将军,你到底要不要接下她的挑战啊!"

胡薇漂亮的凤眼里闪现出一抹狡黠的亮光,她瞥了一眼坐在旁边的文华:"咳咳,既然是你自己提出来,那我也就不客气应下了,那个……"

"那我们比吟诗作对吧!"芭斗突然站起来大声说道。

文华偏过头,宠溺地看着她轻笑,眉眼间闪过一抹暖暖的笑容。

"好!你和文华,我和他!咱们二对二!"

胡薇非常"有骨气"地拍了拍一旁打酱油的白奕的肩。

白奕冷不丁被拉入战局,感觉整个人都不好了,他努力找到自己的存在感:"喂喂喂,暴力女,我不同意啊!我凭什么参加!人家那是夫妻同心,咱们算什么!"

"如果你想,你们也可以是。"

文华突兀的一句话,使得整个桌子上瞬间静悄悄。

胡薇瞪大了眼睛，在所有人身上转了一圈，最后目光复杂地看着白奕。白奕更是被文华的话吓得刚刚吃进嘴里的提子都吐了出来。

"咳咳咳咳……"

芭斗一脸被雷击中的模样看着文华，悄悄推了推文华的胳膊。

小蛙一脸真相地看着四个人，继续喝着自己的酒，哀悼那些年自己失去的暗恋。

"喂，你这是什么反应，难道我不好看吗？不美吗？你嫌弃我啊！"

胡薇最先打破僵局，她恶狠狠地瞪着白奕。只有她自己知道自己的手心都是汗水，有多么紧张。

白奕被胡薇的话搞得晕头转向，他哑巴哑巴嘴："暴力女，你没搞错吧！这么多年，你一直在追文华，你当我傻啊，不知道你喜欢谁！"

胡薇被白奕的话噎住，目光有些狼狈地看向文华。文华的眸光清冽而深邃，没有人知道他在想什么。

白奕很快发现了局面的尴尬，尤其是在他看到胡薇看向文华时皱紧的眉头，顿时觉得自己有些过分了，他拍了拍胡薇的肩："好啦，好啦，你别伤心了，我帮你就是了！不就是吟诗作对吗，来吧！"

文华闻言，看了一眼芭斗，目光询问她，你真的要比这个？

芭斗毫不犹豫地点点头，一拍桌子："小蛙，你来当裁判和出题人！"

小蛙兴致缺缺地瞥了她一眼，无声地看向文华：我让你们赢，回去后，怪子李的莲子都是我的！

文华目光弱闪，微不可见地点了点头。

小蛙这才挺了挺肚皮，跳到桌子上："那好，听我说规则！"

"芭斗和胡薇，文华上神和白奕王爷，首先，我会出一个简单的字或是词，然后，哪方的人先说出一句带有这个字或词的诗句，对方的一个人就要接着这句诗说出下一句与之相关的并也带有题目中给出的字或词的诗句，以此类推，直到有一方对不下去为止！"

"听我说，第一题——花！"

芭斗："云想衣裳花想容。"

胡薇："花儿是那样的红。"

文华："……"

白奕："那是谁家的花啊，求介绍！"

小蛙咳嗽两声："文华上神出局，胡薇将军缺乏诗意美，减一分。白奕王爷缺乏对偶性，减两分！

"第二题，明月。"

芭斗："明月几时有？"

胡薇："天天都有！"

白奕面色抽搐，忍不住大喊："错啦，是晚上才有。"

胡薇："你才错了呢，我又没说是白天还是晚上！"

胡薇和白奕陷入窝里斗内讧，唇舌交战……

文华上神自顾自悠然地在角落里煮茶看书，小蛙看着争执不休的胡白二人，翻翻白眼："胡薇，白奕王爷跑题，芭斗得分。

"请听第三题，王。"

"这个我会，我先来。"胡薇抑制不住激动，"擒贼先擒王。"

芭斗："王……王尼玛最强！"

白奕王爷："谁是王尼玛，我来会会他！"

小蛙看着越来越不成规矩的三人，咬牙切齿地说道："芭斗，能不能文明点，还有不带这么赤裸裸解释的啊。另外，白奕王爷，这个时候您就别惦记着雄霸天下了，劳烦您先对上一句工整的诗句成不成？这局，胡薇得分。"

芭斗听完小蛙一派训斥的话偷偷瞥了一眼文华，见他脸上并未显露任何嫌弃责怪之意，遂一笑而过，继续听题。

"下一题，情。"

芭斗："天若有情天亦老。"

白奕："人若有情死得早。"

"哈哈哈……"胡薇顾不上说话只在一旁捧腹大笑着。

芭斗的脸上黑线连连，就连在一旁看似心无旁骛煮茶看书的文华也微微抽搐了嘴角。

小蛙同情地看了一眼胡薇："胡薇弃权。芭斗得一分，白奕王爷虽然出口狂妄，但也说得在理，得零点五分！"

芭斗撸起袖子:"这也可以?不公平!"

小蛙瞥了她一眼:"四人组变成三人组,我不也没说什么嘛!"

一句话下来,芭斗只能哀怨地看向一旁自动屏蔽他们的文华。

白奕显然来了兴趣,催促道:"快点说下一题,这种吟诗作对,比天上的有趣多了!"

……

实在是因为三人的脑洞太大,最后连一旁喝酒说笑的那些天兵天将,都忍不住凑过来听个乐子。

小蛙威风凛凛地站在桌子上,接受众人的瞩目。它摇晃着手上的筷子,意味不明地看了白奕王爷一眼:"最后一题,论美。"

三个人同时头上悬出一个大大的问号,胡薇最先问出:"这是说啥子哟?"

小蛙毫不犹豫地说道:"现在考试都是全能测验了,论述也是一种技能评定,快点答题吧!"

白奕不知从哪里多出来一把扇子,来回摇啊摇,风骚无比地说道:"什么是美?看我就知道了啊!我就是一个活生生的证明题啊!"

胡薇嫌弃地瞥了他一眼,然后豪情万丈将她的鎏金大锤扔在桌上:"这就是美!力和金色的完美结合……"

小蛙费了好大一番工夫,才爬上鎏金大锤,它睥睨着坐在一旁的芭斗:"喂喂喂,就剩你了!"

芭斗双颊绯红,偷偷看了一眼文华,突然有些扭扭捏捏:"我觉得,文华上神在我心中是最美。"

芭斗的话一出口,白奕和胡薇不计前嫌,抱在一起互相安慰。文华翻动书页的手顿了顿,面色平静,甚至没有施舍给他们一个目光。小蛙一副你无药可救的样子看着芭斗,最后有模有样地看着自己手中的本子算分:"唔,现在到了公布最后结果的时候了!"

"鉴于最后一道题,芭斗此情可感天地,所以破例给与她满分!所以,本次的诗歌对决,芭斗和文华胜!"

"开什么玩笑,我说你这只名不见经传的蛙到底会不会裁判啊!这次的不算,再来一局!"

……

然而白奕的不服与反抗并没有遭到任何人的理睬,哪怕是搭档胡薇。

芭斗感激地朝小蛙作揖,她的心中,有许多小人在天人交战,最终,她选择克服困难,直接面对胡薇。

"薇、薇薇……我、我和文华……我们……那个……"

文华突然伸手握住芭斗的手,瞥了一眼胡薇,警告她适可而止,然后淡淡地出声道:"你无须对她愧疚。"

胡薇心中吐槽不已,但是为了和文华的约定,只能呵呵一笑:"好了芭斗,不就是一个男人嘛!在我的心中,一个男人,就像一把刀一样,不能用就换呗。"

胡薇出乎意料得过分善解人意,让白奕嗅到了这其中浓浓的阴谋。

而不在状况的芭斗,却被胡薇的话感动得一塌涂地。她紧紧攥住胡薇的手:"嘤嘤,真的吗?微微,你真的不会怪我吗?我、我不是故意要抢上神的,只是因为我们遇到的比较早,我……"

胡薇打断她的话:"停停停!给你个灶台你就生火了嘿,以前的事都过去了,谁也不许再提了!"

小蛙双手托腮,好奇地看着极力想要将这件事一笔带过的胡薇,越发觉得她十分可疑。它在胡薇、白奕和文华三个人之间扫视,最后越发肯定了自己的猜测。

"你们一定有不可告人的秘密!"小蛙偷偷对胡薇说。

胡薇被吓了一跳,佯装镇定:"你想多了,做一只简单的蛙不好吗?"

小蛙哼哼:"这么喜欢简单,也没看出来你真的就是一个胸大无脑的简单将军啊!"

"哈哈哈,小哇,你也发现了啊,我也觉得暴力女能称之为女——全靠她还有胸啦!"

还在状态外的白奕,只听到了小蛙对胡薇的嘲讽,断章取义,和小蛙一起吐槽胡薇,将原本小蛙想要侦破真相的大计搅乱。

3.偷听墙脚

好像做梦一样,从偷听墙脚被文华发现,到和文华相处,然后来到九荒山,

遇见凤殊，想起自己前两世的记忆。

这一切都来得太突然了，芭斗直到现在，还时不时拧自己一把，看是不是在做梦。

雷声大雨点小的仙妖对峙过后，文华带着芭斗继续留在九荒山。

美其名曰，花仙手册还未编完。

两人重新回到小筑住下，偶尔往返于二十四府听听故事，更多的时候，两个人在书房各自占有一张桌子，芭斗埋头奋笔疾书，而文华则闲闲地煮茶、弹琴、看书。

只不过是两人的平静生活，总是被闲杂人等打扰。

被两人抛弃在酒馆的胡薇和白奕返回天界前非要和文华上神告别，双双来到小筑。

芭斗看到胡薇，还是有些尴尬，她站在院子里，怀里抱着刚刚采下来的紫竹叶，一时间和走过来的胡薇不知道该说些什么好。

反倒是胡薇，神神在在，完全没有失恋的样子。

"喂，发什么愣啊你？"胡薇走到芭斗面前，伸手在她眼前晃了晃。

芭斗讷讷地伸手指了指书房，胡薇目光透露着一抹了然和狡诈，还有强忍着的笑意。

"文华在里面吧？我找他有点事，先进去了啊！"

芭斗愣愣地点头。

直到看到胡薇已经走进房间芭斗才后知后觉地反应过来，她刚刚竟然放了前情敌进去和文华共处一室！

芭斗顿时警戒起来，怀里的紫竹叶被扔了一地，她噌噌两下跑到房间门口，想要推门进去，又意识到不妥，最后左看右看，悄悄潜伏到了后面的窗子边。

岂料，她刚刚蹲下身子，悄悄趴在那儿准备窃听，竟然发现，旁边早就被人占了位置。

一张风姿卓越的美人脸朝着芭斗笑得春光明媚："嘿，小芭斗，早啊！"

芭斗瞪大了眼睛，嘴巴都能吞进一颗鸡蛋："白白白……白奕！你怎么在这儿？"

白奕拉着她趴下身子，照样是挥挥手开辟了一方高清的现场直播屏幕。

他一副我最英明的模样看着芭斗："啧啧，你不知道，这两天我发现大大的不对劲！以我对暴力女的了解，她怎么也不像是能够这么轻易放弃文华的，竟然还能在失恋的巨大痛苦中呵呵一笑泯恩仇，这其中一定大有文章！"

"不会吧？"

芭斗不明觉厉地看着陷入侦探状态的白奕，只想说他真是想太多。

白奕似笑非笑地看着她："哼，难道你不也是因为担心，所以才来偷听的？"

芭斗被白奕揭穿了心思，只能呵呵一笑："呃，这……看戏，看戏！"

白奕哼唧一声看向大屏幕。

很快两个人就被画面里严肃而又诡异的画风惊呆。

只见——

胡薇一进去就将她的鎏金大锤丢在桌子上，一改以往小心翼翼爱慕文华的姿态，多了很多分的随意，竟然还歪倒在椅子上，一边喝茶，目光却直勾勾地看着文华。

芭斗和白奕互相对看了一眼，无声交流——有问题！

画面中传来声音。

"我不管！你必须帮我！这不公平！"胡薇从椅子上站起来，走到文华身边，一把夺了他手上的书，一脸坚定威胁地看着文华。

文华淡淡地瞥了她一眼："你确定要强权下的感情？"

胡薇瞪他："当然不是，我要他心甘情愿地爱上我！"

文华复又拿起书："那你得先让他知道你喜欢的是他。"

文华的话一说出口，胡薇更加不满起来，她指着文华，来回在桌子前面走动："还不都是因为你的馊主意，现在你倒是好了，抱得美人归！可是我呢，我的清誉都被你毁了，那个白痴，到现在都以为我真的是喜欢你呢！"

……

窗外趴墙脚偷听到这一记重磅消息的芭斗和白奕，犹如遭雷劈，无声地交流起来。

白奕："什么？胡薇喜欢的不是文华？"

芭斗："太好了！"

白奕："不过胡薇喜欢的那个白痴到底是谁啊？我怎么一点都没看出苗头

来啊?"

芭斗:"都说了是白痴了,一定没有存在感啦!不然他怎么会笨到不知道胡薇喜欢他呢?"

白奕越想越不对劲反驳道:"可是她追了文华那么久,是个人都不会以为她喜欢别人吧?"

芭斗听到白奕的话,脑海中灵光一闪,发现自己好像突然明白了什么。她若有所思地偏过头来看着白奕,白奕被芭斗瘆人的目光看得万分不自在。

4. 竟然是兄妹

房间里,文华难得脸色平静地看着来回暴走的胡薇。

"小薇,你应该改一改自己的性子。"

胡薇听到文华的话,更加恼火,她吹眉瞪眼:"哼哼,亲爱的大哥,我的亲哥哥!你这是典型的见色忘妹你知道吗?你是不是想说,芭斗那种傻乎乎被你欺负的性子才最可爱最对男人喜欢啦?哼,想我胡薇一世英明,才不要低声下气地去讨好别人!我不高兴,我不乐意!"

……

文华不耐地抬手揉了揉额头:"我是让你冷静一点,不要每次跟他见面都争执不休,你们认识了几千年,你有真正了解他真正喜欢什么吗?"

胡薇讷讷了半晌:"他、他个风流鬼,除了喜欢女人,还能喜欢什么?"

文华摆摆手:"你连他喜欢什么都不知道,那你到底又为什么喜欢他?"

胡薇脸一红,陷入了回忆中。

她顿了顿,没有正面回答文华的问题,只是语气明显弱了下来:"总之我就是喜欢他,我要和他在一起。我帮你搞定了芭斗,还帮你冒着被天帝责罚的危险,在凤殊和妖界面前演了一场天界有意争夺琉璃羽的大戏,将凤殊逼到绝境,让你成功赢得芭斗。现在轮到你帮我了,你必须要帮我拿下他,否则,否则——"

文华似笑非笑地看着她:"否则怎么样?"

胡薇看着文华的笑,后背一阵发冷,不过鉴于她还是坚定地相信,文华不至于手足相残的念头,她瞪大了眼睛不怀好意地嘿嘿笑道:"否则我就告诉芭斗,将你算计了她三生三世的事情都告诉她!"

文华听到胡薇的话,面色有些暗沉,他食指轻轻敲点书桌:"小薇!"

胡薇被文华突如其来的严肃震慑到,有些不情愿地闭嘴。

文华冷静地警告她:"有些事是为了天下苍生,我身不由己。但是如今,我只想简单地对她好,呵护她,疼爱她,将过去所有的事情都放下。"

胡薇被文华深情又肃杀的情绪惊住,嘟囔着嘴哼哼认错:"好好好,我不说就是了。但是,你好歹也是我的亲哥哥吧,现在你妹妹不就是想要一个男人嘛,你就不能像你为了得到芭斗而精心计划那样帮我也计划一把吗?"

文华目光冷然地看着胡薇,头疼地叹息:"小薇,你知不知道你想要的男人是什么身份?"

胡薇哑巴哑巴嘴没有出声。

文华叹息:"天帝对他重视得很,况且,感情是需要双方自愿的。"

胡薇愤愤地跺了跺脚:"哼,他一定会喜欢我的!"

"如果他真的喜欢你,我自然会祝你一臂之力。"

"真的吗?你真的会帮我?"

"……"

文华已然不想在这个问题上讨论更多。

另一边,偷听的两个人却是神色各异,芭斗感动于文华难得的深情告白,笑得脸红耳赤。

反倒是一旁的白奕,一副不解的模样。

"她竟然是文华的妹妹?她怎么会是文华的妹妹呢?这一点都不科学!"

芭斗不怀好意地看着白奕,语气嗖嗖的:"我更好奇胡薇到底喜欢谁?"

白奕听到芭斗的话,一脸"你是白痴啊"的样子:"她都说了是白痴了,谁要管她喜欢谁啊。倒是你,听到自己被文华这样算计,现在还对你有所隐瞒,难道你都不生气不伤心?"

芭斗一副不计前嫌的模样:"虽然我很想知道以前他对我是怎么想的,可是人生得意须尽欢嘛,他也说了,现在是喜欢我的啊,那为什么还要纠结以前的事情?"

"果然有够二,难道他杀了你爹妈你也不管吗?"

芭斗撇撇嘴:"你才二呢,你全家都二,你不知道吗,我的真身是奇异草,应运天地而生,没有爹妈的……"

白奕被噎得无话可说,只能以权压人:"你是说我全家吗?你说我大哥大嫂听到你这句话会怎么样呢?"

芭斗猛然想起这货一家人,天帝哥哥、王母嫂嫂……顿时觉得自己给自己挖了个坑。她愤愤,猛然想到刚刚的猜测,她一脸坏笑地看着白奕:"不说这个,哎,我跟你说,我好像知道胡薇喜欢的是谁了!"

白奕一听,额头上的青筋直露:"谁?是哪个白痴?"

芭斗被白奕的话逗得哈哈大笑:"白奕王爷……难道你不觉得,那个白痴……很像是你吗?"

一群草泥马从白奕头顶奔驰而过,他恶狠狠地瞪了芭斗一眼,抽身就走。

"小芭斗,你记住,本王不是白痴,哪个女人喜欢本王,讨厌本王,本王还是能够分得清的!还有,记住,今天我没有出现过,你也没有看见过我!"

5. 洞房花烛

胡薇从房间出来的时候,就看到芭斗蹲在院子里,正在装模作样地捡竹叶。她脸上挂着一抹轻快的笑意,因为文华终于答应,只要白奕表示对自己有一点的爱意,他就帮忙搞定这桩喜事。

"芭斗,我先走啦,咱们天庭见!"

芭斗看着兴高采烈的胡薇,努力想了又想,还是拦住了她:"薇、薇薇,你等一下。"

胡薇转身,不明所以地看着芭斗。

芭斗有些慌乱地支支吾吾问道:"那、那个……刚刚你们的谈话……我、我都听到了,我、我就是——"

胡薇大惊,连连摆手:"芭斗,你先听我说,事情不是你想的那样,我威胁大哥的都是假的,并没有那些事的,大哥他是真的真的喜欢你的。"

芭斗莫名其妙地看着想要试图和自己解释的胡薇,摇摇头:"薇薇,你在说什么啊？我自然是相信上神的。其实……其实我就是想问一下，你喜欢的那个人，是白奕对不对？"

这次反过来换胡薇被芭斗震惊，她没有想过，芭斗的脑洞竟然这么大，放着自己明晃晃的感情漏洞不管，八卦起别人的暗恋对象来，怪不得轻松就被文华拿下，这明明就是一个蠢萌妹子啊！

文华走过来，拦腰搂住芭斗，语气宠溺："别人的事不要乱打听。"

芭斗靠在文华怀里，不情愿地放开拉着胡薇的手，眼睁睁看着胡薇"落荒而逃"。

文华带着芭斗往屋子走去："刚刚和白奕偷听了？"

芭斗毫不犹豫地点点头出卖了白奕。

"上神，那个人就是白奕对不对？"

文华眉目中闪过一抹宠溺的笑意："真的想知道？"

芭斗点头如捣蒜。

文华揽着她走进房间："那……看你表现……"

还不等芭斗反应过来是什么表现，就被文华拦腰抱起。

芭斗惊呼一声，同时后知后觉地红了双颊："上、上神，你——"

她紧紧地抓着文华胸前的衣服，支支吾吾不敢抬头。

文华带着她一步步走进卧室，低低地叹息着："芭斗，抬头看着我。"

天地好像一下子干净了起来，宇宙间也好似只剩下了她和文华。

芭斗愣愣地看着眼前眉目如画的男子，鼻息间是他身上淡淡的薄荷香气。她不得不承认，自己心神荡漾，开始想入非非，但是却在被放在床上的那一刻，不由自主地出声道："上、上神，天还没黑呢。"

文华呵呵轻笑了起来："九荒山昼夜通明……不过你想要天黑，倒也可以。"

他的脸上挂着淡淡的愉悦，一只手在半空拂动几下，眼前的光线暗淡下来，房间里多出了许多明媚跳动着的烛火，两人身上的衣服竟换成了大红色喜袍。

文华轻轻伸手拂过芭斗娇俏的脸蛋，低低地轻吟："你终于是我的了。"

芭斗脸红："我、我……"

文华轻笑，将人带进自己的身子底下，紧紧地抱着她的腰，在她的耳畔间

厮磨:"已经等太多年了,终于等到了。"

不知道是文华低沉轻盈的声音魅惑了芭斗,还是身体中莫名激动渴望的血液,她勇敢地伸手回抱住文华,娇俏的脸蛋上染上艳丽的红晕。

"上、上神,我们会永远在一起的吧?"

"当然!"

倏地,房间中的烛火全都熄灭,窸窸窣窣的嬉笑和喘息声从床上传出来……

小筑外面,一个神情憔悴,同样身穿大红色锦袍、青丝披散的男人静静地站着,过人的耳力,让他听到房间里传出的声响。

他的身后,一个明艳、眉宇中带着一抹骄纵的姑娘黯然转身离开。只剩下银宵一个人,面露担忧地停留在不远处,看着凤殊。

直到露水和清晨的鸟鸣重新吟唱,凤殊苦笑了一声,将手中一直紧紧攥着在玉盆中滋养的一株黑色小草放在了院子里的石阶上,转身离开。

6. 胡薇追白奕

自从上古灾劫后,一直过于平静和沉寂的天界,今日因为文华和芭斗编修花仙手册归来,而突然间热闹起来。

天帝阅过芭斗利用萌欢手法编修的花仙手册后,大呼精妙绝伦。甚至当场决定,在新一届的蟠桃会上,增添一个新的节目,花仙手册预售大会!

而文华和芭斗修成正果,更是惊呆了天界男女老少的眼。

自从芭斗回来后,时不时前来约战、威胁她离开文华上神的女仙子不计其数,最恐怖的是,竟然还有几个长相秀气的男仙子,也来挑战。

然而芭斗却并没有机会和她们正面对对碰,因为回来后,文华上神便以她先前在妖界受过惊吓为由,二十四小时让她待在自己身边。有时候,芭斗会默默地想,幸好神仙没有吃喝拉撒等烦琐之事,不然难道自己上茅房,上神也要跟着吗?

犀利的小蛙,一边啃着莲子,一边补刀。

"你放心,就这点小事,依我看,文华上神一定会同去的!"

芭斗黑线条条。

小蛙咂巴咂巴嘴："唔，酒足饭饱，去看热闹了。喂，你去不去？"

不等芭斗说话，就传来怪子李悲愤的声音："你这只小蛙贼，还我黑莲子！"

小蛙顾不上芭斗，转身狂奔。

芭斗站在原地，还在为想起的事自顾哀伤。

说起来，天界还有一件更加热闹的大事，直接将文华和芭斗的恋情新闻刷到了下面，那就是胡薇回到天界后，开始猛烈追求白奕王爷，如今天界长得好看的仙女，有大半都被胡薇打得鼻青脸肿。当然，这不是暴力，而是正规的决斗。

于是乎，原本在天界风流倜傥，拈花惹草的白奕王爷，如今日子过得很是萧条。因为原本应该在文华府上演的深情告白，以二十四倍的速度和强度出现在他的府中。

而芭斗之所以悲伤，则是因为，文华上神不让她乱跑，说是修身养性，准备在天界的大婚。

据说，这可是三界有史以来，唯一也是第一场上神的婚礼，自然非常隆重，堪比天帝天后的大婚了。

芭斗心中很是悲凉，嘤嘤，我伟大的八卦事业啊！

文华上神不知何时站在了她的身后："想去看热闹？"

芭斗点头。

文华上神眉角微抽："那去吧。"

芭斗大乐，站起身就要狂奔。

文华的声音，却再次传进她的脑中："回来肉偿。"

芭斗脚步一顿，原本的热情都四分五裂，屁颠屁颠滚回去追随文华上神的脚步。

"书宫的书都看完了？"

"没有。"

"去看。"

"上、上神，我为什么要看那么多书，我又不考状元！"

文华微微一笑："是谁励志要做三界第一女文人，给自己取了个芭斗的土里土气的名字，还自称寓意'才高八斗'……"

芭斗泪奔："呜呜，这不公平，你说了，以前的事情都过去不提了。"

"三界第一届才艺大赛马上就要开始了,我们说的是未来,不是过去。"

……

终于,天界之中,九霄云层之上,如果你仔细听,就会听到芭斗和白奕王爷诡异而又出奇的二重奏——

"神哪,玛利亚啊!救救我吧!不要啊!"

(全文完)
BA GUA XIAO XIAN QU JIN LAI

【官方QQ群:555047509】

每周丰富多彩的群活动,好礼不停送!
作者编辑齐驾到,访谈八卦聊不停!

扫一扫看更多图书番外,作者专访